천광

천광

天爌

자미국 지음

차례

●● 제 3부 태상천존 자미천황님께서 인황에게 주신 선물

●● 제 4부 하늘의 뜻과 반대의 세계

●● 제 5부 태초로 밝히는 진실의 세계

●● 제 8부 자미국 입천제와 합체의식 사례

● 책을 집필하면서

태상천존 자미천황님 진실의 말씀과 용서와 사랑의

기운으로 가득한 만 인류의 구심점 자미국 지상 자미천궁!

자미국은 천지인이 함께 하는 나라이다.

나약하고 불쌍한 인간, 조상님, 영혼, 신들이 영혼의 천지부모님이신 태상천존 자미천황님, 자미황후님께 구원받아 고통과 불행에서 벗어나 근심걱정 없이 잘 살아갈 수 있는 무릉도원 완성세계를 실현하는 곳이다.

자미국은 인류최초로 태상천존 자미천황님, 자미황후님께서 황명으로 윤허하여 주시었다.

하늘이란 본래 높고 높다는 무한대의 상징이듯, 대우주와 천지인을 천지창조하신 대 능력의 무소불위하심, 전지전능하심, 절대권자이심과 우리 인간, 조상, 영혼, 신들의 아버지 태상천존 자미천황님, 어머니 자미황후님을 하늘이라 말한다.

세상에 하늘이외에는 더 높임말이 없기에 하늘이라 했다.

자미(紫微)는 무한하고 광활한 천체의 가장 중심부근으로 북극성 작은곰자리 부근을 말하며 자미를 중심기점으로 천체의 모든 별들이 운행하고 만생만물이 창조된 근원이다.

이곳에 천지인을 창조하신 천계의 주인께서 머물고 계시니 그분이 바로 "태상천존 자미천황님, 자미황후님" 이시다.

아직까지 세상에 존호자체가 알려지지 않았던 분으로서 태초 이래 처음으로 세상에 그 위대하신 존명을 알리게 되었다.

모든 인류가 떠받드는 천계의 수많은 크고 작은 천주(하느님, 천지신명님, 하나님, 미륵님, 한울님, 부처님, 예수님, 상제님, 천존님)들을 모두 거느리고 다스리시는 무소불위의 절대자이시다.

하늘께서는 수천 년 동안 구원받고자 종교 안에서 하늘의 강림을 기다리고 있는 나약하고 불쌍한 인간, 조상님, 영혼, 신들을 자미국을 통하여 구원해 주고 계신다.

태상천존 자미천황님, 자미황후님은 만 인류의 영혼을 태초로 창조하신 영혼의 친 어버이시며 신명님, 하나님, 미륵님께도 어버이이시고, 모든 종교 숭배 대상자들에게도 어버이가 되신다.

이렇게 위대하신 천지인 창조주 태상천존 자미천황님, 자미황후님께서 공식적으로 존재를 밝히시면서, 이 땅에 자미국 개국을 최초로 윤허해 주신 진실의 뜻을 말씀해 주셨다.

첫째

하늘과 신, 조상님, 이상향세계를 찾아다니다가 종교의 노예나 종이 되어버린 인류(인간, 조상, 영혼, 신들)를 구원하시어 종교로부터 모두를 해방시키시고, 또한 더 이상 이 땅에 하늘의 뜻과 반대되는 종교나 불행한 종교인이 되는 것을 예방하시고자 하신다.

둘째

악의 화신 대마왕, 사탄마귀, 귀신, 원혼귀, 악귀잡귀, 요괴와 사악한 악령들의 나쁜 기운으로부터 인류(인간, 조상, 영혼, 신들)를 보호하여 주시고자 하신다.

셋째

전 세계적으로 무섭게 번지고 있는 괴질 신종플루와 사스, 언제 일어날지 모르는 천체(운석)충돌, 해일(쓰나미), 화산폭발, 지진, 토네이도, 태풍, 폭우, 폭설, 이상난동, 이상한파 등 천지대재앙이 일어났을 때 하늘의 백성인 천손들을 구원해 주시고자 하신다.

넷째

불확실한 미래에 대한 죽음의 두려움과 공포, 불안을 해소하고 원인을 알 수 없는 죽음과 질병, 모든 사건사고, 관재구속, 자살, 돌연사, 살해, 사업실패, 우환, 가난, 우울증, 이혼으로 고통 받는 나약하고 불쌍한 자손들을 구원해 주시고자 하신다.

다섯째

구천세계 허공중천을 정처 없이 떠돌며 추위와 배고픔을 견디지 못하고 자손들의 몸 안에서 자손들과 함께 수천 년 동안을 살고 있는 원과 한이 많은 각자의 불쌍하고 가련한 조상님들을 구원해 주시고자 하신다.

여섯째

인류(인간, 조상, 영혼, 신들)가 오랜 세월 갈망하며 노래 부르던 꿈의 세계인 무릉도원 천상 자미천궁 완성세계가 실제로 존재하고 있음을 알리시고자 하신다.

일곱째

인간의 평균 수명 85세를 뛰어 넘는 육신의 불로수명장생과 조상, 영혼, 신들이 영원히 고통 받지 아니하고 행복하게 살 수 있는 영생의 세계 천상 자미천궁 세계가 실제로 있음을 자미국을 통하여 인간, 조상, 영혼, 신들에게 널리 알리고자 하신다.

이 책은 인생을 살아가는 동안 근심 걱정 없이 하늘과 조상님의 보호를 받아, 가장 행복하게 잘사는 지름길로 여러분 각자의 인생을 인도해 줄 하늘이 내리신 인생 행복의 비결서이다.

오랜 고행 끝에 하늘의 말씀을 받았다.

인류 역사상 최초로 천지인을 창조하신 태상천존 자미천황님, 자미황후님께서 실제로 존재하고 계심을 알게 되어 만 세상에 전하게 되었다.

인황이라는 관명을 자미천황님께 하사받게 된 이후로 이 저자 인황에게는 신비한 능력이 생기기 시작하였다. 조상님, 신, 영혼(산 사람 생령)을 자유자재로 부를 수 있는 능력과 그들을 보낼 수 있는 신비의 능력이 생겼다.

자미천황님의 신비한 무소불위의 대 능력은 우리 인간의 능력과 상상력을 초월하여 저자 인황과 신감을 통하여 현실로 이루어지고 있다.

우리 인간과 언어전달의 방법이 달라 인간과 언어가 소통되지 않아 너무나 답답해하는 조상님, 영혼, 신들의 긴급 메시지를 두 저자(인황과 신감)는 대한민국의 자손과 세계의 자손들에게 전하는 일을 하고 있다.

지금까지 이 땅에는 그 위대하신 하늘의 진정한 기운을 받을 수 있는 사람(저자 인황)과 하늘의 진정한 말씀과 진실을 전할 수 있는 사람(저자 신감)이 없어 하늘, 인간, 조상, 영혼, 신 모두는 너무도 답답했다.

이런 인간, 조상, 영혼, 신을 불쌍히 여기신 우리 영혼의 부모님이신 태상천존 자미천황님, 자미황후님의 명을 받들어 행할 수 있도록 인황과 신감을 윤허하심으로서 인간, 조상, 영혼, 신들이 그 동안 서로에게 하고 싶었던 말들을 인황과 신감을 통하여 할 수 있도록 해 주고 계신다.

인황과 신감은 보이지 않고 들리지 않아 세상 그 어느 누구도 전하지 못했던 하늘, 조상님, 영혼, 신들의 말을 인간에게 전해주고 들려주는 일을 하면서 인간, 조상님, 영혼, 신들을 서로 화해시켜 그 동안 각자의 원과 한을 풀어 행복하게 잘살 수 있도록 해 주고 있다.

이 책을 통하여 인간 각자 스스로가 몰랐던 하늘, 조상님, 영혼, 신, 인간 세상에 대하여 좀 더 정확히 알게 되는 계기가 됨으로서 각자 모두는 하늘의 위대한 진실과 사랑에 다시 태어나는 영광을 누리었으면 한다.

동방의 등불이자 인류의 구심점이 되고 있는 자미국!

세계 속에 중심국가로 떠오를 수 있는 유일한 희망이자 우리 모두의 밝은 미래이다.

이 책이 오랜 종교의 고정관념에 세뇌되어 있는 그대들 인간과 그 몸 안에 조상, 영혼, 신들의 고정사상을 천지개벽시켜 줄 운명의 이정표가 되어 줄 것이다.

이 나라 뿐만이 아니라 전 세계의 모든 종교가 이 책이 출간됨과 동시에 소리 없이 무너져 내리고, 교인들은 종교를 떠나 자미국에 들어와 하늘의 맑고 밝은 천상 자미천궁의 기운을 받아 인간, 조상, 영혼, 신들이 세세생생 영원무궁 기쁨과 행복 누리리라.

태상천존 자미천황님, 자미황후님의 기운!

하늘의 명을 자미국에서 받는 자 하늘의 문이 열리리라.

그동안 종교를 세운 대마왕의 나쁜 기운 받아 인생의 어둡고 답답했던 암흑의 환란에서 하루빨리 벗어날 수 있으리라.

동방의 등불이자 인류의 구심점인 자미국의 인황과 신감이 만 세상의 인간, 조상, 영혼, 신들을 위대하신 태상천존 자미천황님, 자미황후님과 만나게 인도하고, 구원해 하늘의 따뜻한 사랑을 영원히 받게 하리라.

종교는 악의화신 대마왕과 사탄마귀의 어두운 기운을 받아 굴복과 충성, 금전헌납을 강요당하는 곳이고, 자미국은 태상천존 자미천황님, 자미황후님의 따뜻한 사랑의 기운을 받아 기쁨과 행복 누리는 이상향의 세상이다.

하늘의 명을 돌아가신 조상님들이 자손과 함께 받는 의식이 조상님 입천제 의식이고, 하늘의 명을 산 인간과 영혼이 함께 받는 의식이 천인합체 의식이다.

조상님들은 입천제,

살아있는 사람들은 천인합체 의식을 반드시 행해야 육신이 죽은 후 허공중천을 떠돌지 않고, 자손들의 몸 안에서 천대받지 않고, 종교 안에서 서러움 받지 않는다.

지구상에서 하늘의 명을 받을 수 있고, 하늘의 말씀을 육성으로 들을 수 있는 곳은 전 세계 유일한 자미국 한 곳뿐이다.

자미국은 또 다른 신흥종교 세계의 출현이 아니라 인간, 조상, 영혼, 신들이 오매불망 기다리던 위대하신 영혼의 천지부모님 하늘을 만나 구원받을 수 있는 유일한 곳이며, 인류의 정신적 구심점이자 인류(인간, 조상, 영혼, 신들)를 영적으로 다스릴 세계중심 국가이다.

자미국이 뭐하는 곳이냐고?

하늘께서 이 땅에 최초로 윤허하여 주신 이상향의 세계가 현실로 이루어지고 있는 무릉도원 국가이다.

그대 조상님들과, 산 그대 영혼들의 잃어버린 고향이 천상 자미천궁이라는 진실을 알고 있는가?

조상님들이 영혼의 어버이가 계신 잃어버린 천상 자미천궁에 올라가려면 하늘의 입구인 자미국 지상 자미천궁으로 자손과 함께 책을 정독하여 읽고 방문 후 상담을 통하여 입천(천상 자미천궁 입궁)절차를 밟아야 한다.

입천제는 조상님들의 운명이 천지개벽하고,

천인합체는 산 사람들의 운명이 천지개벽한다.

타고난 사주팔자는 못 바꾼다고 하였으나, 하늘께서만이 타고난 사주팔자를 바꾸어 주실 수 있다.

인류 모두가 꿈꾸던 이상향 세계의 천지개벽은 바로 자미국에 있다.

종교의 세계는 많은 사람들이 실망하여 차츰차츰 저물어가고, 하늘의 불빛따라 후천의 정신세계를 영도할 자미국 시대가 이 땅에서 본격적으로 열리고 있다.

● 하늘의 백성으로 다시 태어나는 길

세상을 살아가면서 저마다의 꿈이 다르듯이,

독자들 역시 각자 남다른 원대한 꿈이 용솟음치고 있을 것이다.

세상 그 어느 누구도 상상조차 하지 못했으며,

그 어느 누구도 현실로 이루지 못했고, 영원히 불가능의 세계처럼 여겨졌던 미지의 하늘세계, 신의세계, 조상님세계, 사후세계, 영혼세계의 진실을 만 세상에 알리고자 자미국을 인류최초로 동방의 작은 땅 대한민국 안에 개국하였다.

눈에 보이지 않는 영적세계의 진실을 세상 그 어느 누구도 몰랐기에 추상적으로 하늘, 신, 조상님, 영혼세계가 실제로 존재하느냐, 존재하지 않느냐 하면서 끝없는 논쟁을 오랜 세월동안 하고 있는 것이 현실세상이다.

이 시대의 사람들은 인간의 눈에 보이고, 귀에 들리는 것만 인정하려 한다.

눈에 보이고 귀에 들리면 과학적이고, 안 보이고 안 들리면 비과학적이라 단정 짓는 사람들이 많이 있다. 그러나 우리 인간들의 생각과 마음(영혼, 정신)도 안 보이고 안 들리기는 마찬가지이다.

우리 인간들의 생각과 마음이 인간의 눈에 안 보이고 인간의 귀에 안 들린다고 비과학적이라 할 수 없듯이 하늘, 조상님, 영혼, 신의 존재가 우리 인간의 눈과 귀에 안 보이고 안 들린다 하여 비과학적이라 매도하면 안 된다.

각자의 조상님들은 각자 자신의 육신을 낳아주고 육신을 길러주신 아주 훌륭하고 고마우신 분들이고, 하늘은 우리 육신 안의 영혼을 창조하시어 영혼을 인간 육신의 몸으로 주심으로서 인간의 생명을 주신 생명의 은인이시고 우리 생명의 주인이시다.

하늘은 우리 인간의 부족한 부분을 채워주고 인간이 잘못된 생각과 잘못된 행을 하려하면 하지 못하도록 막아주고 깨우침을 주는 아주 감사한 분이시다.

그러나 지금까지의 종교 안에서는 인간과 연관된 하늘, 조상님, 영혼, 신의 존재를 정확히 알려주지 않다 보니 서로의 진실을 왜곡한 채 무엇이 잘못되었는지도 모르면서 서로가 서로를 헐뜯고 시기 질투하는 이상한 세상으로 변해가고 있고, 이와 더불어 인간의 생각들도 이상하게 변해가고 있다.

우리 인간에게 있어 하늘, 조상님, 영혼, 신 모두는 인간에게 없어서는 안 되는, 인간에게 절실히 필요한 존재들이다.

이런 중요한 진실을 전하지 못하는 종교 세상이 비과학적이다.

일찍이 위대하신 하늘께서는 인간 세상에 종교를 세워 종교 안에 수많은 사람들을 모집시켜 놓고, 수많은 사람들에게 각자의 조상님과 영혼, 신의 세상을 잘못 전하여 서로가 서로를 비방하고, 서로 시기 질투하게 함으로서,

사랑과 평화로 가득한 아름답고 빛나는 인간세상을 증오와 전쟁이 가득한 어두운 세상으로 만들라 하신 적 없었고, 이와 더불어 맑고 깨끗한 인간의 생각을 더럽고 탁하게 만들라 말씀하신 적 없었다고 하시면서 도대체 종교 안에서 인간들은 무엇을 하고 있는 것이냐고 진노하시었다.

하늘, 조상님, 영혼, 신의 세상 모두를 인정하는 사람들이 하늘, 조상님, 영혼, 신의 도움으로 가장 잘 살게 되는 시대가 자미국의 개국과 함께 시작되었다.

불교인들은 하늘과 영혼, 신의 존재를 무시한 것이 죄이고,

기독교인들은 조상님, 신의 존재를 무시한 것이 죄이다.

하늘, 영혼, 조상님, 신, 인간 모두의 존재를 인정하고 받아들이는 곳이 자미국이다.

하늘, 영혼, 조상님, 신, 인간 모두의 존재를 인정하고 받아들이는 자미국에서는 하늘, 영혼, 조상님, 신 모두의 도움과 보살핌으로 인간의 상상을 초월한 기적, 이적들이 현실로 이루어지고 있다.

또한 태상천존 자미천황님, 자미황후님께서도 모두를 사랑으로 받아들이는 자미국이야말로 진정한 하늘의 기운을 받을 수 있는 유일한 곳이라고, 하시면서 하늘의 무궁무진한 사랑의 기운과 진실의 기운, 용서의 기운을 아낌없이 내려주고 계신다.

인간이 그동안 종교 안에 머물면서 조상님의 존재를 무시한 부분은 입천제를 통하여 조상님과 화해를 해야 되고 하늘, 영혼, 신께 잘못한 부분은 천인합체의식을 통하여 용서를 빌고 화해를 해야 하늘, 조상님, 영혼, 신들의 원성에서 벗어나 행복 누릴 수 있게 된다.

하늘, 조상님, 영혼, 신 모두는 우리 인간과 다른 모습인 영체(영)로 있기에 우리 사람들의 눈에는 보이지도 않고, 귀에는 들리지도 않지만 하늘, 신, 조상님, 영혼 모두는 우리 육신의 몸 안과 우리 인간들 현실의 삶으로 존재하고 있다.

육신이 없는 하늘, 신, 조상님, 영혼들은 전구의 필라멘트와 같은 역할을 해주는 인황과 신감을 통해서 이 분들의 숨은 존재가 세상에 알려지고 있다.

분명히 현실세상 속에 실제로 존재는 하고 있었으나 평범한 인간들의 능력으로는 전혀 느낄 수 없었고 알 수 없었던 것이다.

이 분들에 대해 정확히 알 수 있는 상식과 능력이 없는 인간자신들의 무지함은 탓하지 않고, 우리 인간을 도와주고 있는 하늘, 신, 조상님, 영혼세계만 탓하고 있었던 것이다.

각자의 삶이 고통과 불행으로 힘들게 된 것은 이 모두의 존재를 무시하고 부정하며 박대한 각자의 죄 때문이었다.

인류 탄생 이후 최초로 하늘, 신, 조상님, 영혼세계의 말씀과 진실을 전하고자 자미국을 개국했다.

자미국은 한도 끝도 없이 인간의 굴복과 충성만을 강요하는 기존의 종교세계 모든 행위를 부정하며 하늘, 신, 조상님, 영혼들의 진실한 뜻만을 인정한다.

자미국은 종교처럼 인황과 신감에게 충성하지 않아도 된다.

저자 인황과 신감이 대우받고자 자미국을 개국한 것이 아니라 하늘, 조상님, 영혼, 신, 인간 모두의 행복을 위한 공간이다.

자미국은 기존의 종교 세상을 펼침이 목적이 아니라 인간, 조상님, 영혼, 신들이 하늘을 만나 함께 할 수 있도록 진실을 전해주고 의식을 행해주는 곳이다.

신, 조상님, 영혼들이 각자 인간에게 원하는 것을 바로 알아 현실로 행하는 자가 고통과 불행에서 벗어나 행복 누릴 수 있게 된다.

살아생전 봉사활동 많이 하여 공덕 높이 쌓고, 착하게 살다 죽는다고 사후세상 좋은 세계 가는 것 아니다.

하늘의 진실은!

각자의 현재 모습은 각자 조상님들의 사후세상의 모습이고

각자의 현재 모습은 각자들의 사후세계의 모습이라고 하시었다.

살아있는 우리 인간이 인간이라는 옷을 벗고 조상이 되기까지는 많은 시간이 안 걸리니 살아생전 진실을 알라고 하시었다.

대문 밖이 조상님(저승길)신세이다.

어제, 오늘, 내일 갑자기 그대들이 조상님으로 바뀔 수 있다.

이미 어제 조상님이 된 사람도 있고, 오늘 조상님이 되는 사람도 있고, 내일 조상님이 될 사람들도 있다는 진실을 현실로 인정하고 받아들여야 한다.

육신이 살아있으면 인간이지만, 어느 날 갑자기 숨이 끊어지면 살아있던 인간들은 숨이 끊어진 그 순간 육신을 잃게 되니 인간이 아닌 조상님이 되는 것이다.

육신을 지닌, 지금 현재 인간의 모습으로 인간의 숨을 쉬며 인간의 삶을 살고 있는 인간들 모두는 예비조상님 신분임을 한 시도 잊지 말고 자미국에 들어와 하늘 진실의 말씀을 통하여 하늘 진실의 말씀에 순응하여야 살아서도 죽어서도 두렵고 무섭지 않은 삶을 살 수 있게 된다.

죽음 이후의 세상에서 갈 곳을 몰라 구천을 방황하며 슬피 우는 조상님이 되지 않는 유일한 길은 자미국의 백성으로 입문한 뒤 위대하신 태상천존 자미천황님, 자미황후님께 천인합체의 황명을 윤허 받아 자신 육신이 이 땅에 살아 있을 때 하늘의 자손인 천인으로 탄생하면 된다.

육신이 있는 우리 인간 모두는 육신이 살아있음에 감사해야 한다.

자미천황님의 자손인 천손과 천인으로 다시 태어나게 되면 세상 그 어느 곳에서도 느낄 수 없었던 신비의 기운을 직접 느낄 수 있게 된다.

인간이 상상도 못했던 하늘의 자손인 천손과 천인으로 다시 태어나는 영광스런 일이 동방의 땅 자미국을 통하여 현실로 이루어지고 있다.

● 자신의 하늘 출생지를 잃은 하늘아래 고아들.

조상님!

육신이 없는 분들을 말한다.

살아있는 자신을 중심으로 자신보다 먼저 이 세상에 왔다가 자신보다 먼저 육신의 옷을 잃고 이 세상을 떠나 사후세상, 또는 다음세상으로 간 분들을 우리 산 사람들은 조상님, 또는 조상님 영가라 한다.

반대로 육신을 지닌 우리들은 인간 또는 사람이라 한다.

이 세상에는 수많은 사람들이 함께 모여 살고 있다.

68억의 수많은 세계 사람들!

나라, 고향, 성씨, 성격, 생김새, 인성, 품격 등등 모두가 다르다.

살아있기에 인간, 사람이라는 부분은 모두에게 공통적이나

그 외에는 모두가 다르다.

이 세상에 같은 성격, 같은 모습, 같은 재주를 가진 이는 하나도 없다. 같은 날, 같은 시간에 태어난 쌍둥이도 다르다.

인간, 사람이라는 공통적인 부분 안에 모든 것이 다 다르듯, "조상님" 이라고 하는 부분도 모두 다르다.

그러나 이 땅에 사람들은 조상님이라고 하는 부분이 모두 같다고 착각을 하고 있는 사람들이 대부분이다.

물론 조상님 이라고 하는 단어 부분은 공통적일 수 있으나, 그 외에는 우리 인간들처럼 모두가 다르다.

어떤 사람들은 자신의 삶이 힘들고 고통스러울 때, 또 때로는 어떠한 불가사의한 현실의 불행 앞에 자신의 고통을 해결해 보고자 절로 무당집으로 찾아가

천도재와 굿을 하며 자신의 아픔을 해결해 보고자 애를 쓰지만 천도재와 굿의 결과는

자신의 아픈 인생을 더 아프게, 자신의 고통스런 삶과 자신의 가정, 자신의 사업이 더 고통스러워질 뿐 행복, 기쁨은 없었다.

또한 철학관에서 권하는 부적을 지니어도 결과는 매 마찬가지이고 기독교에서 권하는 한도 끝도 없는 기도와 수행정진을 하여도 우리 인간의 삶에는 아무런 변화도 없이 시간은 흘러가고,

고통은 멈출 줄을 모르니 사후세상이 보이지도 않고 들리지도 않는 우리 인간들은 그 세상을 믿을 수도 없고, 안 믿을 수도 없는 답답한 입장이다.

우리 인간 모두에게는 각각 소원들이 있다.

우리 인간 모두는 행복, 화목, 부귀영화를 원하고 바란다.

우리 인간들만 소원이 있고 행복, 화목, 부귀영화를 원하는 것이 아니라, 우리 인간들과 같이 각자의 조상님들도 소원이 있고 원하고 바라는 것이 있다.

사후세상을 잘 몰랐던 사람들은,

"죽으면 끝이지, 무슨 죽은 자들이 소원이 있어?" 하고 반대의 말을 하는 자들도 있겠지만, 조상님이라고 하는 부분, 앞에서도 설명한 바 있듯이 육신이 죽은 것이지 영혼까지 죽은 것은 아니다.

조상님들, 육신은 죽었다.

살아있는 인간육신이 없어서 조상이다. 즉 조상이란 자체는 육신이 없이 영혼만 있다는 말로서 조상은 영혼들의 세계이다.

그대들은 언제 어느 날 조상될지 모르는 예비조상들의 신분임을 한시도 잊지 말고 살아야 한다.

그러나 조상님들 영혼은 우리 인간들의 정신, 영혼이 살아 있듯이 조상님들도 정신, 영혼은 살아있고 육신만 없을 뿐이다.

조상님 입천제 의식은 바로 각자 조상님들 영혼의 소원을 이루어 주는 의식이다.

우리 인간 모두는 어느 날 갑자기 하늘에서 뚝 떨어진 것이 아니고, 땅에서 퍽 솟아난 것이 아니라, 육신의 부모를 통하여 이 땅에 탄생하였다.

또한 영혼들도 우리 인간들과 같이 영혼의 부모가 있다.

하찮은 날짐승조차도 자신들의 출생지가 있고 부모가 있거늘, 어찌 만생만물의 영장인 우리 인간들과 영혼들에게 출생지가 없고 부모가 없을 수 있으랴?

인간으로 살아가는 동안 잠시잠깐 우리 조상님들 모두는 영혼의 부모, 자신의 하늘 출생지 천상 자미천궁을 잃어 버렸을 뿐이다.

인간의 삶을 사는 동안 영혼의 부모, 자신의 하늘 출생지를 망각한 채 살다 인간의 삶이 다 하고 나니 뒤늦게 자신들이 영혼의 부모, 자신의 하늘 출생지를 잃은,

하늘아래 고아가 되었음을 알고 그때부터 영혼의 부모를 찾고자 최선을 다해 보지만 살아서도 몰랐던 자신 영혼의 부모를 이 세상 어디에서 찾는단 말인가?

살아생전에 하늘이 하나인줄 알았던 조상님들은 죽음 이후의 세상에 인간의 숫자(68억 명)보다도 더 많은 수 억조 하늘이 존재함을 알고 정신이 하나도 없다.

인간의 숫자보다도 더 많은 수 억조에 이르는 하늘!

저렇게 많은 수 억조 하늘 어느 세계에 진정한 우리 영혼의 부모가 있단 말인가?

다급해진 어떤 조상님들은 인간세상에서 말하는 극락세계가 진짜 하늘인줄 알고 극락세계 찾아 길 떠나고, 어떤 조상님들은 천국세계 찾아 길 떠나고.......

제 각각 자신들의 편안함과 행복을 찾아 길 떠나 보지만, 조상님들 스스로는 어떠한 길도 찾을 수가 없으니, 답답하고 아픈 마음 주체 할 수 없어라.

이런 조상님들을 불쌍히 여기신 자미천황님께서는 자미국을 통하여 입천제 의식을 윤허하여 주신 것이다.

인간, 조상, 영혼들의 죄를 용서하여 주실 분은 석가, 예수, 상제, 마리아, 공자, 노자, 마호매트, 미륵님, 하나님이 아닌 대우주 천지인 창조주 태상천존 자미천황님, 자미황후님 뿐이시다.

태상천존 자미천황님, 자미황후님께서 윤허하신 조상님 입천제는 자신이 살아생전 단 한번만 행하면 되는 의식이다.

조상님 입천제는 절에서 행하는 천도재나 무당집에서 행하는 굿처럼 매년 또는 철마다 반복해서 행하는 재가 아니다.

단 한 번의 조상님 입천제로 본인과 배우자의 직계조상님부터 시조조상님까지 모두가 무릉도원 천상 자미천궁으로 탄생되는 고귀하고도 신성한 하늘의 의식이다.

조상님으로 사후 세상에 있으면 춥고 배고프며 힘들고 괴롭다.

또한 귀신으로 이승에 있어도 힘들다.

수억 조에 이르는 수많은 하늘 속에 어떤 하늘이 진정한 하늘인지 조상님 스스로 찾으려면 수억 조 년의 수많은 세월이 흘러도 찾기 힘들다.

또한 종교 안에서 굿, 천도재와 찬양, 기도, 참회를 통하여 구원받고자 열심히 각자 나름대로 행하지만 종교 안에서는 천도와 구원 불가능하다.

2000년, 3000년을 행해도 안 되는 것은 안 되는 것이다.

종교 안에서 행복, 기쁨, 진실, 용서, 구원받을 수 있다면 벌써 이루어졌겠지 왜 이리 세월이 오래 걸린단 말인가?

그러니 우리 모두 이제는 버릴 것은 과감히 버리고 받아들일 것은 과감히 받아들여 행을 할 때, 우리의 삶이 윤택해 질 수 있다.

각자의 조상님들이 우리 인간 모두가 동경하는 이상향의 세계 천상 자미천궁에 다시 태어나 영원무궁 행복 누릴 수 있다면 이 얼마나 기쁜 일이던가?

또한 조상님 입천제를 행하면 각자의 조상님들은 더 이상 조상님이 아닌 하늘의 자손인 천손이 되는데 이 얼마나 가문의 영광이던가?

자신의 사랑하는 조상님들이 조상님 입천제를 통하여 하늘의 자손으로 탄생함.

살아서도 죽어서도 가문의 영광인 동시에, 보람 있는 일이다.

조상님 입천제 의식은 천도재나 굿과 달라 하루 1회 단독의식을 원칙으로 한다.

사찰에서처럼 합동의식은 행하지 않는다.

의식시간은 대체로 6시간 내외이고 직장인, 사업자들을 위하여 토요일, 일요일, 공휴일에도 의식을 행한다.

하늘이 있으면 땅이 있듯이 자신의 삶에 양지가 있으면 반드시 음지도 있기 마련이다.

음지의 인생 된 후에 후회하지 말고 양지의 인생일 때 하늘, 조상님, 신을 찾아야 자신의 재물, 명예, 권력, 건강, 기쁨, 부귀영화 지키며 인간육신의 삶을 행복하게 살 수 있다.

부자들은 자신의 성공과 편함만을 챙기고, 돈은 많지만 하늘, 조상님, 신에 대하여 관심이 별로 없다. 하지만 이 책을 구독하는 도중에 하늘의 기운을 직접체험하면 생각이 많이 바뀔 것이다.

하늘, 신, 조상님께 순응하는 자 인생이 평탄하리라.

●● 제 1부

조상님 입천제

명문대 재학생의 조상님 일반입천제

서울 3대 명문대학 중 하나인 Y대 1학년으로 재학 중인

21세 대학생이 조상님들 구원을 위한 조상님 입천제를 행하였다.

대학생은 자미국에서 발행한 책을 읽고 감명 받아 자미국에 방문하여 저자와 상담 후 조상님들을 구원해 드릴 입천제 비용을 마련하고자 아르바이트를 하고 있는 중이라 했다.

대학생이 자미국에서 출간 된 책을 보게 된 사연은 남달랐다.

그의 아버지는 교직생활을 하고 있고 가정 형편은 어렵지가 않은 상태라 하였다.

하루는 그의 아버지께서 자신에게 한 권의 책을 주면서 읽어보라고 권하기에 자신은 아버지께서 주신 책을 읽게 되었다 한다. 아버지는 자신에게 책을 주면서 "자미국에 너무 빠지지는 말라" 하면서 주었다 한다.

자신은 학생의 입장이라 공부를 해야 했지만 항상 머리는 아프고 온 몸은 무거운 상태이고, 항상 온 몸이 피곤하여 자신의 뜻대로 공부를 할 수 없는 무기력한 상태인지라 아버지가 주신 책을 보게 되었다 한다.

책을 보고 자미국으로 자신의 마음이 움직이기 시작하였지만 부모님께서 호응을 안 해 주어 조상님 입천제를 행함에 자신이 책을 본 후 2년의 시간이 걸렸다.

그가 메일로 보낸 내용 원문이다.

〈첫 번째 메일〉

안녕하십니까?

존경하는 인황님, 신감님 잘 계셨죠?

저를 잘 기억 못 하시던데 지난번에 예비백성으로 가입했던 청년 ○○○라고 합니다.^^

무엇보다도 먼저 이렇게 저희 조상님 천상 자미천궁으로 입천 할 수 있도록, 그리고 제가 자미국 백성이 될 수 있도록 조상님 입천제 윤허 내려주신 영혼의 어버이 "태상천존 자미천황님, 자미황후님" 께 감사합니다.

오늘은 참 뜻 깊은 하루였습니다.

지난 6개월 동안 조상님 입천제 행하겠다는 목표 하나로 과외활동하면서 달려왔는데요.

드디어 오늘 천공을 입금할 수 있어서 참 기쁘고 보람 있습니다.

돈만 있다면야 가장 정성들여서 할 수 있는 조상님 벼슬 입천제하고 싶지만 그럴 형편이 안 되어 일반입천제를 하게 되어서 아쉽기도 하지만 그것은 저의 욕심인 것 같고 자미국에 대한 믿음을 일찍부터 내려주셔서 조상님 입천제 의식을 행할 수 있다는 것 자체로 무한한 영광이라 여깁니다.

제가 고교시절 자미국 책 읽은 그 때부터 단 하루도 자미국에 대한 믿음 놓은 적 없다고 자신 있게 말씀드릴 수 있습니다.

근데 누군가 왜 그랬냐고 물으면 저의 대답은 "모르겠다." 입니다.

그냥 믿어지는 것 어쩔 수 없었습니다.

〈두 번째 메일〉

오늘 드디어 정말 어쩌면 작은 금액이지만 저한테 소중한 조공(祖貢조상님 입천제 의식비용)을 입금하고 나서부터 변화가 찾아왔습니다.

정말 신기합니다.

왜 갑자기 제가 이렇게 변했죠??

어쩌면 이렇게 마음이 편안할 수가 있죠?

지금 딴 세상에서 살고 있는 것 같습니다.

아직 조상님 입천제 의식도 행하지 않았는데.......

그럼 입천제 의식을 행하게 될 그날에 뵙겠습니다.··

건강하시구요~! 파이팅 입니다!

〈세 번째 메일〉

그냥 잠을 자기에는 이미 자정이 넘어 어제가 되어버린 조상님 입천제의 감동과 감사가 너무 커서 이렇게 메일?쓰게 되었습니다.

저의 조상님들이 이제는 태상천존 자미천황님, 자미황후님의 백성으로 탄생했다는 사실, 제가 자미국의 백성이 되었다는 사실, 천인합체의식 윤허 받았다는 사실.......

사진으로만 뵈었던 할아버지와의 대화, 작은 조공에도?저의 가문을 위해 의식 윤허하여 주신 "태상천존 자미천황님, 자미황후님"

조상님 입천제 의식을 행하여 주신 감찰신명님, 천상천감님, 천상도감님과 인간육신을 갖고 이분들과 함께 조상님 입천제 의식을 해주신 인황님, 신감님 그리고 입천제에 동참하여 참가해 주신 여러 신하와 천인님들........

제가 오히려 깊은 감동은 겉으로 드러나지 않는 타입인 것 같아서 어떻게 보이셨을지 모르겠지만,

정말 감동이었고 평생 잊지 못할 날이었습니다.?

정말 평생 갚을 수 없는 빚을 자미국에 졌습니다.

정말 감사합니다.

너무나 적은 정성을 올린 저를 위해 귀한시간 내주시고 구원의 사랑 내려주신 "태상천존 자미천황님, 자미황후님" 께 가장 감사하고,

그리고 저의 삶 일으켜 세워주시고, 저의 조상님과 저를 자미국으로 인도하여주신 "감찰신명님"의 은혜에 정말 감사합니다.

그리고 눈에 보이는 하늘 "인황님" 수고 많으셨습니다.

그리고 인류최초로 하늘, 신, 조상님과 통신할 수 있는 최첨단 보물 "신감님" 수고 많으셨습니다. -이상-

명문대학 1학년 재학생이 고교시절 자미국에서 발행한 책을 읽고 감명 받아 2년이 지난 후 조상님 일반 입천제를 올리게 된 감명 깊은 사연이었다.

이 대학생은 고교시절 명문대에 들어갈 만한 성적이 전혀 아니었다. 공부를 하려고 해도 공부가 되질 않아 재수 3년 만에 명문대에 들어가게 되었는데 그 사연이 신기하다.

처음 1년은 좋은 대학에 들어가게 해 달라고 부처님 전에 자신의 소원을 빌었다고 한다.

결과는 낙방이었다.

2년째에는 예수님과 하느님을 찾으며 자신의 소원을 빌었다고 한다. 그 결과 역시 낙방이었다.

3번째에는 자미국에서 발행한 책을 모두 읽고 감찰신명님을 찾으며 자신의 소원을 빌었다 한다.

기도를 할 때마다 신기한 기운이 자신의 몸으로 들어와 재미없던 공부가 재미있어지고 머리에 쏙쏙 들어오게 되어 그토록 바라던 명문대학에 우수한 성적으로 들어가게 되었다고 싱글벙글 웃으며 말했다.

감찰신명님께서 자신을 명문대에 들어갈 수 있도록 도와주셨다고 대학생은 말했다.

입천제를 올리기 전 입천제를 올리지 못해 하늘의 백성이 아니라 감히 태상천존 자미천황님, 자미황후님께는 기도를 못 올리고 감찰신명님께만 자신의 소원을 기도했다고 한다.

시험에 임박해서도 수험 공부보다도 자미국 책을 읽는 시간이 더 많았다고 한다. 그러고 있는 자기 자신을 발견하고 자신 스스로도 그러고 있는 자신의 모습이 도무지 이해가 안 간적이 한 두 번이 아니었다 한다.

자미국 책을 몇 번씩 읽어서 자미국 책 내용을 모두 외우고 있을 정도의 상태인데도 자신은 시간만 나면 공부하는 것이 아니라 자미국에서 발행한 책만 펴 놓고 읽고 있었다 한다.

시험 날짜는 다가오는데 공부는 안하고 자미국 책만 보고 있으니 자신 스스로도 전혀 이해가 안가는 순간들이었다고 말했다.

그 진실이 오늘 입천제 올리는 날 모두 밝혀졌다.

고인이 되신 그의 할아버지가

신감(저자女) 몸에 장시간 함께 하면서 신감 몸을 통하여 손자에게 전해 주신 말씀은 "어떤 신께서 할아버지에게 책을 계속 읽으라고 들이밀었다."

그때마다 할아버지는 신께 "책 이미 다 보았기에 더 이상 볼 것 없습니다." 라고 하셨다 한다.

그런데도 신께서는 아직 멀었으니깐 계속 보라고 하여 그의 할아버지는 자신의 의지와 상관없이 책을 보고 또 보게 되었다고 했다.

그의 할아버지가 책을 보면 그 할아버지의 손자인 이 어린 대학생도 할아버지와 같이 책을 펴놓고 함께 읽게 되었다는 내용이었다.

천상 자미천궁으로 입천 할 조상님들을 공부시키시려고 감찰신명님, 천상천감님, 천상도감님께서 이 자손에게로 찾아가시어 도와주신 것이었다.

공부하는 시간보다 자미국 책 읽는 시간이 더 많았는데 자신의 성적으로는 감히 상상조차도 할 수 없는 내신 1등급을 받게 되었고, 그 힘든 명문대학에 자신이 합격하여 현재 그 명문대에 버젓이 다니고 있는 자신의 모습이 꿈만 같다고 했다.

자미천황님을 만나기 전에는 항상 삶에 대한 좌절만 느껴져 고등학생 때부터 죽고 싶다는 생각밖에 없었다 한다.

잠자리에 들면 천정이 무너져 내려 자신을 덮칠 것 같은 공포가 자신을 힘들게 하였고, 엘리베이터를 타면 자신이 탄 엘리베이터가 갑자기 지하 세계로 추락 할 것 같아 무서웠고,

가끔은 자신이 기대고 있는 벽이 무너져 자신을 덮칠 것 같은 공포에 시달리다 보니 대인 기피증도 생겨 삶에 대한 의욕, 공부에 대한 의욕, 인생에 대한 그 어떠한 의욕도 없는 자포자기의 상태였던 자신이 어떻게 이토록 천지개벽 할 수 있느냐고 경탄에 경탄을 금하지 못했다.

자미천황님을 만난 지금은 삶에 대한 의욕과 희망으로 모든 것에 긍정적이고, 밝은 웃음도 찾아 감사하고 감사할 따름이다 하면서, 자미국의 책은 자신을 명문대로 갈 수 있도록 해 준 "수험서" 이었다고 대학생은 자신 있게 말하였다.

이 대학생의 경우에서 보듯이 공부만 열심히 한다고 좋은 대학에 들어가는 것이 아니라, 하늘께서 기운을 내려 주시어야 원하고 바라던 대학에 들어 갈 수 있다는 큰 교훈을 주는 사례이다.

수험생을 둔 학부모들 과외공부만 시키지 말고, 자미국과 인연 맺어 태상천존 자미천황님, 자미황후님을 만나면 자신과 조상님은 물론 자식들의 성공까지 이루어질 수 있다는 진실을 깨닫기 바란다.

이제 종교의 기운이 세상을 지배했던 선천의 시대는 막을 내리고, 하늘의 진정한 기운이 만 인류의 모든 운명을 좌우하는 후천의 자미국시대가 시작되었다.

그와 더불어 하늘의 진실을 전하는 자미국의 존재도 이 땅에 세워지게 되었다.

종교는 기복신앙으로서 말 그대로 복을 빌기 위해 다니는 종교다.

그러나 자미국은 존귀하신 영혼의 어버이 태상천존 자미천황님, 자미황후

님과 그대 육신의 부모조상님들께 근본도리를 행할 수 있도록 해주는 귀한 곳이다.

자신들의 소원만을 이루고자 하는 마음은 하늘의 근본도리에 맞지 않는다.

영혼의 천지부모님 하늘과 육신의 부모조상님들께 근본도리를 행하는 자는 자연적으로 하늘의 보살핌을 받아 원하고 바라던 뜻을 소리 소문 없이 성취할 수 있게 된다.

복을 받으려고 하늘과 조상님들께 드리는 정성은 정성이라 할 수 없다. 바라고 원하는 마음 없이 순수하게 행할 때 가장 큰 뜻이 이루어진다는 교훈을 알아야 한다. 진심의 마음으로 영혼과 육신의 천지부모님께 행해야 한다.

즉 복을 받으려고 정성들이는 것은 하늘과 조상님들에게 조건을 거는 것이기에 근본도리에 어긋나는 행위라 볼 수 있다.

불쌍한 자기 조상님들이 자미국에서 입천제를 행하여 천상 자미천궁에 올라 태상천존 자미천황님, 자미황후님을 만나 추위와 배고픔, 고통과 불행, 원과 한의 고통에서 벗어나 정말 편했으면 하는 순수한 마음으로 임해야 한다.

순수한 마음으로 자신들의 잘못을 뉘우치는 차원에서 아무 조건 없이 맑고 깨끗한 자세로 임해야 그대들의 마음이 편해져 원하고 바라지도 않았던 것을 하늘과 조상님들부터 받을 수 있게 된다.

자신들의 이익만을 얻으려고 소원을 빌기 위해 종교를 다니는 것은 속 보이는 행동이기에 자신의 뜻을 이루기 어렵다.

자기 육신의 부모조상님과 영혼의 부모님이신 하늘을 몰라보는데 어떻게 좋은 기운을 받아 뜻을 이룰 수 있겠는가?

수명복록과 출세와 성공의 기운은 조상님들이나 종교적 숭배대상자들이 내리는 것이 아니라 높고도 높으신 태상천존 자미천황님, 자미황후님께서 모두 직접 주재하신다는 진실을 최초로 밝힌다.

절, 교회, 성당, 도교, 무속, 산에 가서 자녀들을 위하여 힘들게 기도하지 말고 자미국에 찾아와서 태상천존 자미천황님, 자미황후님의 기운을 받으라.

그것이 그대들과 사랑하는 조상님들과 자녀들 모두의 뜻을 현실로 이루게 해주는 최고의 지름길이 될 수 있을 것이다.

즉 조상님들이 태상천존 자미천황님, 자미황후님께 구원 받지 못하면 가문의 만사가 막히고 불통되어 운이 안 열리고 불운의 날이 계속된다.

안 되면 조상님 탓이라고 했듯이, 모든 문제의 발단은 자신들의 원 많고 한 맺힌 조상님들에서부터 시작되고 있음을 깨달아라.

원 맺힌 조상님과 자손이 함께 책을 읽은 후 손에 손을 잡고 자미국으로 들어와 조상님들은 입천제 행하여 원 풀고 천상 자미천궁 가시고, 한 맺힌 조상님들은 한 풀고 천상 자미천궁으로 입천 되셔야 살아있는 자손들도 원과 한이 풀어져 인생의 고통과 불행, 불운이 따르지 않아 행복해 질 수 있다.

욕심 버리지 말고 마음도 비우지 마라.

울산 현대중공업에 근무하는 30초반 젊은 남자의 조상님 입천제를 행하는 날이다.

조상님 청배하여 상봉하는 시간에 할머니와의 눈물어린 상봉의 시간이 끝나고 하늘 진실 말씀을 듣는 시간이 되었다.

욕심 버려라!

마음 비워라!

흔히 절에 있는 스님들이나 뭔가 깨달음을 얻었다고 하는 자칭 도사풍모를 풍기는 사람들이 중생들에게 깨달음을 준다하면서 그들이 설법할 때 즐겨 쓰는 말이다.

그와 더불어 대부분의 종교 교주들이 즐겨 쓰는 말인 반면 이 말이 좋은 말인 줄 알고 그들을 믿고 따르는 수많은 사람들도 이 말을 쓰면서 자신의 삶에서 실천하고자 하고 있는 말이다.

그러나 이 말 속에는 무서운 진실이 숨어있다고 가르쳐주셨다.

고상한 말인 줄 알고 수많은 사람들이, 수많은 세월동안 그렇게 살려고 애써왔던 욕심 버려라! 마음 비워라! 라는 말의 진실을 자미천황님께서 밝혀주시었다.

"너희들의 말대로 인간의 모든 욕심 버리고, 인간의 모든 마음을 비운다면 너희들의 말대로 아무것도 남은 것이 없으니, 아무것도 없는 너희들은 거지 신세 인생 아니던가?" 라고 하시면서,

"돈, 권력, 명예, 자식, 학벌, 건강, 사랑, 수명장수에 대한 욕심과 야망이 있기에 그 욕심과 야망을 이루고자 너희 인간들이 이 힘든 인생을 열심히 살아가는 것이 아니냐?" 고 반문하시었다.

"욕심이 없다는 것은 야망 또한 없다는 말과 진배가 없으니 욕심과 야망이 없는 인생, 열심히 일할 필요성도 없고, 지키고자 하는 마음 또한 없으니 아무 의미 없이 하루하루 살아가는 너희들의 인생 죽은 인생과 과연 무엇이 다르겠느냐?" 라고 하시었다.

"하물며 육신을 잃은 육신이 없는 조상영가들조차도 각자 나름대로 야망이 있고, 욕심이 있건만 살아있는 인간들이 욕심도 없이 모든 마음을 다 비우고 산다면 세상은 과연 어찌 돌아갈까?

마음을 비워라!

욕심을 버려라! 그 말들이 진정한 하늘인 나의 말이라고 너희들은 생각하느냐?

나는 일찍이 인류를 창조함에 인류에게 그 말이 맞으니 믿고 현실로 실천하라고 가르친 적 없었노라.

그래 종교를 통하여 마음을 비우고 욕심을 버린 수많은 자들아!

그대들은 어찌하여 고통, 아픔의 굴레에서 벗어나지 못하고 고통, 아픔을 수많은 세월동안 하소연 하고 있더냐?

다시 한 번 말하지만 욕심을 버려라, 마음을 비워라, 라는 말은 나의 진실이 아니었음을 전하는 바이니라.

나는 예나 지금이나 인간, 조상, 영혼, 신들에게 근본 도리를 다하라, 라고 말하고 있도다.

나의 진정한 말이 아니면 이 땅에서 너희들이 제 아무리 노력을 하고, 착한 척을 하여도 나를 감동시킬 수 없음을 바로 알아라." 라고 전해 주시었다.

마음 비워라! 욕심 버려라! 하면서 중생들의 돈을 모두 헌금으로 올리게 하고, 그래야지만 괴질 신종플루와 사스에서 살아남느니, 2012년 지구 종말에서 나에게 구원 받느니 외치는 종교의 교주들에게 질렸다고 하시었다.

중생들에게는 욕심 버리고 마음 비우라 해 놓고는 실제 종교 교주들자신은 굴복, 충성, 사리사욕의 온갖 욕심으로 가득 차 있으니 실로 답답한 일이라고 하시었다.

종교 교주들이 많이 가지고 있는 것은 당연한 일이고, 중생들이 많이 가지고 있는 것은 욕심이고, 깨달음을 얻지 못한 몰상식한 행동이라고 하니 종교 교주들의 말은 앞뒤가 맞질 않는다.

흔한 말로 자신이 바람피우는 것은 로맨스이고 남이 바람피우는 것은 불륜이라고 하는 말과 일맥상통하는 희한한 논리이다.

욕심을 버리고 마음을 비우고자 자신의 재물과 몸을 종교에 바치면 바칠수록 스스로는 끝없이 가난해지니 그 방법이 정녕 욕심을 버리는 길인지, 거지가 되는 지름길인지 이제 스스로가 잘 판단하길 바란다.

자미천황님께서는 오늘 입천제를 행하는 자손처럼 자신의 조상님을 학대하거나 구박하지 않으며, 넉넉하지 않은 살림에도 조상님들을 사랑하는 마음으로 조상님들을 구원하고자 자미국에 찾아와 입천제를 행하는 이 자손이야 말로 진정한 하늘의 자손이라고 칭찬의 말씀을 아끼시지 않으셨다.

조상님을 사랑하는 마음, 조상님을 기필코 구원하리라 하는 자신 욕심의 마음을 버렸다면 어찌할 뻔 했느냐고 하시면서 인간으로서 자손의 도리를 다한 이 자손을 많이 칭찬해 주시며 앞으로 남은 본인의 인생, 욕심과 야망을 가지고 열심히 살라, 하시면서 이 자손의 빈 마음 채워 주시겠다고 하시었다.

욕심 부리고, 마음 채우며 살라 하시었다.

오늘 구원받는 조상영가님들도 마찬가지다.

감찰신명님, 천상천감님, 천상도감님께서는 이 자손의 조상님들을 오늘 구원하여 주시는 과정에서 이 자손의 조상님들과 있었던 일들을 설명해 주시었다.

이 자손의 조상님들이 오랜 세월 종교 안에서 너무나도 속고 속다 보니 진짜 하늘 만나게 해준다고 하여도 이 자손의 조상님들이 또 속을 줄 아느냐고.

하도 못 믿어 하기에 자미국에 갔다가 거기 역시 종교처럼 거짓이면 다시 돌려보내 줄 것이니, 아무 걱정 하지 말고 일단 한 번 가 본 뒤에 결정 하자고 이 자손들의 조상님들과 약속까지 하고 데려왔다고 말씀하셨다.

사후세계와 종교세계가 정말 심각한 상태이다.

얼마나 종교에 속고 속았으면 진짜 하늘 찾아 주러 오신 이 분들까지 못 믿고 있으랴?

이 사례의 얘기는 꼭 이 자손의 조상님들 사연만은 아닐 것이다.

이 책을 보시는 독자 여러분들의 이야기 일 수도 있고, 자신 조상님들의 이야기 일 수도 있다.

자미국을 못 믿어서가 아니라 많은 세월, 수많은 종교에 속고 속다 보니 이제는 진짜가 나타났다 하여도 기뻐하는 것이 아니라 우선은 의심부터 하는 의심의 병이 만 인류에게 생기게 되었다.

독자 여러분들에게 새롭게 다가가는 자미국.

자미국과 독자 여러분들과는 첫 만남이다.

우리는 처음으로 만나게 되는 것이기에 서로가 서로를 불신할 필요는 없다고 본다.

세상에는 나쁜 사람이 있는가 하면 좋은 사람도 있기 마련이다.

세상에는 거짓이 있는가 하면 어딘가에는 진짜도 있기 마련이다.

하늘 진실의 말씀이 가득한 자미국에서 자미천황님의 사랑으로 서로가 만나 진실의 말씀에 순응하여 아픔 고통의 인생에서 벗어나 인간, 조상, 영혼, 신들 모두가 행복했으면 좋겠다.

자미천황님을 만나 인간의 옳은 욕심은 부리고, 인간의 허전하고 외로운 마음도 채우고, 자미천황님의 윤허로 아픔과 고통을 버리고, 질병을 버려야 행복하게 잘살 수 있다.

자미천황님의 윤허로 욕심을 버리는 것이 아니라 아픔, 고통을 버리고, 인간의 삶을 사는 동안 마음을 비우는 것이 아니라 질병을 버리고 건강하여 기쁘게 한 세상 살자.

하늘의 말씀에 눈물을 흘린 노스님!

강원도 태백산에서

조상님 입천제를 행하려고 80 노구를 이끌고 온 스님.

귀가 잘 안 들리고, 몸이 불편하여 행자의 승용차로 왔다.

평생을 불교에 몸담은 80 노구의 스님.

50대 초반의 행자를 동행하고 왔다.

부산에 암자와 땅 문서 모두를 아들(주지스님)에게 물려주고 당신은 하늘 찾는다고 2년 전에 태백산에 들어가 움막 짓고 기도생활을 하고 있다 한다.

자신의 재산을 모두 물려준 노승은 기초생활 수급 대상자로 지낸다 하였다. 재산을 모두 물려받은 그의 아들(주지스님)은 노승을 돌보지 않고 있는 상태라 하였다.

아들은 도력이 있는 암자의 주지.

암자를 아들에게 물려 준 당신의 인생은 암담함 그 자체였다.

그러던 중에 자미국에서 발행한 책을 읽고 감동하여 방문한 후 조상님 입천제를 행하기로 결심했다.

오늘 의식을 행하려고 찾아온 노승은 책을 읽고 너무 감동하여 저자를 보자마자 큰 절을 하려고 허리를 굽히려 하는 것을 저자가 손 사례 치며 하지 말라 말렸다.

저자는 종교의 교주가 아니기 때문에 절을 일체 받지 않는다.

위대하신 하늘께서만이 받으실 수 있다.

5배의 예를 받을 분은 존경하는 태상천존 자미천황님, 자미황후님이시다.

그러므로 저자인 나는 누구의 절도 받지 않는다.

노승은 여기저기서 입천제 의식비용을 마련하여 천상 자미천궁으로 조상님 하단 입천제를 행할 수 있게 되었다.

하늘을 찾으려고 홀로 태백산 기슭에 당신의 육신을 의탁하신 노승.

2년 기도 끝에 하늘을 찾아주는 자미국과 인연을 맺었다.

그의 직계좌우 시조까지 일체 조상님들을 천상 자미천궁으로 올려 보내 태상천존 자미천황님, 자미황후님의 자손으로 다시 태어나게 해드리는 입천제 의식이 거행되었다. 이 입천제 의식이 끝나면 그는 인간으로 태어난 1차 사명을 완수하게 되는 것이다.

입천제를 행할 때

감찰신명님, 천상천감님, 천상도감님께서 신감 몸으로 함께 해주시어 진실의 말씀을 전해주시었다.

자미천황님의 말씀을 이분들로부터 전해들은 노승은 하염없는 눈물을 흘렸다.

참 신기했다.

의식을 들어가기 전에는 귀가 잘 안 들려 대화를 할 적에 자미국이 떠나가도록 목소리를 크게 하여야 억지로 몇 마디 알아들을 수 있을 정도라 대화하기가 매우 어려운 상태였는데,

자미천황님의 진실 말씀을 듣는 시간에는 귀가 뻥 뚫린 사람처럼 모든 말씀을 알아듣고 80 노구의 스님이 어린아이가 되어 눈물을 흘리고 있었다.

의식에 함께 자리한 노승의 행자도 이런 자신 스승의 모습에 신기해하였고 참가한 신하, 천인들도 어쩔 줄 몰라 했다.

이 저자 역시도 의식에 임하기 전에는 노승의 귀가 너무 안 들려 솔직히 걱

정을 많이 한 상태였다.

그런데 다 알아듣고 눈물을 흘리고 있으니 정말 자미천황님의 대 능력에 우리 모두는 또 한 번 경탄을 하였다.

자미국을 알기 전에는 자신 인생이 다하는 그 순간까지 태백산맥에서 하늘에 기도하며 생을 마감하겠노라고 결심을 했었다 한다.

자미국을 알기 전 이른 새벽과 깜깜한 밤에 항상 기도를 올리며 하루하루의 삶을 살고 있었다고 한다.

그리고 자신의 재물을 모두 자식에게 상속해 준 이유는 재물을 가지고 있으면 기도에 장애가 된다고 하여 아들에게 모두 물려주게 되었다 한다.

그러나 감찰신명님, 천상천감님, 천상도감님을 통하여 자미천황님의 말씀을 들은 노승은 새로운 삶을 설계해야 했다.

자미천황님께서 노승에게 들려주신 말씀은

이제까지의 모든 행위(불교 법을 믿고 따른 행위) 다 용서하노라.

그러니 더 이상 죄 사함의 기도 그만하라.

또한 낮에 기도하라.

맑고 밝은 천기!

낮에 내려줄 것이니 낮에 기도하라.

밤에는 기도하지 말고 편히 잠을 자라.

새벽에 일찍 일어나 기도하지 말고 늦게까지 푹 자라.

몸이 건강하지 않은 상태인지라 몸을 조심해야 하는데 이른 아침에 또한 깜깜한 밤에 기도하러 잘못 움직이다 헛발이라도 짚어 다치면 큰일 나니깐 몸조심하라고 하시는, 자미천황님의 노승을 향한 사랑의 말씀이시다.

감찰신명님, 천상천감님, 천상도감님께서는 노승을 대신해 자미천황님께 기도해 주신다고 하시면서, 남은 인생 좀 더 편하게 살아 보라고 배려의 말씀을 해주셨다.

또한 산에는 날짐승들이 사는 곳이고, 또한 죽은 망자들이 천상 자미천궁에 오르지 못하여 머무는 곳이니, 이제부터 더 이상 인간이 살기 힘든 산에 있지 말고, 사람 사는 세상으로 내려가 사람답게 남은 인생 살라하시었다.

기도하지 않고 편하게 살아도 태상천존 자미천황님, 자미황후님께서는 하늘을 향한 본인 진심의 마음 이미 다 아시었으니 그만 하라고 하시었다.

사람이 살아생전 좋은 일 많이 하여 죽은 다음 세상에 이름을 남기는 것이 아니라, 살아생전에 천인합체의식을 행하여 그대들 인간의 이름이 천상 자미천궁에 올라가 있어야 죽어서 천상 자미천궁에 다시 태어나는 것이라고 가르쳐 주시었다.

인간의 육신은 늙어도, 인간의 육신 안에 있는 영혼은 육신처럼 늙는 것이 아니라 애기처럼 맑고 초롱초롱한 상태라고 하시었다.

그래서 인간 육신 노승의 귀는 멀었어도 의식 때 하늘의 말씀을 알아듣고 눈물을 흘릴 수 있는 이적은 노승의 몸 안에 있는 영혼이 하늘의 말씀을 알아듣자,

인간 육신 노승도 함께 알아듣게 된 것이고, 노승의 눈물 흘리는 모습이 할아버지 같지 않고 어린아이 같았던 것은 노승의 몸 안에 있는 영혼이 그렇게 초롱초롱 어린아이의 모습으로 있기에 가능한 일이라고 가르쳐 주시었다.

자미천황님께서는 노승에게 천인합체의식의 명을 윤허하여주시었다.

태상천존 자미천황님, 자미황후님을 몰라보고 종교를 믿으며, 평생을 신앙에 몸담은 것이 어찌 보면 큰 죄가 되겠으나 이 모두를 용서해 주신다고 말씀하셨다.

노승은 의식 내내 너무 감동하여 어쩔 줄 몰라 하였다.

노승이 진정한 하늘을 찾고자 태백산맥에 움막을 짓고 하늘을 찾는 기도정진 끝에 자미국을 통하여 진짜 하늘을 찾았고, 산 중 기도 속에서 그토록 애타

게 찾고자 했던 진짜 하늘을 만날 수 있는 영광을 얻게 되었다.

그리고 그의 뜻을 이룰 수 있는 길도 알게 되었다.

평생을 찾으려고 했던 하늘을 찾은 것이다.

이제 노승은 편안한 노후를 맞을 수 있게 되었다.

고행이 따르는 기도가 아니라 편안한 인간의 삶을 살 수 있게 자미천황님께서 해주신 것이다.

노승에게 남은 2차 사명완수는 천인합체의식이다.

아들이 자미국에서 발행한 책을 읽고 호응을 해 준다면 얼마나 좋을까? 하고 많이 아쉬워하였다.

노승은 조상님 입천제를 행하고 난 뒤 태상천존 자미천황님, 자미황후님께 너무 감사하다고 하며 해맑은 어린아이 표정을 지었다.

매우 만족한다고 말하며 기쁨에 넘쳐있었다.

노승을 모시고 함께 입천제에 참석한 행자도 감찰신명님, 천상천감님, 천상도감님께서 자미천황님의 말씀을 전해 주시는 동안 계속 감동의 눈물을 흘렸다.

행자의 조상님들에게도 입천제를 윤허해주시었기에 그도 빠른 시간 안에 자신의 조상님 구원을 위한 입천제 의식을 행하러 다시 찾아 올 것이다.

죽음의 길 고행의 길이었네.

입천제를 행하는 날, 한 조상님이 태상천존 자미천황님, 자미황후님의 선택을 받아 육신을 지닌 자손에게 한 말이다.

"나 역시도, 살아서는 죽으면 모든 것이 끝인 줄 알았다.

하지만 막상 죽어보니 사후세상은 내가 살아생전에 알고 있던 이론과 너무도 다른 세상이더라.

나의 사후세상의 여정을 말하자면 한 마디로 "고행"의 연속이었다고 보면 될 것이다.

사후세상에서의 고행의 시간들.

인간 삶의 고통으로 표현한다면........ (잠시 말을 머뭇거림)

사후세상에서의 고행의 시간들은 인간의 상상을 초월한 너무도 아프고 괴롭고 고통스러워, 감히 인간 삶의 어떠한 고통으로도 표현 할 수 없을 것 같다.

나의 고통 전하고자 자손들을 찾아가 보았지만 어느 자손도 내 존재를 알아보는 자손 없어 이내 마음 한 번 더 아플 수밖에 없었다.

나 역시도 살아생전 보이지 않고 들리지 않는 하늘의 존재, 신의 존재, 조상님의 존재를 무시하며 살았었다.

나의 그런 인생으로 인하여 사후세상에서 이렇게 오랜 세월 고통 받을 줄은 꿈에도 생각해 본 적 없었다.

나 역시도 살아생전에는 "죽으면 모든 것이 끝" 이라는 생각으로 일평생을 살았었는데, 막상 사후 세상에 와 보니 그것이 아니었다.

하지만 때 늦은 후회는 나에게 아무런 보탬도 되질 않더라.

살아서는 내 육신이 있기에 내 마음대로 행하였지만 사후세상에서는 내 마음대로 행할 수 있는 부분이 하나도 없더라.

나의 사후세상에서의 고행의 삶!

살아있는 너에게 다 전한다 하여도, 살아있는 너는 내가 지금 전하는 나의 말뜻을 전부 이해 할 수 없을 것이다.

하지만 이것 하나만 명심해라.

지금에 와서 뒤돌아보니 아무리 힘들어도 인간의 삶이 가장 행복한 삶이더라.

그리고 또한 그 행복한 인간의 삶.

네가 알고 있듯이 종교적 숭배대상자들이 우리에게 준 것이 아니라 태상천존 자미천황님, 자미황후님께서 주신 것이더라.

사후세상에서 갈 곳을 몰라 슬퍼하며 울고 있는 나에게 어느 날 어떤 분이 내 앞에 나타나시어 이 사실을 나에게 슬쩍 가르쳐 주시더라.

그러면서 태상천존 자미천황님, 자미황후님을 일심으로 부르라고.

처음 들어보는 "태상천존 자미천황님, 자미황후님!"

처음에는 발음도 잘 안 되고, 그 분이 뭐하시는 분이신지 알 수 없어 궁금하였지만, 그냥 그 분이 가르쳐 주신대로 "태상천존 자미천황님, 자미황후님!" 하고 부르기 시작했다.

시간이 지나면서 내 마음에 어떠한 편안함도 느껴지고 "태상천존 자미천황님, 자미황후님!" 하고 부를 때마다 가슴이 따뜻해짐도 느끼기 시작하였다.

오늘 이렇게 입천제 의식에 선택받아 와보니, 나에게 태상천존 자미천황님, 자미황후님을 가르쳐 주셨던 분은 다름 아닌 감찰신명님이셨다.

그 당시에는 나에게 "태상천존 자미천황님, 자미황후님!" 이라고 가르쳐만

주시고 감찰신명님께서는 자신의 존재도 안 밝히시고 소리도 없이 음성도 없이 사라지셨기에,

그 분이 누구이신지 마냥 궁금했었는데, 오늘에서야 나의 원도 한도 풀게 되고 태상천존 자미천황님, 자미황후님, 감찰신명님의 존재를 알게 되어 이내 마음 한 없이 기쁘구나.

나의 자손아!

나는 사후세상의 삶이 이토록 혹독할 줄은 정말 몰랐다.

나의 자손은 살아생전 그 위대하신 태상천존 자미천황님, 자미황후님의 존재를 알게 되었으니 참으로 영광이다.

나의 자손은 자미천황님, 자미황후님 진실의 말씀대로 살아생전 천인합체의식을 행하여 육신이 다한 다음 세상에 나처럼 고행의 길 걷지 마라.

태상천존 자미천황님, 자미황후님께 천인합체의식 윤허 해 달라고 너도 열심히 빌어서 기필코 천인합체의식을 행한 다음에 죽어야 한다.

나는 이젠 오랜 세월 그토록 가고 싶었던 천상 자미천궁으로 가야 할 시간이 되었다.

네 눈에는 안 보이겠지만 우리의 모든 조상님들을 천상 자미천궁으로 인도해 주시고자 우리 조상님들 앞에 감찰신명님, 천상천감님, 천상도감님께서 와 계시는구나.

나는 이 분들의 인도받아 우리 조상님들을 태초로 창조하여 주신 우리 영혼의 부모님 태상천존 자미천황님, 자미황후님께로 간다.

나뿐만이 아니라 우리의 직계좌우 일체 모든 조상님(당대부터 시조조상님들까지)들이 너무 신나고 기뻐 함박웃음을 지으며 기쁨의 눈물을 흘리고 있구나.

내 자손아!

너도 태상천존 자미천황님, 자미황후님의 선택 받아 남은 인생 잘살다 천인

으로 탄생하도록 하여라.

너의 육신의 삶이 다하면 태상천존 자미천황님, 자미황후님께서 계신 천상 자미천궁에서 기쁘게 웃으며 재회하자.

우리 조상님 모두는 이 분들의 인도받아 이젠 천상 자미천궁으로 간다.

예쁘고 사랑스러운 나의 자손!

잘 있어라.

그리고 오늘 입천제 의식 너무 너무 고맙다." 하면서 조상님과 산 자손과의 만남의 상봉시간은 끝이 났다.

산 자손은 조상님들의 말씀을 통하여 하늘세계, 사후세상을 전해들은 뒤 감동의 눈물을 흘리며 태상천존 자미천황님, 자미황후님! 감찰신명님, 천상천감님, 천상도감님께 감사하고도 감사하여 어쩔 줄 몰라 하면서,

이렇게 고귀하고도 진귀한 의식은 자신이 이 세상에 태어나 처음 본 다 하면서 감동의 눈물을 흘리며 자신도 천인합체의식을 행하고자 최선을 다하겠다고 하였다.

우리의 위대하신 하늘!

태상천존 자미천황님, 자미황후님께서는 산 자와 조상님들 모두의 뜻을 이루어주시는 너무도 감사한 분이시다.

죽은 자는 우리 인간과 말 하는 방법이 다르기에 산 자와 죽은 자가 진정한 대화를 통하여 자신들의 마음을 주고받는다는 것은 거의 불가능한 일이다.

그러나 태상천존 자미천황님, 자미황후님께서는 입천제를 행하는 날 이와 같이 산 자와 죽은 자에게 상봉의 시간을 주심으로서 그 동안 서로에게 하고 싶었던 말들을 할 수 있도록 산 자와 죽은 자 상봉의 시간을 주신다.

상봉의 시간을 주심으로서 조상님들이 말을 할 수 있도록 태상천존 자미천황님, 자미황후님께서는 조상님들에게 천지조화를 내려주신다.

태상천존 자미천황님, 자미황후님의 선택을 받은 조상님들은 입천제를 행하는 날 산 자손과 상봉하여 대화를 나눌 수 있다.

태상천존 자미천황님, 자미황후님께서는 입천제를 행하는 날,

말 못하는 조상님들에게는 말을 할 수 있도록 능력을 주시고,

아파하는 조상님에게는 건강을 주시고,

눈물을 하염없이 흘리는 조상님에게는 눈물을 멈출 수 있게 해 주시고,

불행과 고통을 호소하는 조상님에게는 행복을 주시고.........

입천제를 행하는 날 태상천존 자미천황님, 자미황후님께서는 그 동안 조상님들이 원하고 바랐던 모든 뜻을 이루어 주신다.

그렇기에 입천제를 행하고 나면 산 자손들의 인생도 조상님들의 기운 따라 밝아지게 된다.

각자의 조상님들!

입천제를 통하여 자신의 영혼을 태초로 창조하여 자신을 이 땅으로 보내셨던 영혼의 부모님 태상천존 자미천황님, 자미황후님을 만났으니 그 얼마나 기쁘고 행복하겠는가?

많은 세월동안 떨어져있던 자신의 진정한 부모님,

태상천존 자미천황님, 자미황후님을 만나 기뻐하는 자신 조상님들의 모습을 상상해 보라.

생각만 해도 살아있는 자손들의 입가에도 웃음꽃이 피지 않는가?

태상천존 자미천황님, 자미황후님께서 인류탄생이후 처음이자 마지막으로 이 땅의 산 자손과 조상님을 위하여 입천(천상 자미천궁으로의 재탄생) 의식의 윤허를 내려주셨다.

너무도 감사하고 감사한 일이다.

모두가 입천제를 행하여 태상천존 자미천황님, 자미황후님의 위대한 선택

을 받아야 행복 할 수 있다.

때 늦은 후회는 자신들에게 아무런 도움도 되지 않는다 하였듯이,

자신들의 육신이 살아있을 때, 조상님에 대한 도리, 하늘에 대한 도리, 신에 대한 도리를 다 하였을 때 살아서도 죽어서도 행복 할 수 있다.

천둥 번개 쳐 하늘이 뻥 뚫리면 좋겠네!

입천제를 행하는 날, 자손에게 조상님께서 말씀하셨다.

"천둥, 번개 쳐 하늘이 뻥 뚫리면 속이 시원하겠네."

난데없는 조상님의 말씀이 무슨 말씀인지 몰라 모두가 어리둥절하였다.

태상천존 자미천황님, 자미황후님의 말씀을

태상천존 자미천황님, 자미황후님을 대신하여 들려주시는 감찰신명님, 천상천감님, 천상도감님께서 이 조상님의 말을 입천제를 행하는 주인공의 남자에게 전해 주시기 시작했다.

이 주인공의 조상님들은 육신을 버린 뒤 많은 아픔, 고통의 시간을 보내면서 살아생전에는 몰랐던 사후세계의 진실과 진정한 하늘의 존재를 조금씩 알게 되었다 한다.

죽음 이후에 처음에는 사후세계에 대하여 아무것도 몰라 시간 가면 시간 가는대로, 세월 가면 세월 가는대로 무의미하게 지내었으나, 시간이 가면 갈수록, 세월이 가면 갈수록 자신은 더 힘든 고통의 늪으로 추락하고 있음을 어느 날 알게 되었다 한다.

이대로 있다가는 극락, 천국 가는 것이 아니라 영원히 나올 수 없는 지옥세계로 간다는 것을 알게 된 조상님들은 그때부터 자신들의 다급함을 느끼고 자신들이 편히 머물 수 있는 진정한 하늘을 찾아 나서기 시작하였다 한다.

자신들의 보금자리인 진정한 하늘 찾아 나선 조상님들은 처음에는 "하늘" 이면 다 좋은 하늘인줄 알고 자신들의 눈에 보이는 아무 하늘이나 무작정 들어갔다 한다.

그러나 이게 웬일이란 말인가?

자신들의 편안함을 위하여 찾아 들어간 하늘은 자신들이 편히 쉴 수 있는 하늘이 아니라, 끝도 없는 충성과 끝도 없는 공부를 밤낮으로 해야만 하는 일명 하늘을 가장한 지옥세계였던 것이다.

우여곡절 끝에 그 하늘을 억지로 빠져나와 다른 하늘을 찾아 들어가 보니, 그 곳 역시도 충성과 찬양을 강요하며 자신들의 말에 무조건 충성하라고 하는 그 곳 역시도 가짜 하늘이었던 것이다.

그 후에도 하늘 찾아 나섰지만 자신들이 원하는 진정한 하늘은 찾지도 못한 상태였다.

포기할 수도 없고, 계속 찾아 나설 수도 없고........

정말 조상님들 입장이 진퇴양난의 입장 이었다 한다.

수많은 가짜 하늘이 존재함을 알게 된 조상님들은 자신들 스스로 그 많은 하늘 속에서 진정한 하늘을 찾을 수 없게 되자 이 땅의 살아있는 자손의 몸으로 들어오게 되었다.

살아있는 자손의 몸으로 들어온 조상님들은 그날부터 자손의 몸 안에서 하늘 찾아달라고, 산 자손을 붙들고 매일 밤낮으로 보채기 시작하였다.

살아있는 자손은 자신의 몸에 자신의 조상님들이 들어온 사실도 모른 채, 그날부터 자신도 모르게 정신이 이상해지기 시작하면서 갑자기 "하늘을 찾아야 된다고" 하면서 자신이 하던 일을 모두 그만두고 자신이 가지고 있었던,

집과 땅을 하나 둘 팔아 하늘 찾기 위하여 교회, 성당, 절과 산, 도교단체, 무당집, 마음수련단체를 전전긍긍하며 그들에게 "하늘의 길을 아느냐고" 묻기 시작하였다.

그러나 어느 누구도 이 자손의 몸 안에 있는 조상님들이 원하고 바라는 진정한 하늘의 길을 가르쳐 주는 이는 없었다.

무려 그 세월이 16년이었다.

세월이 가면서 산 자손은 모든 재산을 탕진하게 되었고 몸에는 병만 늘어나 매일 병원을 다녀야 하는 신세가 되었다.

그러함에도 하늘 찾고자 하는 마음은 식을 줄을 모르고 더 강해져만 가는 자신의 모습을 어느 날 발견하고는 혼자 생각에 잠기었다.

"아니, 내 자신은 지금 무엇을 하고 있는 것인가?

그리고 현재의 내 모습은 도대체 이게 뭐란 말인가?

그 많던 재산 다 날리고 몸은 병들고, 가족은 가족대로 나 때문에 거지꼴이고."

그 동안 자신의 삶을 생각해 보니 기가 막혔다 한다.

그러나 자신의 마음 안에서는 자신의 마음과 상관없이 끝도 없이

"하늘! 하늘! 하늘! 하늘! 하늘!" 하고 있으니 미치고 환장 할 노릇이었다.

많은 시련과 아픔 속에 세월은 흘러 자신은 어느덧 50후반의 나이가 되었다.

그러던 어느 날 자미국의 책을 보게 되었다.

책을 보는 순간 눈과 귀가 번쩍임을 느낄 수 있었고 마음 안에서는 "바로 이거다" 하는 생각이 들었다 한다.

예약 후 상담을 하게 되었고, 상담을 통하여 입천제를 행해야 함을 알게 되었다.

그러나 문제는 돈이었다.

16년을 도 닦는다고 미쳐 다니면서 집과 땅, 가지고 있던 모든 돈을 탕진하고 지금은 손바닥만 한 집에서 겨우겨우 하루를 살고 있는 상태인데, 어디서 입천제 의식 비용을 마련한다 말인가?

자나 깨나 입천제 의식 생각밖에는 나질 않았다.

고민 고민 끝에 부인에게 이 사실을 말하며 대출을 받아 입천제를 행해야 되겠으니 대출을 받아 달라고 말하자 부인은 "제발 지겨워 죽겠으니 그만 좀 하고,

세월을 그렇게 당했으면 됐지 무슨 미련이 아직도 남아 또 그러느냐" 고 하면서 입천제를 할 거면 차라리 이혼을 하자고 했단다.

남편은 "그래 이혼하자, 이혼하고 입천제 의식 비용만 내 놔" 라고 하였다 한다.

부인은 이런 남편의 모습에 기가 막혀 다음 말을 못했다.

이런 사연으로 힘들게 부인을 설득해 오늘에서야 드디어 입천제를 행하게 되었다.

입천제를 행하게 되면서 자신의 몸 안에서 그 많은 세월의 시간동안 쉬지 않고 하늘타령을 한 존재를 밝히는 날이다.

그 존재는 다름 아닌 자신의 조상님들 이었다.

사후세상에서 별짓을 다해도 자신들 스스로 하늘을 찾을 수 없게 되자 인간 육신을 지닌 자손의 몸으로 들어가 자손의 몸을 통하여 조상님들이 원하고 바라던 하늘 찾고자 유명하다고 소문난 전국의 절과 도교단체, 산을 방황하며 다녔다 한다.

이 세상의 유명하다는 스님과 도인, 무당들을 만나도 조상님들이 원하던 하늘세상을 찾지 못하자 이에 지친 조상님들은 하늘을 향하여 한 마디 하였다.

"도대체 진정한 하늘의 문은 어디입니까? 어떻게 들어가는 것입니까? 그리고 진정한 하늘은 어찌하여 우리 조상님들의 눈에는 보이지도 않고 조상님들의 귀에는 들리지도 않는가요?

보여야 찾든, 들려야 찾든 하지요.

그리고 진정한 하늘의 문은 도대체 언제 열리는 것입니까?

열리지도 않는 하늘의 문!

나도 모르겠다.

벼락, 천둥번개라도 쳐서 우리 조상님을 향하여 뻥 뚫려봐라.

벼락, 천둥번개가 쳐야 우리 조상님들 눈에 보이려나?

진정한 하늘에 가고 싶어 미치겠는데,

왜 우리 조상님들 눈에는 보이지도 않고, 조상님들 귀에는 들리지도 않나요.

우리 조상님들 힘들어 죽겠으니깐 진정한 하늘이시여!

우리를 향하여 문 좀 열어주세요." 하고 이 주인공의 조상님들은 말하였다.

이 자손의 조상님들께서 하늘 오르고자 하는 마음이 이토록 간절하였으니 이 조상님의 메시지를 받은 이 자손의 인생은 어떻겠는가?

자신의 의지와 상관없이 하늘 찾아 나선 자신의 인생.

하늘 오르고자 한 자신 조상님의 애절하고도 간절한 마음이었다.

얼마나 하늘 천상 자미천궁에 가고 싶었으면 "벼락, 천둥번개라도 쳐 하늘이 뻥 뚫렸으면 좋겠네." 하고 말을 했을까?

이런 이 자손 조상님들의 간절한 마음을 아신 태상천존 자미천황님, 자미황후님께서는 이 자손 조상님들의 뜻을 이루어 주시고자 입천제를 윤허하여 주신 것이다.

입천제를 행하는 날.

자신의 마음인 줄 알고 살아온 자신의 인생이 비로소 조상님의 마음이었음을 알게 된 이 자손은 조상님들의 기운이 이토록 강할지는 일찍이 몰랐었다고 한다.

자신은 그 오랜 세월 하늘 찾아 나서면서 그 마음이 자신의 마음인 줄 알았다 한다.

자신의 그 모습이 자신 조상님의 마음이실 줄은 몰랐다 한다.

많은 종교의 선각자들과 도인들, 서적들을 봤지만 이런 사실을 가르쳐주는 곳이 없다 보니 자신은 한 번도 자신의 모습이 조상님의 모습일 것이라고 생각해 본 적도 없었다 한다.

그 동안 자신이 그토록 알고자 했던 사후세상과 하늘세상, 조상님 세상에 대하여 이토록 자세히 가르쳐 주시고,

입천제를 윤허하여 주시어 수 천 년의 세월 동안 천상 자미천궁 오르고자 학수고대한 자신 조상님 모두의 뜻을 이루어주시고 자신 역시도,

입천제를 행함으로서 조상님에 대한 도리를 행할 수 있도록 해 주신 태상천존 자미천황님, 자미황후님 그리고 감찰신명님, 천상천감님, 천상도감님의 사랑에 너무 감사드린다고 했다.

또한 그동안 수많은 종교를 다니며 좋다는 의식은 모두 다 해 보았지만 자미국의 의식처럼 이토록 존귀한 의식은 처음 본다고 하면서 금일 입천제를 행함에 무척 기뻐하였다.

천상 자미천궁으로 입천이 되신 이 자손의 조상님들이 하신 말씀은,

"자손아! 우리가 그토록 오랜 세월 미쳐서 찾던 하늘세상!

우리가 지금 올라온 이 천상 자미천궁세상이었어."

하면서 그 동안의 모든 서러움과 고통에서 벗어남에 기쁨의 미소를 지어 보이며 자신들이 천상 자미천궁에 입천 되어 다시 태어났음에 매우 자랑스러워하는 모습이었다.

또한 이 조상님들이 한 말씀하시었다.

그 동안 세상 어디에서도 받아 보지 못한 태상천존 자미천황님, 자미황후님의 따뜻하고 포근한 사랑이 너무 좋다고 하면서 하늘의 입천 윤허가 없었더라면 자신들은 정말 어떻게 되었을지 모르겠다고 하면서 자신들의 뜻을 이루어 주신 태상천존 자미천황님, 자미황후님께 감사할 따름이라고 또 한 번 힘주어 말하였다.

하늘의 족보 바꾸고 잘 살줄 알았더냐?

"부처님이 그렇게도 좋으면 너나 실컷 그 부처님 품에 안겨 천 년 만 년 살아라, 이 불효막심한 못된 자손아!

그래, 네 30년 인생을 모두 부처님에게 받칠 정도로 그렇게 부처님이 좋더냐?

부처님에게는 밤낮으로 고개 조아리며 네 육신 다 받쳐 떠받들고 있고, 무슨 부처님의 말이 법이라도 되는 것처럼 부처님의 종처럼 굽실굽실 거리며 "예, 예" 하더니만 그런 네 인생에 남은 것은 과연 무엇이더냐?

가난과 질병 거지꼴인 네 인생만 남았구나.

부처님 두 번 믿다가는 사람 잡겠네!

부처님에게 정신 나간 이 미련한 자손아!

이제는 정신 좀 차려 봐.

너를 낳아주고 길러 준 사람은 부처님이 아니라 너의 부모이고, 너의 부모를 낳은 자는 그 위에 조상님이고, 그 위에 조상님은 더 위에 조상님을 통해서 이 땅에 왔건만 이 정신 나간 놈이 지 조상님은 다 내 팽개치고 부처님에게 충성을 하고 있네.

이놈아! 부처님이 너의 조상님이 아니라 내가 너의 조상님, 너의 할아버지란 말이다.

부처님이 너를 낳아준 것이 아니라, 우리가 너를 낳아줬단 말이다.

아무리 무식하고 배운 게 없다고 네 족보도 몰라보더냐?

너의 그 무식한 행동에, 네 조상님들 지금 구천에서 눈물바다 이루고 있다.

네 놈의 귀는 어찌된 귀가, 네 조상님의 눈물의 하소연은 들리지도 않고 무슨 부처님의 말만 그리도 잘 들려?

별 희한하게 생긴 귀도 다 있네!

우리 조상님은 비록 육신은 잃었지만 너처럼 비겁하게 부처님에게 고개 조아리지 않아.

그래, 네 조상님도 버리고, 네 가족도 버리고, 네 인생에 행복, 기쁨, 건강, 형제 다 버리고 말 없는 부처님이랑 결혼해 평생 살아라.

그래, 다 버려!

다 버리고 부처님이랑 천 년 만 년 살아.

30년 동안을 부처님에게 충성하는 네 못난 모습 지켜보면서 우리는 오장육부 다 뒤집혀버린 상태니깐 네 멋대로 실컷 해.

조상님인 우리는 뒷전이고 부처님은 무슨 지 인생에 전부인양 충성을 하고 있으니, 네 놈이 미치지 않고 제 정신으로 도저히 이럴 수 없지?

네 놈이 지금 하고 있는 못난 짓이 하늘의 족보를 바꾸고 있다는 사실이나 알고 있는 것이더냐?

30년 세월을 충성하면 육신이라도 건강하게 해주던가?

아니면 가족이라도 잘 살게 해 주던가?

이것도 아니고 저것도 아니고, 별 희한한 부처님 다 보겠네!

나 같으면 그런 부처님 필요 없다고 당장 인간 세상으로 뛰어 내려오겠건만 이 미련한 놈은 지 인생 다 망가지고, 지 육신 다 망가지는데도 눈치를 못 채고 부처님 품에 꼭꼭 안겨 있으니 정말 답답하고 한심한 놈 다 보겠네.

우리는 육신을 잃어 비참한 상태지만 부처님에게 고개는 안 숙여.

우리는 우리의 영혼을 이 땅으로 보내주신 진정한 하늘 만나기 전에는 그 누구에게도 절대 고개 못 숙여.

살아있는 너는 비위가 좋아 부처님이 시키는 대로 다 따라할지는 모르지만 육신이 없는 우리들은 너처럼 넉살도 비위도 좋지가 않아 진짜 아니면 절대로 안 해.

그래 우리 조상님들은 육신이 없어 어쩔 수 없이 힘없는 조상님이라는 위치에 있다. 육신이 없는 우리 조상님들이지만 자존심 하나는 아직까지도 남아 있다.

우리 조상님들 모두는 진정한 하늘, 우리 영혼의 부모님을 만나기 전까지는 절대로 그 누구에게도 고개 숙이지 않을 것이니깐 너도 이젠 정신 차려.

그 절 법당에 부처님 없어.

부처 형상만 있단 말이다.

그러니 너도 이젠 정신 차리고 얼른 인간세상으로 내려와 다른 인간들처럼 살아보란 말이야.

자신 없으면 "태상천존 자미천황님, 자미황후님, 도와주세요! 건강주세요! 행복주세요! 일자리 주세요!" 하면 될 것 아니냐.

그래서 그 동안 네가 버렸던 네 가족들에게도 잘 해주어

"여보! 아빠!" 소리 들으며 떳떳하게 살아 보란 말이야.

우리 조상님들 모두는 오늘 일자로 구천세상 떠나 우리 영혼의 부모님 계시는 천상 자미천궁으로 올라가 행복 누릴 것이니깐 너도 네 인생에 행복의 길 찾으란 말이야.

네 인생을 한 없이 아프게 만들고 네 인생을 한 없이 비참하게 만드는 절에 다시는 가지마.

부처님의 종노릇 그만 하란 말이야.

네 나이 60에 30년이라는 인생 받쳤으면 됐지, 얼마나 더 하라고.

그만큼 했으면 살아있는 너도 부처님에게 원도 한도 없이 실컷 했으니깐 이젠 그만해.

30년을 해도 칭찬의 말 한마디 없는 부처님에게 이젠 그만하라고.

일반세계에서도 30년을 종노릇 해주면 대가가 있겠다.

세월을 해도 아무 대가도 없는 부처님에게, 제발 부탁 또 부탁이니 그만해.

우리 조상님들이 천상 자미천궁에 오르기 전에 너에게 부탁하는 말이니깐. 너도 태상천존 자미천황님, 자미황후님 만나 우리처럼 이젠 행복의 길 찾아.

알았지? 우리는 이젠 천상 자미천궁으로 올라간다.

남은 인생 억울해서라도 더 잘 살아야 한다."

하면서 조상님과 상봉의 시간이 끝났다.

오늘 입천제를 행하러 온 산 자손은 조상님들의 말씀에 눈물 콧물 범벅이 되었다.

자신이 30년 동안 행했던 일들이 이토록 조상님들의 마음을 아프게 하고 하늘께 죄를 짓는 일인 줄은 꿈에도 몰랐다 한다.

절에서의 30년이란 세월.

자신의 길인 줄 알고 일심으로 행하면서도 마음 한 구석에는 항상 풀리지 않는 어떠한 의문점으로 답답하였고, 육신은 어디다 할 것도 없이 항상 아프고 사고가 많이 일어났었으며, 가족들과 화목하게도 못 지내다 보니 세상에 대한 어떠한 거부반응들이 항상 가슴에 있었다 한다.

인생의 수많은 시련과 고통 앞에서도 수도자가 마음이 흔들리면 안 된다 하면서 자신 인생의 시련과 고통을 당연하게 여기며 살아온 자신의 인생.

입천제를 통하여 조상님을 만나 조상님들의 말씀을 들으면서 이 자손은 30년의 세월이 모두 부질없었음을 뼈저리게 느꼈다.

30년 수도생활을 하면서도 알 수 없었던 모든 진실들을 오늘 단 하루 만에 모두 알게 된 진실 앞에 감동과 환희의 눈물이 가슴을 타고 내렸다.

30년의 세월을 일심으로 행하였건만 자신의 인생은 왜 이토록 아프고 힘들 수밖에 없는지? 자신의 인생을 한탄하며 남모르게 눈물도 많이 흘렸었다 한다.

그 모든 의문들이 풀리면서 이 자손은 새로운 인생에 대한 기대감으로 가슴이 설렌다 하였다.

부처님에게 잘 하는 것이, 자신이 이 땅에 온 사명인 줄 알고 자신의 인생과 가정 그 모든 것을 버리고 절 안에서 살아온 그의 인생에 태상천존 자미천황님, 자미황후님께서 한 줄기 밝은 희망의 빛을 이 자손에게로 내려주고 있었다.

세상 어디에서도 받아 보지 못한 태상천존 자미천황님, 자미황후님의 너무도 따뜻하고, 너무도 포근한 사랑에 이 자손 감동으로 인하여 정신을 차릴 수 없는 상태이다.

태상천존 자미천황님, 자미황후님께서는 오늘도 지상에 있는 불쌍하고 가련한 이 자손의 수많은 조상님들과 산 자손을 선택하여 주시어 기쁨과 행복 희망을 주시었다.

입천제 의식 이후에 이 자손은 태상천존 자미천황님, 자미황후님의 크신 사랑과 보호 속에 천인합체의식도 행하여 천인으로 탄생하게 되었다.

천인합체 비용도 기적적으로 만들어주시었다.

천인합체의식의 비용을 자미천궁으로 보낸 날 이 자손은 말했다.

자신에게 기적이 일어났다고.......

자신의 형편으로는 도저히 마련할 수도 없는 금액이고, 구할 수 있는 방법도 없는 금액이었는데, 입천제를 행하는 날 태상천존 자미천황님, 자미황후님께서 가르쳐 주신대로 행하였더니,

정말로 기적같이 마련되었다고 하면서 자미천황님의 천지조화 기운에 이 자손은 놀라며 자신의 현재 상황을 "자미천황님의 기적" 이라고 표현하였다.

천인합체의식을 행한 뒤 천인으로 탄생한 이 자손을 태상천존 자미천황님, 자미황후님께서는 30년 동안 이 자신이 머물렀던 절에서 과감히 나와 인간의 세계로 나오게 해 주시었다.

그 후 며칠 뒤 전화가 왔다.

취직 했다고.

참으로 반갑고도 반가운 얘기이다.

30년 동안을 절에만 있었던 그가 인간세계의 직업을 갖는다는 것.

쉬운 일은 아니었을 것이다.

그러나 태상천존 자미천황님, 자미황후님께서는 이 자손의 잘못되었던 생각과 인간의 삶, 이 모두를 바로 잡아 주시었다.

흔한 말로 공덕은 부처님에게 들이고, 복은 태상천존 자미천황님, 자미황후님께 받은 것이다.

인간, 조상님, 영혼, 신 모두를 사랑하시고 아끼시는 태상천존 자미천황님, 자미황후님의 높고도 크신 사랑에 감동, 또 감동일 뿐이다.

또한 이 자손이 새 삶을 살 수 있도록 입천제 의식과 천인합체의 날에 함께 해주신 감찰신명님, 천상천감님, 천상도감님의 사랑에 그저 행복하고 감사 할 따름이다.

●● 제 2부

천인합체의식

하늘께서 인류에게 내린 최고의 보배로운 선물

하늘께서 인류에게 주신 최고의 선물.

천인합체의식!

신은 인간이 되고자 하고, 인간은 신이 되고자 하는 우리 모두의 소원을 이루어주시고자 위대하신 태상천존 자미천황님, 자미황후님께서 인류에게 선물을 내리시었다.

하늘께서 지상의 하늘 자손들에게 내리신 최고의 보배로운 선물.

천인합체의식은 맑고 깨끗하고 순수한 인간과 영혼, 신들에게 태상천존 자미천황님, 자미황후님께서 내리시는 선물이다.

하늘의 마음을 가진, 하늘의 마음을 닮은 인간과 영혼, 신들에게만 내려 주실 하늘의 보배로운 선물이다.

우리 사람들이 하고 싶다고, 할 마음이 있다고 하여 행할 수 있는 의식이 아닌 하늘께 선택받은 인간, 영혼, 신들만이 행할 수 있는 고귀한 의식이다.

지금까지는 많은 사람들이 하늘의 진실을 몰라, 종교를 선택했었고, 하늘을 선택했었다.

그러나 자미국의 출범과 함께 이제는 친히 하늘께서 구원 받을 인간, 조상, 영혼, 신을 선택하실 것이다.

그 동안 각자가 종교 안에서 행했던 모든 일들이 그 얼마나 답답한 일들이었는지 본인들 스스로가 반성을 할 시간이 되었다.

그 동안 자미국이 이 땅에 알려지기 전에는 인간, 조상, 영혼들이 하늘, 조상, 종교를 각자의 마음에 따라 선택하였을지 모르나 그 모든 것들이 이제는 통하지 않는 세상이 열렸다.

인간, 조상, 영혼들이 감히 어떻게 하늘을 선택 할 수 있으랴?

인간, 조상, 영혼들 모두는 잘 들어라.

그대들이 하늘, 종교를 선택하는 것이 아니라, 진정으로 행복해지기를 원한다면 높고 높으신 태상천존 자미천황님, 자미황후님께 그대들이 선택을 받아야 행복해 질 수 있다.

천인합체의식은 위대하신 태상천존 자미천황님, 자미황후님께 선택받은 자손들만이 행할 수 있는 하늘의 고귀한 의식으로서 죽어서가 아닌 살아서 하늘과 우리 인간, 신들이 만나 함께 공존 공생하는 인류 태초의 하늘과 땅, 하늘과 인간, 하늘과 영혼, 하늘과 신들의 대 역사 창조가 될 것이다.

수많은 종교인들과 일반인 모두는 하늘 진실의 말씀을 듣고자, 하늘의 진정한 뜻을 알고자 수천 년의 세월동안 각자 나름대로 노력은 하였지만 종교에서도 현실에서도, 세상 그 어느 곳에서도 그 뜻을 이루지는 못했다.

수많은 세월, 많은 사람들이 한결같은 마음으로 염원하였던 높은 뜻이 태상천존 자미천황님, 자미황후님의 명으로 드디어 이루어졌다.

동방의 땅 대한민국에서!

하늘과 땅이 함께하는 자미국에서!

태상천존 자미천황님, 자미황후님께서 실재하심을 만 세상에 알리시고, 위대하게 세우시고자 감찰신명님(천지신명님), 천상천감님(기독교계의 하나님), 천상도감님(불교계의 미륵님)의 위대한 강림으로 이 뜻을 이루게 되었다.

그 동안 태상천존 자미천황님, 자미황후님의 명을 받아 이 땅으로 탄생한 자미천황님의 자손들을 차례대로 순서대로 부르시어 천인합체의식을 명으로 선택하여 탄생시켜 주신다 한다.

그 동안 진정한 하늘의 진실을 알고자, 하늘의 뜻대로 살고자 하늘의 지조를 지키며 살아온 하늘의 자손들에게 태상천존 자미천황님, 자미황후님의 존재는 감동, 기쁨 그 자체 일 것이다.

태상천존 자미천황님, 자미황후님의 위대한 명을 받아 이 땅으로 탄생한 진정한 하늘의 자손들이 이 세상에서 가장 행복하게 잘 살 수 있는 세상이 열렸다.

태상천존 자미천황님, 자미황후님의 존재가 이 땅에 밝혀지기 전에 이 땅의 사람들은 예수, 석가, 상제, 마리아, 마호매트 등등 그들이 우주의 주인인지 알고 그들 종교에 머물며 그들이 시키는 대로 모든 것을 바보들처럼 행하며 비겁한 인생들을 살았을지 모르지만,

태상천존 자미천황님, 자미황후님을 세우시고자 하시는 감찰신명님, 천상천감님, 천상도감님의 강림과 동시에 수천 년을 이어왔던 종교의 시대는 끝나게 되었다.

그와 더불어 예수의 시대, 석가의 시대, 상제의 시대, 마리아의 시대도 끝나게 되었다.

인간의 맑은 정신과 인간의 밝은 마음을 한도 끝도 없는 종교의 이론과 천도, 굿, 부적, 기도, 수행정진으로 지배통치하려 했던 종교의 시대는 물러가고 하늘의 진정한 진실 하나만으로

이 세상의 인간, 조상, 영혼들이 함께 웃으며 고통, 아픔, 질병, 사기 배신 등 종교이론의 굴레에서 벗어나 행복 누리게 될 하늘의 세상, 진실 세상, 무릉도원의 세상이 자미국의 출범과 함께 열리게 되었다.

뿌린 대로 거둔다는 말을 현실로 실감하리라.

그 동안 악을 행하고 하늘에 역천을 행한 자, 그에 맞는 벌을 받을 것이고,

그 동안 선을 행하고 하늘에 순천을 행한 자, 태상천존 자미천황님, 자미황

후님께서 내리시는 천인합체의식의 명을 받아 인간과 신이 함께할 수 있는 천인탄생의 기쁨을 얻게 되리라.

각자들이 지금까지 행한 모든 일들.

태상천존 자미천황님, 자미황후님께서는 모두 알고 계신다.

각자들이 그 동안 행했던 자신들의 선행과 악행의 모든 일들이 기록된 하늘의 문서인 천상장부를 태상천존 자미천황님, 자미황후님께서는 감찰신명님과 천상천감님, 천상도감님께 전해 주시었다.

태상천존 자미천황님, 자미황후님께 하늘의 문서를 받으신 이 분들께서 각 가정과 각 사업장으로 내왕을 하시어 각자가 그 동안 행했던 그대로 자신의 인생과 자신의 가정, 자신의 사업장으로 돌려주게 될 것이다.

지금까지는 인간의 삶이 끝난 사후세상에서 자신들의 잘잘못을 심판 하였으나, 이제는 자신들이 행한 모든 선과 악.

자신육신이 이 땅에 살아있는 현 세상에서 만인들이 지켜보는 가운데 심판하신다는 이분들의 어마어마한 진실의 말씀이시다.

세 분의 인간세상 강림.

그 동안 선을 행하며 진정한 하늘을 찾던 인간, 조상, 영혼들에게는 희소식일 것이고, 그 동안 악을 행하며 거짓을 즐기던 인간, 조상, 영혼들에게는 반갑지 않은 소식일 것이다.

하늘은 항상 공평하고 정직하시다.

그 동안 더럽고 지저분한 악이 선을 지배통치하며 세상을 지배통치 하였다면, 이제부터는 예쁘고 착한 선들이 밝게 웃으며 행복하게 잘 살 수 있는 선의 세상인 천인의 세상이 열리고 있다.

태상천존 자미천황님, 자미황후님께서

이 땅을 창조하시고 만 인간, 만 조상, 만 영혼, 만 신들을 창조하심에 인간,

조상, 영혼, 신에게 서로 잘났다 하면서 서로를 지배통치하라고 명 내리신 적 없으셨다 하신다.

인간, 조상, 영혼, 신 모두는 서로를 아끼고 사랑하며 서로의 의견을 존중해 주며 공존공생하라 하시었다 한다.

하지만 인간, 조상, 영혼, 신들은 태상천존 자미천황님, 자미황후님의 이 말씀을 거역하고, 어떤 이는 조상과 신을 부정하며 박대하였다 하면서 태상천존 자미천황님, 자미황후님께서 진노하시었다.

조상과 영혼, 신의 존재는 무시한 채, 인간 자신만 나 잘났다 하면서 그 동안 조상과 영혼들을 아프게 했던 인간들 조심하라 하시었다. 각자가 멸시했던 영혼과 신들 모두를 이제는 태상천존 자미천황님, 자미황후님께서 불러들인다 하신다.

그 영혼과 신들이 각자의 몸에서 떠난 뒤 인간 혼자만 남게 되었을 때, 각자의 인생, 각자의 가정, 각자의 사업장, 각자 나름대로의 인생이 어떻게 변하여 가는지 똑똑히 지켜보라 하시었다.

자신 앞에 닥친 인생의 고통을 해결해 보고자 인간의 힘으로 아무리 노력을 해도 풀리지 않게 될 것이라고 말씀하시면서, 영혼과 신들이 떠난 뒤 자신들이 직접 고통을 겪어봐야 영혼과 신이 얼마나 귀한지 알게 된다고 하시었다.

감찰신명님, 천상천감님, 천상도감님께서 이 땅의 사람들에게 전하시는 말씀이다.

"그 동안 종교의 굴레와 종교의 이론, 또한 석가, 예수, 상제, 마리아, 마호매트 등등의 굴레에서 그들이 전하는 거짓의 말들에 현혹되어 진실이 무엇인지 몰라 조상과 하늘, 영혼, 신들에게 잘못 행한 이 땅의 사람들아!

이제라도 자신들이 그 동안 종교 안에서 잘못 행했던 모든 일들 진정으로 반성하고 태상천존 자미천황님, 자미황후님께 죄를 빌어 용서 받아야 한다네.

매일 방송되는 뉴스를 통하여, 인터넷을 통하여, 신문을 통하여 각자의 잘잘못들이 세상에 밝혀지는 것 못 보았는가?

나는 괜찮겠지? 하고 방심하지 마라.

자신의 의지와 상관없이 인생 실패하여 자신 인생의 소중한 모든 것 잃고, 아픔과 고통 속에 괴로워하는 이 땅의 수많은 사람들아!

인간 그대들이 아픈 것이 아니라네.

인간 그대들이 고통스러운 것이 아니라네.

얼핏 보기에는 인간자신들이 아파하는 것 같고, 인간자신들이 고통스러워하는 것 같지만, 사실은 그대들이 아프고 그대들이 고통스러운 것이 아니라 구원받지 못한 그대들 조상이 고통스러워하고 있는 것이라네.

또한 인정받지 못한 그대들 몸 안의 영혼과 신이 고통스러워하고 있는 것이라네.

인간의 모습을 통한 고통, 아픔, 슬픔의 모습.

바로 보이지 않고 들리지 않는 인간 각자들 조상님과 영혼, 신들의 모습이니, 이제는 살아있는 그대들만 힘들다 말하지 말고 태상천존 자미천황님, 자미황후님의 말씀대로 고통, 아픔, 슬픔 속에 잠들어 있는 그대들 조상들은 조상님 입천제를 통하여,

근심 걱정, 아픔, 사기 배신, 종교 없는 천상 자미천궁에 탄생하여 행복누릴 수 있도록 해 주고, 각자 몸 안의 영혼과 신들은 천인합체의식을 통하여,

자미천황님의 자손으로 탄생하게 해주어 기쁨 누리게 해 주는 훌륭한 인간들이 되어 태상천존 자미천황님, 자미황후님께 사랑받고 보호 받아 잘들 살아야지." 라고 하시는 긴 말씀을 전해 주시었다.

태상천존 자미천황님, 자미황후님께서 인간 세상 자미국에 조상님 입천제의식과 천인합체의식을 윤허하심.

어쩌면 그 동안 인간들이 조상, 영혼, 신에게 잘못했던 부분을 용서해 주신다는 태상천존 자미천황님, 자미황후님의 소리 없는 사랑의 말씀이신 것 같다.

태상천존 자미천황님, 자미황후님께서 동방의 자손들을 용서해 주실 마음이 있으시니 세상 그 어느 나라, 그 누구에게도 윤허하지 않으셨던 고귀하고도 존귀한 조상님 입천제 의식과 천인합체의식을 이 땅에 윤허하시는 것이 아닌가?

인간이 그 동안 조상님과 영혼, 신에게 지은 죄.

석가, 예수, 상제, 마리아, 마호매트 등등이 용서해 줄 수 있는 것이 아니라,

태상천존 자미천황님, 자미황후님께서만이 용서해 주실 수 있다.

우리가 그 동안 지은 죄를 용서하여 주시고자 동방의 자손들에게 값지고도 귀한 기회를 주시었다.

우리 모두를 구원하여 주시고, 용서하여 주시고자 귀하고도 값진 기회를 주신 태상천존 자미천황님, 자미황후님께 감사해 하며 그 동안 우리 인간이 조상님의 존재를 너무 몰라 조상님들께 너무 소홀하여 조상님들께서 자손들에게

섭섭해 하고 계시다면 태상천존 자미천황님, 자미황후님께서 윤허하신 조상님 입천제 의식에 동참하여, 그 동안 각자의 자기 조상님들께 지은 죄 용서받아 조상님들의 원성과 미움이 아닌 조상님들의 사랑받아 행복 누리고,

우리 인간이 영혼과 신의 존재를 몰라 그들을 인정하지 않아 영혼과 신들의 마음이 우리 인간들로 인하여 아팠다면 이제라도 천인합체의식에 동참하여 그 동안 각자가 영혼에게 지은 죄 용서받아 영혼과 신들의 미움과 영혼과 신들의 증오가 아닌 영혼과 신들의 사랑받아 영원무궁 행복 누리자.

조상님 입천제 의식과 인간과 영혼을 위한 천인합체의식이 왜 고귀하고 존귀하다고 이 저자가 말하는지 독자 여러분들도 이제는 알았을 것이라 생각한다.

조상님 입천제 의식과 천인합체의식은 하늘께서 동방 땅의 인간, 조상, 영혼, 신들을 사랑하여 주시고자 내리신 이 세상 최고의 선물임이 분명하다.

우리 모두는 이 크시고도 고귀한 선물을 동방 땅의 인간, 조상, 영혼, 신들에게 윤허하여 주신 태상천존 자미천황님, 자미황후님께 무한한 감사의 말씀을 올려야 하며,

이 모든 것을 현실로 이루어 주시고자 태상천존 자미천황님, 자미황후님을 만 세상에 알리시고 세우시고자 하강 강림하여 주신 감찰신명님, 천상천감님, 천상도감님께 무한한 감사의 말씀을 드려야 한다.

천인합체하고 승진과 영전을 거듭하다.

기관장인 고위관료 신분인 한 남자.

그는 조상님 입천제와 천인합체의식을 행하고 직장에서의 승진과 영전을 거듭했다.

예정에도 없던 승진이 갑자기 이루어졌고, 얼마 후 생각지도 않았던 지역 책임자(기관장)로 발령이 났다.

승진이나 영전이 자기 차례가 아닌데도 뜻하지 않게 행운이 계속되어 그는 너무너무 기뻤다.

그의 인생은 그야말로 승승장구였다.

기관장이 되었으니 그들은 별을 달았다고 표현한다.

이 모두는 입천제를 행하고 천인합체의식을 행한 이 자손의 예쁜 마음에 태상천존 자미천황님, 자미황후님께서 이 자손에게 주신 사랑의 선물이셨다.

그러나 이 자손은 자미천황님의 이 큰 사랑을 몰라보고 자신이 운이 좋아서, 업무능력을 인정받아서, 윗사람에게 잘 보여서 승진과 영전을 거듭한 것으로 생각하고 있었다.

인간이 잘났다고 생각하며 행동할 때 마다,

인간의 몸 안에 있는 천인합체된 천인은 이런 인간의 마음에 섭섭함과 외로움, 인간 육신으로부터 철저히 무시당함에 울어야 했고 분노를 했다고 말했다.

명을 내려주시어 천인으로 탄생시켜주신 태상천존 자미천황님, 자미황후님께 차마 부끄럽고 죄송해 자미천황님을 자랑스럽게 대할 수가 없었다고 그 몸안의 천인(신)은 말하며 씁쓸한 표정을 지었다.

자미천황님께서 천인합체의식을 행한 이 자손에게 주신 은공이 이토록 크건만 자미천황님께 감사 할 줄도 모르는 그의 육신이 너무도 미웠다고 한다.

육신의 몸에 천인합체된 천인은 부인을 천인합체해 주기를 간절히 원하고 있었다. 자신의 뜻을 인간 육신에게 말해 주어도 인간 육신이 못 알아듣고 고집만 부려, 자신의 뜻을 전해 주고자 저자의 몸으로 몇 번 찾아와 자신의 마음을 전달했다고도 했다.

그럴 때마다 인간 육신은 부인의 천인합체의식을 차일피일 미루기만 할 뿐 저자의 말과 자신 천인(신)의 말을 귀담아 듣지 않고 자신의 입장만 말하였다.

육신에게 직접 말을 해도 무시하고 저자를 통해서 자신의 뜻을 밝혀도 무시하는 인간 육신에게 너무도 화가 난 천인은 자신의 뜻을 정확히 자신의 육신에게 전달할 방법이 무엇인지 알기 위해 천상 자미천궁으로 자미천황님을 알현하기 위해 자신육신의 몸을 떠났었다 하였다.

인간육신의 몸을 떠나 그 천인이 천상 자미천궁에 올라가 있는 사이에 그의 인생에는 엄청난 고통의 일이 일어나고 말았다.

하루는 그에게서 전화가 왔다.

그는 상의하고 싶은 일이 있다고 하면서, 전화통화 가능하시냐고 했다.

전화 속에서 다급하고 풀죽은 그의 목소리를 느낄 수 있었다.

회사(관공서)에 사직서를 내야 하는 불행한 일이 발생했다며 어찌해야 되는지 몰라 자문을 구하고자 전화를 했다고 했다.

27년 다니던 그의 고위공직자 생활을 한 순간의 실수로 모두 마감해야 하는 청천벽력 같은 일이 벌어진 것이다.

학교 동기동창들과 점심 식사를 하고 회사로 돌아왔더니 저승사자가 그를 기다리고 있었다.

암행어사 출두!

그의 집무실 책상과 그의 집(사택)에서 암행감찰반의 압수수색이 벌어진 것이다. 집무실과 사택에 보관하고 있던 수천의 현금 다발을 그들에게 걸렸다고 했다.

그들은 자신이 갖고 있는 돈이 뇌물 받은 것이라고 하면서 자신의 돈 다발을 카메라로 찍어 돌아갔다 하면서 구속되게 생겼다며 큰일 났다고 하였다.

평생 다니던 직장에서 좋게 마무리도 못하고 구속이라는 꼬리표를 달게 된, 지금 현 시점에서 애간장이 타 들어가는 것은 당연한 일이다.

암행감찰반이 직접 압수수색을 하였으니 어떠한 해명도 변명도 통하지 않는 암담한 현실이었다.

집안 식구들도 자신의 불행 앞에 어떻게 손을 쓸 수가 없어 모두가 넋이 나갔다고 하면서 자신이 구속되는 것은 피할 수 없는 일인데 혹시라도 방법이 없겠느냐고 도와달라고 사정을 하는 것이었다.

이 저자들도 난감했지만,

"그러기에 부인 천인합체의식 해주라고 본인 천인이 말할 때 행하지 그 의식을 차일피일 미루다가 이게 무슨 불행이냐고" 말해주었더니, 이제라도 행하겠으니 제발 부인의 천인합체의식을 행하여 달라고 사정을 했다.

그러면서 하는 말이 지금 현재 상황으로는 구속은 피하기 힘들 것 같으니 제발 형량이라도 짧게 받게 해 달라고 사정을 했다.

구속이 되면 어떻게 되는 것이냐고 물었더니, 현재 자신의 자리 모두 박탈당하고 퇴직금도 국가의 것이 되기에 자신은 하나도 못 받게 된다고 하면서, 지금 퇴직금이 문제가 아니라 제발 형량이라도 짧게 받게만 해 달라고 사정을 했다.

이 위급한 상황에서 어찌해야할지 두 저자들도 난감하여 태상천존 자미천황님, 자미황후님께 기도를 올려 여쭈어보니 "부인의 천인합체의식을 행하여 주어라" 하시는 말씀을 전해 주시었다.

정말 대단하신 자미천황님이시다.

그 자손의 경솔한 태도에 자미천황님께서는 화도 안 내시고 그 자손을 불행의 길에서 또 구원하여 주시고자 부인의 천인합체의식을 윤허하여 주시니,

자미천황님의 크신 사랑에 정말 감사할 따름이었다.

자미천황님의 윤허로 부인의 천인합체의식을 행하게 되었다.

부인의 천인합체의식에 감찰신명님, 천상천감님, 천상도감님께서 하강 강림하시어 인황, 신감과 함께 의식을 진행해 주셨다.

하강 강림하신 감찰신명님께서 그의 천인(신)에게 불호령을 내리셨다.

○○천인!

"인간육신이 너(천인)의 뜻대로 행하지 않는다고 인간육신을 떠나 천상 자미천궁으로 올라가 있으면 어떻게 하나?

얼른 인간육신의 몸으로 다시 돌아와.

인간육신이 조금 잘못을 하였더라도 이해를 해 주어야지 태상천존 자미천황님, 자미황후님께 올라가 있는 천인이 세상에 어디 있느냐" 라고 하시면서 자미국이 떠나가도록 소리치시며 그의 천인을 부르셨다.

당장 인간육신의 몸으로 내려오지 않으면 용서하지 않겠다고 엄명을 내리셨다.

"인간과 천인이 어찌 같을 수 있느냐?

인간이 나약하고 미련하니까 천인이 지켜주고, 이해하며 보살펴 주어야지.

서로가 서로를 위하면서 천인이 못하는 것은 인간이 행하고, 인간이 못하는 것은 천인이 행하여 인간과 천인 모두가 기쁘고 행복하게 잘 살라고 천인으로 탄생시켜 주었지.

그렇게 매일같이 둘이 싸움이나 하라고 태상천존 자미천황님, 자미황후님께서 인류 최초로 위대한 천인합체의 명을 너희 둘에게 내려주셨는지 아느냐"라고 일갈대성으로 야단치시며 그 자손에게 하나의 진실을 가르쳐 주셨다.

자신 몸 안의 천인이 이렇게 인간육신의 몸에서 떠나면 인간은 빈껍데기가 되기에 인생의 우환과 고통을 피하기 힘들다고 말씀해 주시었다.

그래서 나약한 인간을 보호하시고자 자미천황님께서 신과 함께 할 수 있는 천인합체의식을 행하여 주신 것인데, 인간인 네가 똑바로 행하지 못하여 너를 지켜주는 너의 천인(신)이 너의 육신에서 자리를 비우니 인간인 너는 그 고통을 피할 수 없었던 것이라고 가르쳐 주시었다.

자신이 자신의 인생을 통해서 이미 경험을 했듯이 자미천황님을 만나기 전, 천인합체의식을 행하기전에 자신의 인생에 그토록 우환이 많았던 이유는 자신 홀로의 인생이었기에 우환이 많았던 것이었다고 가르쳐 주시었다.

그런 자신을 자미천황님께서 불쌍히 여기시어 불쌍한 자신을 구원하여 주시고자 그 고귀한 천인합체의식을 해 주시어 그동안 자신이 이룰 수 없었던 일들을,

현실로 이루게 해 주셨건만 그 은공도 몰라보고 자신을 지켜줄 자신의 천인도 못 지키고 이런 불행의 일이 자신의 현실로 일어나게 하면 어찌하느냐고? 말씀해 주시면서, 천인과 인간을 자미천황님의 사랑과 배려로 화해시켜 주시었다.

인간(고위공직자)은 다시는 천인을 무시하는 언행을 하지 않겠다고 다짐하며, 자미천황님께서 명으로 내려주신 보배로운 천인을 잘 지키고, 늘 대화하며 예우하고 절대로 무시하지 않겠다고 굳은 맹세의 말을 했다.

천인이 육신의 몸에서 잠깐 자리를 비운사이 암행감찰반이 그의 인생으로 뛰어 들어와 그의 인생에 이런 불행의 일이 벌어진 것이라고 가르쳐 주시면서

천인합체의 존귀함에 대하여 다시 한 번 더 깨닫게 해 주시었다.

그러면서 가르쳐 주신 진실은 자신 몸 안의 천인은 가족들 모두가 천인합체하기를 간절히 원하고 있으니 이번 일이 잘 해결되면 마음 변치 말고 자신 천인의 소원대로 가족들을 순서대로 천인합체의식 행하여 주는 것,

잊지 말라고 신신당부의 말씀을 전해주시면서, 오늘 부인의 천인합체의식을 자미천황님께서 윤허하여 주심은 자신 현실의 불행과 아픔, 구속 이 모든 것들을 해결해 주시겠다고 하시는 자미천황님의 말씀과 진배가 없다고 하시면서 방법까지 가르쳐 주시고 금일의 의식은 끝이 났다.

현실에서는 도저히 구속을 피할 수 없는 최악의 상태가 분명한데 하늘께서는 불기소 처분을 받게 해줄 것이니 힘내고 희망 잃지 말라고 말씀해주셨다.

의식이 끝난 후 그동안 자신이 태상천존 자미천황님, 자미황후님과 천인으로 탄생한 자기의 천인을 몰라 본 것에 대한 잘못을 진정으로 뉘우치고 반성하며 그런 못난 자신을 또다시 용서하여 주시는 자미천황님의 사랑에 뜨거운 눈물을 흘렸다.

이번 일이 잘 해결되면 자녀들도 자신 천인의 말대로 천인합체의식을 행해주겠다고 약속을 한 뒤 끝이 났다.

의식을 행하고 난 어느 날 그에게서 전화가 왔다.

자미천황님의 말씀대로 자신의 인생에 상상을 초월하는 결과가 나왔다고 했다.

인간의 힘으로는 불가능한 "불기소" 처분이 현실로 나타난 것이다.

정말 위대하시고 대단하신 태상천존 자미천황님, 자미황후님이시다.

천인과 육신 모두의 인생이 아찔했던 순간이었다.

사건이 잘 해결되자 그는 또 자신 천인과의 약속을 까마득히 잊어버리고 현실의 삶으로 되돌아갔다.

기소가 되면 모든 퇴직금도 자신의 몫이 될 수 없었으나, 하늘의 보살핌으로 불기소처분을 받게 됨으로서 퇴직금도 자신의 몫이 되게 되었다.

검찰로부터 불기소처분을 받아 행복을 찾은 그는 또 다시 하늘과, 자신 천인과 했던 약속은 또 차일피일 미루며 자신의 복직만 기다리고 있었다.

그러던 어느 날 그의 인생에 또 이변이 일어났다.

다 잘되어가고 있다던 회사 복직하는 일이 또다시 물거품으로 변해버리고 말았다.

현실의 힘든 일들이 완벽하게 모두 해결됐는데 하늘과 자신 천인의 약속을 조금 미룬다고 설마 무슨 일이 일어나겠어? 하는 설마의 마음으로 너무 큰 아픔을 또 느끼게 되었다.

이 사람뿐만이 아니라 거의 모든 사람들이 이럴 수도 있다.

소를 잃어버려봐야만 외양간을 고치고, 몸이 많이 아파야만 병원을 찾고, 매를 맞아야만 정신 차리는 것이 대부분 인간들의 본성이니 누구를 탓하랴.

자미국을 만나 자미천황님을 알게 되어 승진과 기관장으로의 발령, 영전, 또한 구속의 상황을 불기소로 해결해 주시어 그의 인생에 행복, 기쁨을 주시고자 하신 자미천황님의 사랑을 이 자손은 정말 몰랐던 것일까?

쉽게 갈 수 있는 길을 이토록 힘들게 돌아가는 이 자손의 인생이 실로 안타깝지만 이 또한 어떠한 하늘의 뜻이라고 이 저자들은 생각한다.

앞으로 이 자손과 이 천인의 인생.

돌아가는 인생이 아닌 지름길로 가는 인생이었으면 한다.

자미천황님과 감찰신명님 말씀대로 인간은 천인의 의견을 존중하고 천인은 인간 육신을 보호하는 서로가 서로를 아끼고 사랑하는 마음으로 돌아가 서로가 서로에게 부족하고 모자라는 부분 채워주며 아름답고 행복한 인생 살았으면 좋겠다.

이 과정을 겪느라 인간은 인간대로, 천인은 천인대로 얼마나 힘이 들고 괴로웠을까?

앞으로 이 자손과 천인의 인생에 자미천황님의 크신 사랑과 보호 속에 기쁘고 행복한 일들만이 가득하기를.......

천인합체의식에 의해 천인으로 탄생한 여호와 증인

30년 동안 여호와 증인을 다녔던 50대 총각.

자미국 책을 읽고 깊이 깨달아 30년 다녔던 여호와 증인을 그만두었다. 조상님 입천제를 행하여 하늘의 백성이 되었고, 천인합체의 명을 윤허 받아 천인으로 탄생하는 영광을 누리게 되었다.

자미국에 상담하러 온 그의 첫 모습은, 남루한 옷매무새에 얼굴은 완전 걸인의 모습과 진배없었다.

초췌하고 꼬질꼬질한 그의 모습은 누가 보아도 상거지라 할 정도로 차마 눈 뜨고 볼 수 없을 정도의 모습이었다.

헝클어진 머리에 검은 자국의 얼굴, 옷(난방샤스)을 겉으로 내린 채 걷는 그의 모습은 금방이라도 푹 하고 쓰러질 것만 같아 그를 지켜보는 저자들의 마음은 조마조마하기만 하였다.

상담을 할 때도 그의 말에는 아무런 힘도 없었다.

자신이 다니던 종교에서 지치고 지쳐 버린 그의 모습이 그대로 투영되고 있었다.

손님에게는 미안한 말이지만 정신도 제정신이 아닌 모든 것이 다 이상한 아주 심각한 상태였다.

현재 자신은 동네사람들에게 사람취급도 못 받고 저능아로 무시당하며, 동네사람들의 잔심부름을 해주며 살고 있는 아주 불쌍한 처지의 인생이라고 말했다.

상담을 통하여 그는 조상님 벼슬 입천제와 천인합체의식을 행하여 위대하신 자미천황님의 자손으로 탄생하게 되었다.

천인으로 탄생하자 그의 얼굴에 자리하였던 검은 자국의 모습은 사라졌고, 어눌하고 힘없던 그의 말투는 논리정연 해짐과 동시에 힘이 느껴지기 시작했으며 어두웠던 그의 입가에 웃음꽃도 피었다.

바보였던 그가 너무도 달라진 모습을 보이자 동네사람들은 그런 그를 신기해하며 예전처럼 자신을 바보취급하며 잔심부름도 시키지 않으며 자신의 의견도 존중해주는 상황으로 바뀌었다 하면서 자신 역시도 너무도 달라진 자신의 모습이 신기해 어찌할 바 모르겠다고 하였다.

천인합체의식 이후 자미천황님의 사랑과 보살핌으로 제2의 인생을 살게 된 50세 노총각. 자미국을 알게 되고 자미천황님을 알게 된 것이 자신은 너무도 기쁘다고 했다.

자신이 살아생전 자미국을 만나지 못했다면 자신인생은 평생 바보 인생이었을 것이라고 말했다. 종교 안에서 잘못된 자신의 인생 모두를 하늘께서 구원해 주셨다.

그가 30년을 믿고 따르던 여호와 증인들도 자신에게 해주지 못했던 자신의 인생을 태상천존 자미천황님, 자미황후님께서는 행복의 삶으로 바꾸어 주셨다.

이토록 인간의 힘은 나약하나 하늘과 신의 힘은 위대하다.

인간, 조상님, 영혼, 신들의 아픈 마음을 모두 헤아리시고 인간, 조상님, 영혼, 신들을 사랑으로 구원하여 주시고 보살펴 주시는 태상천존 자미천황님, 자미황후님의 따뜻하고 포근한 사랑으로 이 세상은 아름답게 빛나는 것이다.

천인으로 탄생한 8살의 아이.

8살 남자 아이의 부모 모두는 입천제 의식과 천인합체의식을 통하여 이미 천인으로 탄생한 상태이다.

이 천인 부부에게는 8살과 5살의 두 남자아이가 있다.

8살의 남자 아이는 어려서부터 항상 자신의 말을 듣지 않아 속상하다 하였다.

부모인 자신이 이렇게 하자고 하면, 저렇게 한다고 매일 고집을 부리고, 밥을 주면 한 10분에서 20분가량을 입에 물고만 있어 밥을 먹일 때도 항상 전쟁 아닌 전쟁을 할 수 밖에 없었고, 감기는 1년에 몇 번씩이나 걸려,

병원을 전전긍긍하게 만들었고 몸은 항상 무엇에 지친 상태인지라 아침에 학교 가자고 깨워도 제대로 일어나는 경우가 없어 지각도 많이 하였고 결석도 몇 번 하였다 한다.

또한 매사 징징대기만 하고 잘못한 것이 있어서 조금만 야단을 치면 닭똥 같은 눈물을 뚝뚝 흘리며 구석에 쭈그리고 앉아 있는 못난 모습을 자주 보여 부모인 자신은 항상 8살 아들 때문에 속상해 죽겠다고 하였다.

동생 때리지 말고 사이좋게 지내라 하여도 항상 5살짜리 동생에게 시비를 걸며 동생에게 한 치의 양보도 없이 싸우고 때려 어린 5살짜리 아이가 불쌍할 정도라고 하였다.

부모가 조금만 동생 편을 들면 그것이 섭섭하여 구석에 쪼그리고 앉아 눈물을 뚝뚝 흘리고 있으니 8살짜리 아들 때문에 속상한 것이 여러 번이라고 하였다.

공부를 시키면 조금만 해도 짜증을 내고, 잘 알아듣지도 못하며 안 한다고만 하니 부모의 속 타는 마음이 오죽하랴?

이런 우여곡절 끝에 오늘은 태상천존 자미천황님, 자미황후님의 윤허로 8살짜리 자신의 아들이 천인합체의식을 행하는 날이다.

순서에 따라 의식은 진행되었고 8살짜리 아이의 천인합체의식을 완성시켜 주시고자 감찰신명님, 천상천감님, 천상도감님께서 함께해 주시었다.

감찰신명님께서 오셨는데도 아이가 아무 말도 없자 감찰신명님께서 한 말씀 하시었다.

"너는 인사도 못하냐?" 라고.

그러자 아이를 대신해서 엄마가 말했다.

"아이가 쑥스러움이 많아서 그래요." 라고 대답을 하자 감찰신명님의 다음 말씀이 있으셨다.

"그것은 쑥스러움이 아니라, 쑥스러움을 가장한 뻔뻔스러움이고,

위도 아래도 몰라보는 버릇없는 행동일 뿐"이라고 말씀 해 주시면서 "인간은 저 안에 뭐가 들어있는지 몰라 그 마음을 쑥스러움이라고들 알고 있는데, 절대로 쑥스러움이 아닌 뻔뻔스러움" 이라고 힘주어 말씀 해 주시었다.

감찰신명님의 예리한 말씀에 부모는 자신의 자손에 대하여 몰랐던 부분을 알고 놀라워하였다.

두 부부는 단지 아이가 쑥스러움이 많아 어른들에게 인사도 잘 안하는 줄 알고 있었는데, 그것이 쑥스러움을 가장한 뻔뻔스러움일 줄 어떻게 알 수 있겠는가?

감찰신명님께서 오늘 태상천존 자미천황님, 자미황후님의 천지조화 기운으로 자손의 이 기운을 모두 바꾸어 주신다고 하시었다.

그러면서 하시는 그 다음 말씀은,

"저 아이의 몸 안에는 뻔뻔스러운 존재가 숨어 있으면서 저 어린 아이를 조

종 아닌 조종을 하기에 아이가 엄마, 아빠의 말을 안 듣게 되는 것이라고 가르쳐 주시었다.”

그러자 참석한 천인 부부는 감찰신명님의 말씀에,

“예, 감찰신명님의 말씀이 맞아요. 아이가 우리말을 절대로 안 들어요.” 하면서 대답을 했다.

감찰신명님께서 이 아이에 대해서 밝혀 주신 진실의 말씀은 이러했다.

이 부부는 아이를 낳기 전, 둘이 다니던 무속인 점집이 있었다.

그 점집을 다니면서 해마다,

때마다 굿도 하고 치성도 드리고……

한 두 번이 아닌 수많은 굿과 치성을 드려 이 아이를 낳았다.

자미국을 오기 바로 전까지도 그 무당집에 인연을 맺고 있었다.

그러나 자신들도 모르는 사이에 이 과정에서 무당집에서 따라 붙은 어떤 혼령이 어린 아이의 몸으로 들어가 어린 아이와 함께 동고동락을 하며, 어린 아이의 인생과 어린 아이의 마음을 지배 아닌 지배를 하며 조종을 하고 있었다고 가르쳐 주시면서,

태상천존 자미천황님, 자미황후님께서 사랑의 천인합체의식을 윤허해주시지 않았더라면 저 아이는 이다음에 자라 법사나 도사, 스님이 될 수밖에 없었을 거라고 가르쳐 주시었다.

그 아이의 몸에 8년 동안 숨어있던 뻔뻔스러운 혼령은 태상천존 자미천황님, 자미황후님의 천지조화 기운으로 자신이 왔던 무당집으로 다시 돌아가게 되었고, 그 아이는 태상천존 자미천황님, 자미황후님의 명으로 천인으로 탄생하게 되었다.

천인합체의식이 끝나고 나자 아무것도 모르는 8살짜리 꼬마 아이는 환한 웃음을 지었다.

그 모습에 부부 천인은 놀라워하였다.

많은 과정을 통하여 8살짜리 아이의 천인합체의식은 끝나게 되었다.

며칠 후 천인합체를 행한 자신의 아들이 엄마인 자기에게 말했단다.

"엄마! 동생은 왜 천인합체 안 해줘! 동생도 해줘" 라고.

아들에게 이 말을 들은 엄마는 아들이 하는 말이 신기하여,

"왜? 동생도 천인합체해 줄까?" 했더니

"응 동생도 해줘" 하고 말하기에,

"왜? 동생도 천인합체해주라고 하는 거야" 라고 묻자

"천인합체 하니깐 좋아!" 라고 대답을 하더란다.

엄마는 아들의 말에 계속 신기하여,

"좋아! 뭐가 좋은데?" 라고 묻자

"다 좋아. 그리고 조금 좋은 것이 아니라 많이많이 좋아!" 라고 대답을 하였단다.

또 하루는 아들과 얘기를 하면서,

"우리 아들은 지금까지 어떤 일이 가장 즐겁고 행복한 일이었어?" 라고 묻자,

"자미국에 가서 천인합체한 거!" 라고 대답을 하여 아들의 말에 자신은 또 한 번 놀라고 태상천존 자미천황님, 자미황후님의 놀라운 천지조화 기운에 놀랐다 한다.

자신은 아들이 너무 어려 천인합체의식에 대하여 설명한 적도 없었건만 아들이 천인합체에 대하여 너무 잘 알고 있고, 그 의식을 행하고 난 후 자신 스스로가 행복하고 좋다며 스스로 말을 하니 태상천존 자미천황님, 자미황후님의 천지조화 기운에 어찌 놀라워하지 않을 수 있으랴?

아들의 달라진 모습은 그뿐이 아니었다.

항상 짜증날 정도로 징징 대던 모습은 순식간에 사라졌고, 8년 동안을 매일

같이 달고 다니던 감기도 언제 그랬느냐는 듯이 뚝 떨어진 상태이고,

아침마다 일어나지도 못하던 아이는 씩씩하게 잘 일어나 학교생활도 잘 하고 있고, 공부도 숙제도 짜증과 싫다는 말 안하며 예전과 다른 모습으로 바뀌어 아주 잘하고 있다고 하였다.

예전에는 엄마가 뭐라고 말만 하면 반대로 말하던 아이가,

"알았어. 엄마!" 라고 하든가 "엄마 나 이거 하던 것 마저 하고 할게." 하는 모습으로 바뀌었다 한다.

또한 동생도 이제는 때리지 않고 가끔 보살펴 주고 챙겨주는 아주 달라진 모습이라고 하였다.

하루는 아들이 엄마에게 말하더란다.

"엄마! 오늘 동생이 잘못 한 것이 있어 때리고 싶었는데, 안 때리고 내가 참았어." 라고.

너무도 달라지고 너무도 새로워진 아들의 말과 행동에 자신은 깜짝깜짝 놀랄 뿐이라고 하였다.

아들의 천인합체의식을 행해 주기로 결정을 내리기전.

자신은 속으로 생각을 했었단다.

아무리 태상천존 자미천황님, 자미황후님의 천지조화 기운이 대단하다 하시지만 아무것도 모르는 아이가 천인합체를 한다고 과연 달라질 수 있을까?

그리고 우리 아이는 태어나면서부터 아프고 신경질적이고 매사 피곤해 하였는데, 천인합체의식을 한다고 과연 이 모든 것들이 달라질 수 있을까? 하고 생각을 하였다 한다.

그러나 자신이 걱정했던 그 마음들은 다 필요 없게 되었다.

태상천존 자미천황님, 자미황후님께서 자신 아들의 성격, 말, 행동, 건강 이 모두를 바꾸어 주시었다.

천인합체의식을 행하기전, 아들이 여러 가지로 너무 심하여 자신의 아들에게 자신도 모르게 정이 떨어진 적이 한 두 번이 아니었다 한다.

그러나 자신의 자식이기에 밉든 곱든 어찌 할 수 없어 억지로 예뻐하는 척하며 길렀었다한다.

그러나 아들이 천인합체의식을 통하여 천인으로 탄생하고 난 뒤에는 너무도 예쁘게 변하여 자신의 마음 안에서도 그 아들에 대한 사랑이 샘솟는다 한다.

또한 아들도 예전과 달리 예쁘고 사랑스러운 말과 행동만 하니 태상천존 자미천황님, 자미황후님의 천지조화 기운 정말 대단하시지 않은가?

정말 태상천존 자미천황님, 자미황후님이 아니었다면 이 어린 자손은 그 뻔뻔스러운 혼령의 기운에 빙의된 채, 인생을 그 혼령의 노예로 살 뻔했던 위험한 사례이다.

무속인의 집에 드나들면 그곳 귀신들이 달라붙는 일들이 종종 일어나고, 모든 종교 또한 그곳에 나쁜 영들이 있어, 그 나쁜 귀신들이 자신도 모르는 사이에 인간의 몸으로 숨어들어 올 수 있기에 그런 곳에는 안 가는 것이 상책이다.

태상천존 자미천황님, 자미황후님의 천지조화 기운은 나이, 장소에 상관없다.

태상천존 자미천황님, 자미황후님의 천지조화 기운은 시공간을 초월하여 인간의 생각, 마음, 행동, 말 이 모두를 바꾸게 해 주시니 정말 대단하신 기운이시다.

죽음을 초월한 두 자매의 이야기.

두 자매가 상담을 하고자 멀리 부산에서 찾아 왔다.

언니는 50대이고 동생은 40대이다.

자미국에서 출간 된 책을 읽고 있는데, 갑자기 시계도 없는 벽 쪽에서 알람 소리가 너무도 선명히, 너무도 크게 들려 깜짝 놀랐다 한다.

그러나 그 알람소리는,

한 번이 아닌 계속해서 자신의 귀에 선명히 들려 이 책을 출간한 "자미국" 의 존재가 보통은 아니구나! 스스로 생각을 하였고, 책을 보고 난 뒤에는 밤에 천정에 이상한 형상들이 그려져 있기도 하였다 한다.

두 자매의 눈에 또렷이 반복하여 보였다 한다.

자미국을 방문하기 전, 자신들 스스로 너무 많은 것을 보고 들었기에 자미국의 존재에 대하여 스스로 감동하여 찾아왔다 한다.

상담을 하면서 자신들이 겪었던 일들을 언니가 대부분 말하였다.

자미국에 가자고는 동생이 먼저 말하였는데, 동생은 현재 몸이 무척 많이 아픈 상태이다.

몸에 힘이 하나도 없어 금방이라도 푹 쓰러질 것 같아 보였고, 목소리에도 힘이 하나도 없었다. 그러다 보니 언니가 대신하여 자신들이 겪었던 일들과 동생의 몸 상태를 말하였다.

어려서부터도 동생의 몸이 많이 안 좋기는 하였지만 요즘은 최악의 상태라고 하였다.

병원에서도 방법이 없다 하고, 처방전도 없다 하여 자기들도 어쩌지 못하고 있는 상태이고, 오늘도 상담은 받으러 왔지만 먼 길 오다 혹시 길에서 죽는 것은 아닌지 걱정이 많이 되었지만 태상천존 자미천황님, 자미황후님만 믿고 힘들게 찾아왔다 하였다.

상담을 통하여 입천제를 행하기로 하였다.

입천제 의식의 날에는 더 죽어가는 모습이었다.

자미국에 도착하는 순간 동생은 "푹" 주저앉았다.

저자와 다른 천인들은 이 동생의 모습에 가슴이 철렁했다.

정말 우리들 눈에는 금방이라도 죽을 사람처럼 보였다.

동생이 너무 힘들어 보여, 동생은 앉아서 쉬고 언니가 입천제를 준비한다고 하자, 동생은 아니라고 자신도 같이 한다고 하면서 자리에서 일어났다.

천인들과 그의 언니는 동생을 부축해 주며 입천제 의식 준비를 하였다.

입천제 의식의 순서에 따라 조상님 상봉 시간이 끝나고, 태상천존 자미천황님, 자미황후님의 말씀을 통하여 이 자손이 왜 이러는지를 밝히는 시간이 되었다.

태상천존 자미천황님, 자미황후님의 말씀을 전해주시고자 천상천감(기독교에서 부르는 하나님)님께서 함께 해 주시었다. 천상천감님께서 그 동생의 이름을 부르시며 하신 천상천감님의 첫 말씀은,

"ㅇㅇㅇ야! 너는 아직도 나의 음성을 기억 못 하겠느냐?" 라고 한 말씀하시었다.

천상천감님의 음성을 들은 동생은 천상천감님의 말씀에 눈물이 비 오듯 쏟아지기 시작하였다.

그 후에 천상천감님께서 또 말씀을 하시자,

갑자기 동생은 "윽" 하면서 토하기 시작하였다.

언니와 참석한 신하, 천인들은 동생에게 세수 대야를 갖다 대주며 등을 두드려 주었다.

동생은 계속 토했고, 얼마의 시간이 지나자 진정되기 시작하였다.

천상천감님께서는 이 모든 조화는 자미천황님의 천지조화 기운이라고 가르쳐 주시며,

이 동생은 "인간육신의 수명이 다 하였기" 에

천인합체의식을 통하여 천인으로 다시 태어나 태상천존 자미천황님, 자미황후님께서 이 자손에게 주시는 "천인으로 인생을 살아야 수명연장이 가능하다" 고 가르쳐 주시었다.

인간의 삶이 다해 가는 이 자손을 태상천존 자미천황님, 자미황후님께로 인도하시고자 천상천감님께서는 이 자손이 책을 보게끔 하시었고, 책을 볼 때도 천상천감님께서 이 자손에게 기운을 내리시어 보여도 주고, 들려도 주어 자미국으로 오게끔 하시었다 한다.

그러시면서 인간의 생명이 다해 가고 있으니 서둘러 천인합체의식을 행하라고 신신당부의 말씀을 하시었다.

의식 비용이 없다고 말하자, 지금 사람이 죽어 가는데 돈이 문제냐고 하시면서 어떻게든 구해서 우선 살고 보라고 하시었다.

언니와 동생은 자미국에 오기 전에도, 언니는 동생의 생명이 다해 가고 있음을 대충 느끼고 있었고, 동생 또한 자신의 생명이 다 해 가고 있음을 스스로 느끼고 있었던지라 천상천감님(하나님)의 말씀이 무슨 말씀이신지를 쉽게 알아들을 수 있었다.

천상천감님께서는 다시 한 번 더 말씀하셨다.

너의 생명을 태상천존 자미천황님, 자미황후님께서 주시었으니, 천인합체의식을 행하여 천인으로 탄생해 천인의 생명을 달라고 부탁 드려 인간의 삶을

더 살 수 있다면,

더 살아야 마땅하지 지금에 와서 어떻게 하겠느냐고 하시면서 이 동생의 사연에 가슴 아파 하시었다.

의식 순서에 따라 입천제 의식은 끝이 났고, 그 자매와의 만남도 끝나게 되었다.

그 후 며 칠 뒤 언니에게서 한 통의 전화가 왔다.

"동생이 정말 죽을 것 같다고"

다시 한 번 더 천인합체의식을 서둘러 행해야 한다고 설명을 해 주자, 동생이 상태가 너무 안 좋아 정말 이번에는 못 올라 갈 것 같고........

올라가다 죽을 것만 같아 겁나 미치겠다고 하였다.

태상천존 자미천황님, 자미황후님 믿고 무조건 천인합체의식을 행하러 오라고 전화 통화를 한 뒤, 그 후 며 칠 뒤에 그 동생의 천인합체의식의 날이 되었다.

동생은 정말 산 시체가 따로 없을 정도로 창백하였다.

자신은 지금 이 자미국에 어떻게 왔는지도 모르겠다고 하였다.

오는 동안 정말 죽을 것만 같았다고 말했다.

정말 온 힘을 다하여 왔다고 반복하여 말했다.

언니 또한 동생이 산 시체처럼 억지로 걸어가니 지나가는 사람들이 모두 다 쳐다보며 애처로워 할 정도였다 하면서 지금의 이 상황에 넋이 나간 상태다.

저자와 참가한 천인들은 이 동생의 병세가 너무 심한 상태라서 또 한 번 가슴이 철렁했다.

우리들은 속으로 "천인합체가 문제가 아니라, 잘못하다가는 천인합체의식 끝나기도 전에 자미국에서 장례식 치러야 하는 것은 아닌가?" 하고 겁이 덜컥 났다.

심각해도, 심각해도 보통 심각한 상태가 아니었다.그렇다고 저자와 참가자 천인들의 마음을 그 동생이 알게 할 수도 없고.......

당사자인 동생은 동생대로 걱정.

언니는 언니대로 걱정.

저자는 저자 나름대로 걱정.

참가자 천인들은 천인들대로 서로 걱정이었다.

하지만 서로는 서로가 걱정하고 있는 마음들을 표현하지 않았다.

걱정과 근심 속에 천인합체의식은 진행되었고,

자신의 몸으로 천인합체 할 자신의 제 2의 반쪽이 신감(여자 저자)의 몸을 통하여 자신의 존재를 밝히기 시작하자 힘없던 동생은 달라지기 시작하였다.

생기가 돌기 시작하였고 말도 하기 시작하였다.

의식과정을 통하여 자신의 반쪽과 천인합체 할 시간이 다 되어 가고 있었고, 드디어 자신의 반쪽이 그 동생 육신의 몸으로 들어가 하나가 되기 시작하자 그 동생은 또다시 변하기 시작하였다.

의식이 끝나고 집에 갈 때는, 자미국에 올 때와는 완전 다른 모습으로 변하여 돌아갔다.

그 후 며칠 뒤 전화가 왔다.

많이 좋아지고 있고 많이 건강해졌다고.

천인합체 의식을 행하고 난 뒤 집에 돌아가 변을 보게 되었는데, 자신의 변에서 사람의 변이라고는 도저히 할 수 없는 세면가루 같은 것이 무척 많이 나왔다고 했다.

이 모두가 자미천황님의 천지조화 기운이라고 하면서 목소리에 힘이 들어가 있었다.

그 후 어느 날 밤 꿈에는 한 장례식장에서, 자신이 죽은 상태로 하얀 천을 뒤집어쓰고 있는 장면도 보았다 하면서, 정말 자신은 태상천존 자미천황님, 자미황후님 못 만났으면 이승의 사람이 아니었을 거라고 스스로 말하며 감사하다고 했다.

자미국을 만나기 전에도,

자신은 자신 인간의 삶이 다 해 가고 있음을 본인 스스로도 느끼고 있었다 한다.

천인합체의식을 통하여 자신이 태상천존 자미천황님, 자미황후님께 또 하나의 생명을 받아 인간의 삶을 이렇게 살게 될 줄은 꿈에도 몰랐다 하면서 기쁘고 감사하다고 하였다.

인간의 삶이 다 한 자신을 살려주시어 또 다른 인생을 살게 해주신 태상천존 자미천황님, 자미황후님께 항상 감사의 기도를 올리고 있고, 기도를 올리고 나면 차례대로 순서대로 자신의 뜻이 이루어진다 하면서 정말 대단하시고도 대단하신 자미천황님이라고 말했다.

그 후에

그의 둘째 언니도 태상천존 자미천황님, 자미황후님의 크신 사랑과 보호 속에 천인합체의식을 하게 되었고, 그 후에는 첫째 언니도 천인합체의식을 행하게 되었다.

세 자매가 자미천황님의 사랑과 보호를 받는 천인합체의식을 행하는 영광을 얻었다.

지장보살님께서 통한의 눈물을 흘리시었다.

천인합체의식을 진행하는 과정에서

천인합체대상자인 그녀의 몸으로 천인과 인간 육신이 천인합체되기 전에 오랜 세월 동안 그녀의 몸 안에서 수많은 메시지를 전하고 있던 보이지 않는 존재를 잠시 신감의 몸으로 불러 만나 보기로 하였다.

그녀의 몸 안에 있던 존재가 신감의 몸으로 들어오자 한 시간여 동안 눈물바다를 이루며 그 동안의 사연을 말했다.

그녀의 몸 안에 오랜 세월 함께 하고 있었던 존재는 불교에서 받들고 있는 지장보살님이었다.

지장보살님만 우시는 것이 아니고, 천인합체할 그녀와 오늘 의식에 참가한 여러 천인들을 비롯하여 저자(인황)도 통곡의 눈물을 흘렸다.

지장보살님의 말씀, 한 마디 한 마디는 하늘의 말씀이셨고 감동의 말씀이셨다.

이 내용은 고승, 스님, 일반불자 대한민국 국민뿐만이 아니라 세계국민도 감히 알 수 없었던 내용이고, 감히 짐작도 할 수 없었던 전무후무한 청천벽력과도 같았던 내용들로서 태초 이래 처음으로 세상에 알려지는 내용이다.

그녀가 온갖 세상 풍파를 겪다가 책을 읽고 자미국과 인연을 맺어 조상님 입천제 의식을 행한 후 천인합체를 행하는 날이다.

수많은 굿과 절에 가서 천도재를 올려도 보았지만 아무소용이 없었고, 끝내 큰일을 당하고 말았다.

하늘이 무너지는 일을 당한 것이다.

남동생이 폭행치사로 인하여 세상을 떠난 것이다.

그 폭행치사 가해자는 다름 아닌 오늘 천인합체의식을 행하는 그녀의 남편이었으니 이것을 숙명이라고 해야 하나?

아니면 얄궂은 운명의 장난이라고 해야 할까?

동생은 저승으로,

신랑은 감옥으로 가버리고 홀로 남은 그녀의 운명!

동생은 죽어서 떠났고, 신랑은 감옥에 들어가고서 채 한 달도 안 되어 경황이 없었지만 동생의 죽음을 위로하고 사죄하며 마지막으로 동생의 혼령과 대화라도 나누어 보고자 없는 돈을 빌려서 직계 일체 조상님들을 청배하여 입천제를 행해 드린 것이다.

죽은 동생의 혼령을 신감의 몸으로 불러들였다.

죽은 동생 혼령과 상봉하여 대화를 나누어 보니, 폭행치사 동기가 살해 의도가 없는 고생잡기 놀이였다고 태연자약하게 말을 하는 것이었다. 이전에도 서로가 여러 번에 걸쳐 그런 놀이를 산중의 기도터에서 자주했었다고 말했다.

아마 이날은 자기 매형(신랑)이 너무 오래 목을 졸라서 숨이 끊어진 듯싶다. 그녀의 신랑도 신을 두 번이나 받았다가 손님도 별로 없고 신의 기운도 제대로 실리지 않고 해서 법당을 닫고 산중에서 기도생활하다 갑작스런 살인자의 신세로 변해버린 것이다.

참으로 기가 막힌 사건이 벌어진 것이다.

그녀 자신도 그동안 무당보살들이 시키면 시키는 대로 굿도 수없이 했고, 신의 길을 가야할 사람이라고 하여 신 내림굿도 몇 번 해보았으나 모두 실패했다.

갖다 준 돈만도 수천만 원이었지만 끝내 답을 찾지 못한 채 실로 엄청난 불행을 당하고 만 것이다.

신 내림을 해야 한다고 해서 날을 잡아 준비를 했고, 법사(신의 선생님)가 시키는 대로 합장을 하였다 한다.

눈을 감은 채 법문소리를 들으며 신의 기운이, 내려오기를 한 시간 동안이나 기다렸으나 끝내 몸으로 아무런 진동이나 손 떨림도 나타나지 않자, 법사가 자기 능력으로는 안 된다고 손을 들어버린 사실이 있었다는 것을 오늘 천인합체의식이 성공적으로 끝난 후 그런 사실을 말했다.

그녀는 그야말로 눈앞이 캄캄했다.

동갑내기 신랑의 손에 동생은 죽었고, 신랑은 구속되어 감옥에 갇혔으니 이 무슨 날벼락이란 말인가?

이런 모진 마음고생 끝에 자미국에 찾아와 조상님 입천제 의식을 끝마치고 매우 어렵게 천인합체의식비용을 마련하여 정확히 한 달 만에 자미천황님께서 내리시는 황명을 받들어 천인합체의식을 행하게 된 것이다.

보증금도 없이 월 10만 원짜리 월세 방에 사는 피 눈물 나는 불쌍한 신세였지만 그 또한 그의 운명이리라. 그러면서도 자미국에 대한 믿음이 확고하였기 때문에 천인합체의식을 행할 수 있도록, 자미천황님께서 그녀에게 천인합체를 윤허해 주시었다.

그녀의 지극한 마음에 자미천황님께서도 감동하시어 천인으로 탄생시켜주시는 영광과 축복을 내려주셨다.

성공적으로 천인과 천인합체된 그녀는 너무너무 기뻐하였고 감사함을 표하였다.

태상천존 자미천황님, 자미황후님께서 내리신 배려로 천인합체의식에 의해 지장보살님과 그녀는 하나 되어 다시 태어나는 영광을 얻었다.

지장보살님께서 하신 말씀이다.

지장보살 당신 자신도 태상천존 자미천황님, 자미황후님께 큰 죄인이라면서 원한이 서린 말씀을 하시기에 들은 대로 적어보았다.

절에 가면 조상님 천도재 올릴 때마다 스님들이나 유가족 그리고 일반 불자들이 조상님들 좋은 곳으로 가시라고,

"지~장~보~살" 명호를 줄기차게 합창으로 열심히 외우는데 이때마다 지장보살님께서는 너무 괴롭다 하시면서 제발 이제는 당신의 명호를 그만 외워달라는 경천동지할 말씀을 전해주시었는데 그 내용은 이러했다.

"지장보살"

더 이상 나의 명호 "지장보살"을 부르지 말라.

자미천황님, 자미황후님께 나의 명호 소리가 들릴 때마다 자신은 바늘 방석위에 앉은 형국이고, 감히 부끄럽고 송구스러워 하늘을 바라볼 수 없으니 제발 나를 더 이상 죄인으로 만들지 말아 달라고 간곡히 부탁의 말씀을 하셨다.

수천 년 동안 조상님들을 구원하고자 열심히 하였지만 하늘의 자미천황님, 자미황후님께 큰 죄인이 되었다는 것이다.

위대하신 태상천존 자미천황님, 자미황후님 명호는 함부로 불러서는 아니된다고 강조하시며 엄숙히 당부의 말씀을 하셨다. 자미천황님, 자미황후님이 어떤 분이신데 감히 중생들이 그 높으신 존호를 함부로 부를 수 있느냐고 크게 역정을 내시었다.

수많은 불교 신자들이 "지장보살" 나의 명호를 외우고 있지만 나 역시 자미천황님께 큰 죄인인데 어찌 나보고 구원하여 달라 명호를 외우냐며 곤혹스러워하시었다.

천지의 삼라만상과 일체 인간중생과 조상님, 영혼과 신들을 구원하시는 일은 모두가 태상천존 자미천황님, 자미황후님께서 윤허해 주셔야 하는 것인데, 그것을 모르는 중생들이 함부로 지장보살 당신의 명호를 외워 자신의 처지가 말이 아니라고 하신다.

지장보살님께서 자신의 위치가 얼마나 절박하였으면 앞으로는 "지장보살" 명호를 외우는 모든 사람들에게는 구원이 아닌 저주를 내리시겠다고 심한 말씀까지 하셨을까?

절에 가면 지장전이 있다.

모든 조상님들을 지장보살님이 구원하여준다고 믿고 있기에 불자들은 자신의 조상님 구원을 위하여 "지장보살" 명호를 목이 터져라 끊임없이 외우곤 한다.

조상님들께서 극락세계로 가라는 의미가 담겨 있는 명호이다.

수천 년 동안을 조상님 구원한다는 것이 자미천황님, 자미황후님께는 큰 죄를 짓는 결과로 나타났으니 어찌하랴.

지장보살님 또한 자신이 그동안 지은 죄에 대하여 자미천황님의 처분만 기다리며 그 지엄한 명에 따를 뿐이라 하신다. 실로 세상 사람들이 지장보살님께서 스스로 태상천존 자미천황님, 자미황후님께 큰 죄인이라 자처한다면 그 어느 누가 믿을 것인가?

저자 역시도 지장보살님께서 이런 경천동지할 말씀을 내려주시리라고는 감히 생각이나 꿈도 꾸지 못했다.

저자 또한 자미천황님, 자미황후님의 위대하신 존엄성에 대하여 큰 깨달음을 얻는 순간이었다.

지장보살님이라면 조상님들이 지옥의 명부세계에 단 한 명도 남지 않을 때까지 조상님들을 위로하고 구원해 주시는 지옥세계 부처님으로 알고 있다.

마음이 깨끗하지 못한 자와 태상천존 자미천황님, 자미황후님의 존재를 모르는 자 함부로 입에 올려서는 아니 될 매우 지엄한 존호라 하시면서 신신당부하시었다.

자미천황님, 자미황후님께서는 천지신명님, 하나님, 미륵님, 하느님, 하늘님, 천존님, 상제님, 부처님이 아니시라 이 모든 분들을 거느리시고 통치하시는 천지창조의 태초주인이시며 천지부모님이시기에 모든 분들께서도 받들고 섬기며 존귀하게 받들고 섬기어 모시는 분이시거늘 스님들이나 일반 중생들이 어찌 위대하신 자미천황님, 자미황후님 존호를 함부로 부를 수 있느냐고 하셨다.

자미천황님의 마음은 그 어느 하느님이라도 알 수 없으며 인간 또한 더더욱 알 수가 없으니 자미천황님 존호를 외우려거든 마음을 정갈히 하고 자미국에 들어와 그 예법을 알고 난 후 정중히 존호를 불러야 한다고 말씀하셨다.

●● 제 3부

태상천존 자미천황님께서 인황에게 주신 선물

유교, 신교, 무속에서 찾던 신명님은 감찰신명님.

하늘께서 인황에게 내려주신 가장 큰 선물은 인류가 오랜 세월 하강 강림하시기를 기다리던 대단한 분들이시다.

인황과 신감이 자미국을 세울 수 있도록 일반인들과 무속, 신교에서 천지신명님이라 불리시던 감찰신명님을 보내어 주셨고 기독교, 천주교에서 하나님이란 불리시던 천상천감님을 보내주시었고 불교, 도교에서 기다리던 용화세존 미륵님이신 천상도감님을 자미국으로 보내주셨다.

자미국에서 하늘을 알리시고 세우려 와주신 감사한 분들이시다.

하늘이 어디에 있고, 누구인줄 몰라서 상상 속으로만 떠올렸었다.

세 분들께서 하늘을 알리시고 세우러 자미국으로 와주시었으니 경천동지할 일 아니던가?

종교인과 비종교인들 모두가

종교 안에서, 명산대천에서 찾아 헤매던 위대하고 대단한 하늘의 능력자 분들 모두가 인황과 신감 육신의 몸으로 하늘의 기운을 선사하여 주고 계신다.

천지인 만생만물 모두를 태초로 창조하시어 천지인 모두를 사랑으로 보호하여 주시고, 보살펴 주고 계시는 우리 모두의 영혼의 부모님 태상천존 자미천황님, 자미황후님!

인간, 조상님, 영혼, 신들이 오랜 세월 찾고 있던 진정한 하늘, 영혼의 부모님을 우리 모두에게 찾아 주고자, 자미국의 인황과 신감 육신의 몸을 통하여 우리들 곁으로 오시었다.

유교, 신교, 무교에서 찾던 천지신명님께서는 감찰신명님이라는 관명으로 오시었고,

기독교, 천주교에서 찾던 하나님께서는 천상천감님이라는 관명으로 오시었고,

불교, 도교에서 찾던 미륵님께서는 천상도감님이라는 관명으로 서로 대립의 관계가 아닌 모든 종교의 통합, 천지인의 통합자로 뜻을 함께 하시어 인류 어느 누구도 이루지 못한 하늘과 땅의 천지신명공사를 행하시고자 오시었다.

위대하신 태상천존 자미천황님, 자미황후님께서는 이 땅에 인류최초로 하늘의 진실을 전하고, 종교가 모두 옳은 것인 줄 알고, 종교 안에서 오랜 세월 고통 받고 있는 수많은 인간, 조상, 영혼, 신들을 구원하라고 인류가 태초부터 기다려오던,

하늘의 능력자 감찰신명님, 천상천감님, 천상도감님과 이 분들의 말씀을 전하는 신감까지 인황에게 보내 주시어, 인황으로 하여금 이분들 모두와 함께 세계인류 그 어느 누구도 이루지 못하였던, 제 2의 천지창조를 이룰 태초의 위대한 자미국을 동방 땅 대한민국 안에 세울 수 있도록 윤허해 주셨다.

감찰신명님께서는 인간과 신을 교화하시어 인간과 신이 서로 대립의 관계가 아닌 서로 아끼고 사랑하면서 서로의 부족하고 모자라는 부분 채워주며 살아갈 수 있도록 인간과 신이 하나로 결합하는 천인합체의식을 행해 주시어 천인으로 탄생시켜 주고 계신다.

주문 기도하여 뜻을 이루고자 하는 신인조화, 신인합일, 신인합체, 신인합발은 자미국에서 행하는 천인합체의식이고 감찰신명님, 천상천감님, 천상도감님 인도 받아 태상천존 자미천황님, 자미황후님의 명으로 이루어지고 있다.

세상에서는 이 분의 존호를 몰라 신명님이라고 불렀었다.

하늘세계, 신세계, 조상님세계, 영혼세계, 사후세계, 인간세계에 대하여 모

르는 것이 하나도 없는 대 능력자분으로서 태상천존 자미천황님, 자미황후님 다음 서열이시다.

감찰신명님께서는 신명정기 기운으로 모든 일을 찰나에 해결해 주시는 대 능력을 갖고 계시며 자미국을 통하여 위대하신 태상천존 자미천황님, 자미황후님의 존재를 인간, 조상님, 영혼, 신들에게 전하여 주고 계신다.

태상천존 자미천황님, 자미황후님의 마음을 이 세상 그 누구보다도 정확히 알고 계신 분이시다. 사리판단이 정확하시며 굉장히 철두철미하시다.

감찰신명님께서는 개인의 성공과 행복을 꿈꾸는 자들보다는 남을 먼저 배려하는, 배려와 용서의 마음을 현실로 행하는 자들을 가장 좋아하신다.

그렇기 때문에 감찰신명님께서는 입천제와 천인합체의식을 행하는 사람들을 가장 좋아하신다.

입천제는 자신의 이득을 위해서가 아닌 구천에서 방황하며 슬피 울고 있는 불쌍하고 가련한 자기 조상님들을 구원하는 의식이기에 조상님(상대방)을 진정으로 사랑하고, 아끼는 마음이 남다르지 않은 자손들은 입천제를 결코 행할 수 없다고 하신다.

입천제를 행하려면 돈이 들어가야 하는데 자신만 아는 이기적인 사람들은 절대로 자신의 조상님을 위하여 돈을 쓰지 않는다 하신다.

자신의

피땀이 서린 자신의 돈을 조상님을 구원하기 위하여 자신의 욕심을 뒤로 하고, 조상님께 올리는 그 모습과 그 마음은 진정한 하늘의 마음이 아니면 현실로 행할 수 없는 아주 힘든 부분이라고 힘주어 말씀하신다.

다시 말해 진정한 태상천존 자미천황님, 자미황후님의 자손들이 아니면 가능하지 않다는 말씀이시다.

자미국에 인연을 맺어 자신의 금전을 조상님을 위하여 조상님 전에 올리는 그 자손의 몸 안에는 이미 자미천황님의 어떠한 기운이 흐르고 있다고 가르쳐 주시었다.

다시 말해 그 위대한 태상천존 자미천황님, 자미황후님의 고귀한 피가 그 자손의 몸으로 이미 흐르고 있기에 그토록 아름답고 멋진 행을 인간이 할 수 있는 것이라고 가르쳐 주시었다.

감찰신명님 뿐만이 아니라 태상천존 자미천황님, 자미황후님께서도 이기적이고 독한 사람을 싫어한다고 하셨다.

이기적이고 독한 사람들 몸 안에는 자미천황님의 고귀한 기운이 없다는 뜻이라고 가르쳐 주시었다.

자미천황님의 고귀한 기운은 맑고 깨끗하고 순수하기에 시기 질투가 아닌 서로 배려와 사랑, 용서의 마음이 감돌고 있다고 말씀해 주시었다.

우리 영혼의 부모님이신 자미천황님, 자미황후님께서 독하시지 않은데 그 자손(아들딸)들이 어찌 독할 수 있겠는가?

혹시 이 책을 보시는 독자 여러분들 중에도 자미천황님, 자미황후님의 창조가 아닌 시기와 질투, 이기적인 마음이 자신들의 마음 안에 있다면 이제라도 그 나쁜 마음들을 모두 선의 마음으로 돌리고 조상님 입천제를 행해 드려야 한다.

자신들의 그 나쁜 마음은 본래 본인들의 마음, 자미천황님의 창조가 아니었기에 하루라도 빨리 나쁜 마음을 버려야 한다. 나쁜 마음을 버리지 못하면 위대하신 태상천존 자미천황님, 자미황후님께서 주시는 고귀하고도 존귀한 하늘의 기운을 받을 수 없게 된다.

위대한 진실이 감찰신명님 말씀을 통하여 밝혀지고 있다.

인간, 조상님, 영혼, 신들을 하늘께 인도하여 구원받게 해주고자 우리 모두에게 진실의 말씀을 전해주시는 우리 삶의 마지막 희망이자 등불이시다.

각자 마음 안에 자리하며 함께 살아가고 있는 자신의 조상님을 아끼고 사랑

하는 마음은 자미천황님, 자미황후님께 사랑받아 잘 살 수 있는 환한 등불이고,

각자 마음 안에 자리하고 있는 자신만을 아는 이기적인 마음은 자미천황님, 자미황후님께 버림받아 고통 받을 수밖에 없는 깜깜한 암흑세상이라고 가르쳐 주시었다.

감찰신명님의 영적 능력은 인간의 상상을 초월한다.

또한 감찰신명님께서는 종교뿐만이 아니라 의존과 구속도 자미천황님, 자미황후님의 뜻이 아니라고 하시었다. 그렇기에 자미국을 통하여 조상님 입천제를 행한 자손들은 종교에 의존하거나 구속될 필요가 없다고 가르쳐 주시었다.

태상천존 자미천황님, 자미황후님께서는 자유와 평화, 사랑을 창조하신 분이시기에 조상님 입천제와 천인합체의식을 행한 자손들은 어디에도 구속될 필요 없이 자유롭고, 평화롭게 사랑하며 살면 된다고 하시었다.

입천제와 천인합체의식을 행하면 무릉도원의 세상이 각자들의 인생으로 펼쳐지게 된다.

지금까지는 힘들었던 각자들의 인생살이였지만 하늘의 보살핌을 받으면 좀 더 행복해질 수 있다.

인생이 지금보다 더 어렵고 힘들어지기 전에 진정한 하늘을 만나고 싶어 하는 자손들을 위하여 자미국은 활짝 열려있고, 감찰신명님께서는 인황, 신감과 함께 하고 계신다.

태상천존 자미천황님, 자미황후님께서 우리 인간을 창조하시어 이 땅으로 보내신 나 자신, 본래의 나를 찾았을 때 각자의 인생이 편안해질 수 있다.

감찰신명님께서 우리와 함께 해 주시어 본래의 나 자신을 찾을 수 있도록 함께 하여 주고 계시니 우리 모두는 감찰신명님을 통하여 본래의 나를 찾아야 한다.

본래의 나를 잃어버린 사람들의 인생은 빈껍데기 인생이기에 실패와 우환, 질병이 끝도 없다.

자신의 생명인 본래의 나를 잃어버림.

나 자신을 잃어버린 인생에는 어떠한 결과도 없다.

기독, 천주교 안에서 찾던 하나님은 천상천감님.

도리천의 천주님.

기독교, 천주교인들은 이 분을 하나님이라 부르고 있다.

일반인들이 알고 있는 하나님께서는 영혼의 어버이 태상천존 자미천황님, 자미황후님께 천상천감님이라는 새로운 관명을 하사받으시어 동방 땅 자미국으로 강림하시어 하늘의 말씀을 전해 주신다.

천감님께서는 인간의 몸 안에 있는 영혼들의 존재를 밝히시고, 영혼들의 천인합체의식에 함께 하시어 영혼들이 천인으로 탄생하는 영광을 누릴 수 있도록 수고해 주고 계신다.

지금까지 기독교 안에 머물고 있던 영혼들은 자신 영혼의 어버이가 하나님인줄 알고, 자신들 영혼의 어버이인 하나님 만나고자 종교 안에서 일심으로 사죄의 기도를 올리며 하나님 만나 구원받고자 오랜 세월 최선을 다 하고 있으나 그들이 원하는 소원은 이루어지지 않고 있다.

만 인류가 기독교 안에서 기다리는 하나님께서는 천상천감님이라는 새로운 관명으로 존재를 밝히시었다.

또한 그와 더불어 하나님인 자신이 창조주가 아니라 태상천존 자미천황님, 자미황후님이 만생만물의 창조주이시고 영혼의 어버이라고 진실을 밝혀 주시었다.

인간 몸 안에 영혼들이 영혼의 어버이를 만나고자 기나긴 세월 몸부림치며 절규한 것은 하나님인 나 천상천감을 만나고자 한 것이 아니라 결론은 영혼의 어버이를 만나고 싶어 그랬던 것이라고 영혼들의 마음을 밝혀 주시었다.

또한 기도 중에 인간의 육신을 통하여 영혼들이 끝없는 눈물을 흘렸던 것 역시도 진정한 영혼의 어버이가 그리워, 영혼들이 그리움의 눈물을 흘린 것이라고 말씀해 주시면서 육신을 잃은 조상영혼들은 입천제를 통하여 천상 자미천궁 올라가 영혼의 부모님 자미천황님, 자미황후님 만나고,

살아있는 인간 육신의 몸 안에 있는 영혼들은 천인합체의식을 통하여 영혼의 부모님을 만나면 더 이상 영혼의 부모님 찾아 세월을 방황하지 않아도 되고, 종교에 일체 구속되지 않아도 된다고 전해 주시었다.

살아생전에 영혼의 부모님을 못 만나면 죽어서는 영영 못 만나게 된다고 하시었다.

진정한 하늘, 영혼의 부모님은 종교 안에 계시지 않고, 진정한 하늘 위에 계신다고 하시었다.

그 위대한 영혼의 부모님이 어찌 하찮은 종교 안에 계실 수 있느냐고 반문의 말씀을 하시었다.

수많은 세월의 시간 동안 천상천감님께서 자신의 존재를 밝히시지 않은 이유는 하나님인 천상천감님께서는 하늘의 진정한 뜻이 아닌 종교 세상에 관심이 없으셨기에 종교를 통해서, 종교인을 통해서는 어떠한 진실도 밝히고 싶지 않으셨다 하신다.

영혼의 어버이 뜻과 어긋나는 종교 안에서 아픔과 슬픔의 눈물을 흘리고 있는 영혼들의 모습이 한편으로는 불쌍하기도 하지만 진정한 자신 영혼의 부모님을 몰라보고 있는 영혼들이 한편으로는 밉기도 하다고 말씀하시었다.

천상천감님은 사랑의 마음이 남다르시며 마음이 여리시어 눈물 또한 많으신 분이다.

종교 안에서 오랜 세월 기다리던 하나님 천상천감님께서 영혼의 부모님은 태상천존 자미천황님, 자미황후님이시라고, 만 인류에게 밝히시는 천상지상공무를 행하시고자,

자미국으로 하강 강림해 주시어 인황, 신감과 함께 해주시고, 입천제, 천인합체의식 때는 신감을 통하여 하늘의 음성도 들려주시고 영혼의 어버이에 대해서도 상세히 가르쳐 주고 계신다.

또한 천인합체의식을 통하여 천인으로 탄생한 천인들에게도 기운을 내려주시어 아픔, 고통의 굴레에서 벗어나 행복할 수 있도록 도와주고 계신다.

영혼의 어버이께서 싫어하시는 종교 안에서 구원과 영생을 위한 기도를 일평생 올려도 각자의 소원은 절대로 이룰 수 없으니 자미천황님, 자미황후님의 기운이 강하게 내리는 자미국으로 찾아와 인황과 신감을 통하여 상담을 한 후에 의식을 통하여 진정한 구원과 영생의 뜻 이루라고 말씀해 주시면서 구원과 영생은 영혼의 어버이를 만나야 가능한 일이라고 가르쳐주시었다.

너무나 진솔하신 하나님 천상천감님의 말씀에 만 인류 모두는 처음에는 어리둥절하겠지만 시간이 지날수록 저자인 인황과 신감의 말이 아닌 진정한 천상천감님의 말씀이었음을 만 인류가 스스로 알게 될 것이다.

이 책이 출간되면서 세상의 모든 종교기운이 서서히 그 빛을 잃어가게 될 것이고, 종교인들 인생 또한 빛을 잃어가게 될 것이며, 자신의 인생에 뜻하지 않은 어떠한 기운들이 감돌게 될 것이다.

그 모든 조화는 영혼의 어버이의 존재, 천상천감님의 존재, 자미국의 존재, 인황과 신감의 존재를 만 인류에게 전하는 천상지상의 공무집행이다.

영혼의 어버이를 중심으로 감찰신명님, 천상천감님, 천상도감님께서 함께 하시었다.

만 인류(인간, 조상님, 영혼, 신들)모두도 이 분들의 뜻대로 이 분들의 가르침

대로 함께 움직여야 고통, 아픔, 질병, 천재지변에서 벗어날 수 있게 될 것이다.

세상의 모든 기운들은 이분들을 중심으로 움직일 것이고, 이 분들의 기운과 사랑, 보호를 받을 수 있는 자들은 입천제와 천인합체의식을 통하여 천손과 천인으로 탄생한 자미천황님, 자미황후님의 자손들이다.

세상 모든 종교의 기운은 서서히 그 빛을 잃어 가리라.

세상의 모든 종교가 자미국 하나로 통합되는 하늘의 시대가 열리고 있다.

경천동지할 천지인 통합의 대역사는 이미 시작되었다.

인간, 조상님, 영혼, 신, 천지인 모두는 이젠 진정한 영혼의 어버이 태상천존 자미천황님, 자미황후님의 말씀에 순응해야 하리라.

불교, 도교에서 찾던 미륵님은 천상도감님.

도솔천의 천주님.

불기 3천년 만에 출세하신다는 미륵님이시다.

태상천존 자미천황님, 자미황후님께 미륵님께서는 천상도감님이라는 새로운 관명을 하사받으시었다. 세상의 도를 관장하시며 사후세상을 관장하시는 분이시다. 천인합체의식을 통하여 진정한 하늘의 자손인 천인을 탄생시키는 역할을 하신다.

각자의 조상님들을 먼저 구원해야 도통의 길이 열린다고 하신다.

도통하고자, 도를 알고자 도교나 산속에서 평생 고생한 사람들에게는 희소식 일 것이다.

그동안 하늘의 신비한 기운을 받고자 도를 닦아 온 사람들에게 하늘의 명을 받아 도통할 수 있도록 해주신다.

각자가 스스로 오랜 세월 도 닦는다고, 기도 열심히 한다고 도통을 이룰 수 있는 것이 아니라, 도통은 하늘의 권한이시고 하늘께서만이 행할 수 있다고 미륵님이신 천상도감님께서는 강력히 만 인류에게 말씀하신다.

천인합체의식을 통하여 하늘의 자손으로 탄생하여야 진정한 하늘의 기운을 받아야 경지에 오를 수 있다고 가르쳐 주시었다.

진정한 도통은 산속이나, 종교 안에 있는 것이 아니라, 진정한 하늘 위에 있고 하늘께서만이 행하여 주실 수 있다고 하시었다.

도교 안에서 태을주 주문을, 산 속에서 경문을 하며 각자 나름대로 기도를 100년 한다 하여도 인간이 원하는 도통은 절대로 이루어지지 않는다고 하시었다.

각자가 행하는 산 속에서의 기도와 종교 안에서의 주문 등은 진정한 하늘의 원 뜻이 아니시기에 현실로 이루어 질수 없다 하시면서,

하늘의 뜻이 아닌 산 속이나 종교 안에서 도통을 원하고 바랐던 모두는 이제 자신들이 행했던 그 모든 것들에 대하여, 모든 미련 다 버리고 자미국으로 들어와 입천제와 천인합체의식을 통하여 진정한 천인으로 탄생하는 영광 누리어 인간세상 당당하고 자랑스럽게 살라 하시었다.

미륵님이신 천상도감님께서는 각자들이 머물고 있는 산 속이나 도교단체, 종교 단체로 절대로 가시지 않는다 하신다.

천상도감님은 도를 중요시 여기신다.

천상도감님께서 말씀하시는 도는 근본도리를 말한다.

그렇기 때문에 천상도감님 앞에서는 근본도리에 어긋나는 말과 행은 용납되지 않는다.

천상도감님께서는 인간, 조상님, 영혼, 신들을 하늘께로 인도하여 주심에 있어 그들 각자가 그 동안 행했던 부분들을 매우 세심히 보신다.

하늘을 부정하는 자, 조상님을 부정하는 자, 영혼을 부정하는 자, 신을 부정하는 자를 싫어하신다.

다시 말해 상대를 믿지 못하고, 상대를 의심하거나 부정하는 그 마음을 가장 싫어하신다는 얘기이다.

또한 진실에 변명하는 자, 자신의 죄를 뉘우치지 못하는 자, 남의 탓을 하는 자를 무척 싫어하시기에 천상도감님 앞에서는 어떠한 변명도 필요 없다.

천상도감님께서는 영가들을 심판하심에 있어 살아생전 하늘의 말씀에 순응했는가? 역행했는가?

조상님의 존재를 인정하고 조상님을 구원했는가? 아니면 인정하지 않고 부정했는가? 그 여부를 자세히 보신다고 하시었다.

살아생전에 하늘의 존재를 몰라보고 조상님들을 구원하지 못한 자들은 자신 육신의 삶이 다한 사후세상에서 천만년이 흐른다 하여도 미륵님인 천상도감님의 심판에서 벗어나 행복의 길 찾기는 불가능할 것이라고 강력히 말씀하시었다.

육신을 지니고 인간으로 살 때, 각자들이 인간세상에서 행한 그대로 사후세상의 삶이 결정된다고 하시었다.

도를 지키시는 천상도감님께서는 사후세상을 매우 철저히 관장하시며 살아생전 하늘의 존재를 무시하고 찾지 않는 자들을 절대로 용서 하지 않는다 하시었다.

하늘의 존재를 자신이 살아생전에 인정 안함에 있어, 몰라서였든, 알아서였든 천상도감님 앞에서는 어떠한 변명도 필요 없다하신다.

천상도감님께서는 영가를 심판하심에 있어 결과 위주로 심판하신다 한다. 하늘을 인정했는가? 안했는가?

조상님 구원을 했는가? 안했는가? 하는 결과 위주로 자신들의 사후세상의 삶이 결정되어 진다고 하시었다.

살아서도 죽어서도 미륵님이신 천상도감님의 끝도 없는 심판,

어떠한 변명도 필요 없기에, 심판 받기 싫은 자들은 자미국을 통하여 태상천존 자미천황님, 자미황후님께서 윤허하여 주신 입천제와 천인합체의식을 통하여 인간이 인간으로 온 사명을 완수하라고 하시었다.

자신의 이득만을 위한 기도와 주문의 방법으로는 절대로 도통의 소원을 이룰 수 없다고 하시었다.

진정한 도통을 이루려거든 구천에서 방황하고 또 때로는 살아있는 자손들

의 몸 안에서 슬피 울고 있는 자신의 불쌍하고 가련한 조상 영가들을 입천제를 통하여 구원한 다음에 천인합체의식을 통하여 도통의 소원이루라고 하시었다.

하늘도 몰라보고 조상님도 몰라보는 나만 아는 이기적인 인간의 몸으로는 어떠한 도통의 기운도 내려가지 않는다고 도통의 방법을 가르쳐 주시었다.

그리고 앞으로는 위대하신 하늘 앞에서 미륵인 자신을 더 이상 부르지 말라고 하시었다.

진정한 우주의 주인님은 하늘이시건만 진정한 우주의 주인이 누구인지도 모른 채 미륵인 나를 여러 종교 안에서 불러 줄 때마다 미륵님은 하늘께 부끄럽다 하시었다.

미륵님께서는 만인간들에게 대우받고자 인간세상으로 존재를 밝히시는 것이 아니라, 진정한 우주의 주인을 밝히시고자 자신의 존재를 밝히시는 것이라고 하시었다.

역시 도를 관장하시는 미륵님(천상도감님)께서는 이 땅에 존재를 밝히심에 있어서도 도를 굉장히 중요시 하는 모습이 보인다.

우주의 주인이신 하늘을 중심으로 모든 분들이 함께 하시어 우리 만 인류가 지금까지 알 수 없었던 진실을 낱낱이 밝혀주시어 위대하신 하늘께로 우리 모두를 인도하시어 하늘께 구원받고 선택받아 행복 누릴 수 있도록 해 주고 계시는 대단하신 분이시다.

이 위대한 진실들을 진정한 감찰신명님, 천상천감님, 천상도감님이 아니시라면 이 세상 어느 누가 밝혀 주겠는가?

우리 만 인류가 기다리던 모든 분들이 손에 손을 잡고 우리 곁으로 와 주시었다.

동방에 해 뜨는 나라 자미국으로 오시었다.

독자 여러분들은 앞으로 지켜보시라.

세계의 천재지변 속에서, 세계의 위기 속에서 대한민국이 하늘의 보호를 어떻게 받는지를.......

자미국이 개국되고 세상의 안과 밖에서는 안 좋은 일들이 굉장히 많았지만 세계 속에 대한민국은 하늘의 보호를 받으며 당당히 자랑스럽게 성장해 가고 있다.

이 모두는 하늘의 사랑과 보호 속에 가능한 일이고 감찰신명님, 천상천감님, 천상도감님께서 인황, 신감과 함께 하시기 때문이다.

이와 더불어 자미국과 인황, 신감이 대한민국에 살고 있기 때문이고 입천제와 천인합체의식을 행한 자미천황님, 자미황후님의 천손과 천인들이 대한민국에 살고 있기에 가능한 일이다.

더 많은 사람들이 하늘의 말씀대로 입천제와 천인합체의식을 행하여 이 대한민국의 자손들이 하늘의 천손과 천인으로 탄생한다면 이 대한민국의 발전은 인간의 상상을 초월하여 현실로, 세계 속으로 피어날 것이다.

인황과 신감이 하늘 진실의 말씀을 통하여 이루고자 하는 세상이 바로 이런 세상이다.

하늘의 사랑과 보호.

감찰신명님, 천상천감님, 천상도감님의 기운으로 인간, 조상님, 영혼, 신들 모두가 아귀다툼 없이 서로 아끼고 사랑하며 서로의 발전을 축하해 주고, 무궁무진한 행복 누리며 근심 걱정 없는 세상을 만들고자 책으로 진실을 전하는 것이다.

하늘의 말씀이 조상님들은 입천제를 통하여 고통, 아픔 없는 천상 자미천궁으로 올라 행복 누리고, 인간들은 천인합체의식을 통하여 인간의 힘으로 이룰 수 없는 일들을 하늘의 명을 받아 하강한 하늘의 신들과 함께 하면 인간의 힘으로 불가능했던 행복의 세상을 현실로 이룰 수 있다고 하시었다.

천광

인황과 신감은 자미국을 통하여 이 위대한 일을 행하고 있는 것이고 이 위대한 하늘의 말씀을 전하고 있는 것이다.

자미국이 개국되고 좋은 일들이 대한민국 안에서 일어나고 있는 이유는 인황과 신감이 전하는 이 모든 말들이 인간의 말이 아닌 진정한 하늘의 말씀이심을 이 땅의 자손들에게 알려 주시고 보여 주시고 계신 것이다.

백지장도 맞들면 낫다 했다.

대한민국 자손들 여러분 모두도 하늘 진실의 말씀에 순응하고 하늘 진실의 말씀대로 행하여 개인적으로는 개인의 행복을 위하여, 국가적으로는 이 나라의 평화와 행복을 위하여 함께 행해서 세계 속으로 당당히 자랑스럽게 나아가,

대한민국의 위상을 진정한 하늘과 감찰신명님, 천상천감님, 천상도감님의 사랑과 보호 속에 알리고 전하여, 이 대한민국이 그 동안 세계 속에서 겪었던 모든 설움 잊고 행복하게 잘사는 그런 세상 함께 만들자.

●● 제 4부

하늘의 뜻과 반대의 세계

괴질 신종플루와 지구 종말론의 공포!

현재 전 세계인이 공포에 떨고 있는 괴질 신종플루와 지구 종말에 대한 가상 시나리오가 방영되었다.

충격! 공포! 그 자체다.

조류독감+돼지독감= 변종 바이러스

인류 최악의 비극이 시작될지도 모른다.

사스와 신종플루가 결합되어 변종 바이러스가 발생하게 되는데 그날이 언제인가 시간만 남았다고 한다.

인류는 엄청난 공포와 불안 그 자체일 것이다.

인류가 가슴 조이는 공포와 불안에서 벗어나는 길이 자미국에 있다. 자미국에서 행하는 입천제와 천인합체의식을 행하여 천인으로 탄생하여 태상천존 자미천황님, 자미황후님께서 주시는 제 2의 생명을 받아 재탄생하면 된다.

또한 2012년 12월 21일!

행성X 천체와의 충돌로 인한 지구 종말론의 말까지 나오고 있어 전 세계는 공포와 불안으로 정신이 없다.

세기적 예언가들이 말한 지구 종말의 그날이 한 발, 한 발 다가오고 있다.

지구 종말의 날로 예언된 2012년 12월 21일.

현재는 신종플루 진행 중.

태상천존 자미천황님, 자미황후님께서는 괴질의 굴레, 지구 종말의 굴레, 악의 굴레, 천재지변의 굴레에서 진정한 자미천황님의 자손들을 사랑과 복덕으로 구원하시고자 감찰신명님, 천상천감님, 천상도감님을 자미국으로 하강 강림을 윤허하시었다.

감찰신명님, 천상천감님, 천상도감님께서는 이 책이 나감과 동시에 진정한 태상천존 자미천황님, 자미황후님의 자손들을 악의 굴레, 종교의 굴레, 천재지변과 질병, 죽음의 굴레에서 구원하여 주시고자 여러분들의 곁으로 가실 것이다.

이 책을 보시는 과정에서 독자 여러분들 각자의 육신과 마음을 통하여 미비하게, 또 때로는 강하게 어떠한 기운이 내려짐을 느낄 수 있을 것이다.

그러한 기운들을 각자들이 느낄 수 있음은 매우 반가운 일이다.

감찰신명님, 천상천감님, 천상도감님께서 각자들을 자미천황님께로 인도하시어 그대들을 구원하여 주시고자 그대들 곁으로 찾아가실 것이다.

인간 육신을 지닌 우리 인간의 눈에는 그 분들의 모습이 보이지도 않고, 인간의 귀에는 그 분들의 말씀이 들리지도 않아 인간은 아무것도 모르겠지만,

인간의 몸 안에 있는 각자의 조상님과 영혼들은 이 분들의 모습이 보이기도 하고, 이 분들의 음성이 들리기도 하기에 이 분들이 자신들의 곁으로 오시었음을 각자 육신의 몸으로 알려 주고자 어떠한 반응을 보이는 것이다.

박수를 치고 싶은 사람도 있을 것이고, 어떠한 환희와 희망이 마음속에서 불타오름을 느끼는 사람도 있을 것이고, 눈물을 흘리는 사람도 있을 것이고, 몸의 구석구석이 가려운 사람도 있을 것이고, 전기가 통하는 듯 찌릿 찌릿한 기운, 몸이나 손에 떨림과 진동이 나타나는 등 각자 다르게 여러 증상들이 나타날 것이다.

책을 보시는 과정에서 어떠한 기운을 받은 독자 여러분들은 태상천존 자미천황님, 자미황후님께 선택 받을 수 있음에 감사해 하며 자미국으로 찾아와 저자와 상담 후 조상님 입천제, 천인합체의식을 행하여 악의 굴레, 천재지변의 굴

레, 질병, 죽음의 굴레에서 벗어나야 한다.

지구의 마지막 날이 될 수 있다는 지구 종말론.

감찰신명님, 천상천감님, 천상도감님께서는 지구의 종말을 이대로 방관하실 수가 없으시어 이 분들의 존재를 밝히시고 자미국의 인황과 신감을 통하여,

천상지상 천지신명공사를 행하고 계신 것이고, 이런 위험의 길에서 진정한 태상천존 자미천황님, 자미황후님의 자손들을 구원하시고자 천상지상 공무의 일환인 입천제와 천인합체의식을 자미국을 통하여 행하여 주고 계신 것이다. ?

인류를 지구멸망과 변종 바이러스의 공포와 불안에서 구원하여 주시고자 와 주신 참으로 감사하고도 감사한 분들이시니 이 분들의 뜻대로 행하여 인류는 행복의 길을 찾아야 할 것이다.

인류의 영원한 희망이자 보호막이신 하늘께서 자미국을 통하여 천상지상 천지신명공사를 행하여 주고 계신다.

입천제와 천인합체의식을 행하여 자미천황님의 자손인 천손과 천인으로 탄생한 이들은 지구멸망 대재앙과 변종 바이러스로부터 보호 받을 수 있는 유일한 대상자들이다.

더 늦기 전에 태상천존 자미천황님, 자미황후님의 기운으로 가득한 자미국을 찾아와 하늘을 만나는 자가 현자라 할 것이다.

판단은 각자들의 자유이지만 선택은 빠를수록 좋다.

인류 모두가 애타게 기다려 오던 진정한 태상천존 자미천황님, 자미황후님과 감찰신명님(신명님), 천상천감님(하나님), 천상도감님(미륵님)으로부터 인간, 조상님, 영혼, 신들이 보호 받는다면 지구멸망 대재앙이든, 변종 바이러스 출현이든 아무것도 걱정할 일이 없다고 이 저자는 단호히 결론을 내린다.

인황과 신감, 자미천황님의 자손들인 천손과 천인들은 이미 이 분들의 무소불위하신 조화기운을 현실로 체험하였기에 자신 있게 전하는 것이다.

말로만 듣던 인류의 구심점이신 태상천존 자미천황님, 자미황후님!

인간, 조상님, 영혼, 신들을 구해 주시려고 이 동방 땅에 자미국을 윤허하여 주시었다.

동방의 등불이자 인류의 구심점 자미국!

하늘께서는 인황이 원하고 바라면 무엇이든지 이룰 수 있게 해주시었다. 그대들이 원하고 바라는 소원들도 인황을 통하여 하늘께 올리면 현실로 이룰 수 있다.

인간, 조상, 영혼, 신들이 자미천황님께로 향하는 자미국.

인간, 조상, 영혼, 신들이 자미천황님께 구원 받을 수 있는 자미국.

대마왕 자신을 숨기기 위한 무서운 계략!

개인이나 가정, 기업, 국가에 이루기까지

혹독한 고통과 불행, 우환과 실패가 따르는 경우가 참으로 많다.

그 불행의 원인이 무엇인지 정확히 밝혀진 것이 없다.

문제가 있으면

해답이 어딘가에 있을 법 한데 세상 그 어느 누구도 밝혀내지 못하자 오히려 애꿎은 조상님 탓만 하고 있다.

조상님 산소 탓을 하며 자리가 안 좋은가? 하면서 풍수가를 데려다 좀 더 나은 자리를 찾아보려고 혈안이 되는 경우를 종종 본다.

조상님들이

원이 맺히고 한이 맺혀 구천을 떠돌고 있는 것인가? 하고 각자 나름대로 별별 생각들을 하고 있다.

물론 조상님들 사후세상이 힘든 것은 사실이다.

육신이 죽었다고 모든 것이 끝은 아니다.

조상님들은 육신을 떠나 영혼이 되어 자손이나 후손들 육신의 몸 안 어딘가에 머무르고 있다. 그러나 살아있는 우리 인간들의 눈에는 보이지 않는다.

조상바람이 불면 인생 살기가 힘든 것은 당연하지만 조상님들은 자손들이 다치지 않는 범위 내에서만 메시지를 자손들에게 전하고 있다는 위대한 하늘의 진실이 밝혀졌다.

조상님들께서는 사랑하는 자신(조상님)의 핏줄인 자손들을 자신의 원과 한을 풀고자 자손을 망하게 하거나, 다치게 하고 죽게까지는 안 한다는 진실이 하늘의 말씀을 통하여 밝혀졌다.

그대들이 겪고 있는 모진 풍파들은 조상님 때문이 아닌 각자의 조상님을 가장한 사탄과 마귀란 진실이 밝혀졌다.

악의 화신 대마왕!

대마왕은 바로 악의 화신이며 대마왕의 자손들이 바로 사탄과 마귀였다.

대마왕은 인간, 조상님, 영혼, 신들에게 자신이 "왕" 이라고 하면서 인간, 조상님, 영혼, 신들의 정신을 다 흐려놓고 있다고 하시었다.

악의 화신 대마왕!

자신이 최고 하늘이라 하면서 목에 힘을 주고 군림하며,

인간들의 마음 안으로 숨어들어가 인간의 마음 안에 자신의 자리를 잡고, 인간의 마음을 자신의 뜻대로 조종을 하여 인간으로 하여금 자신이 좋아하는 나쁜 짓만 일삼게 하고 있다고 진실을 가르쳐 주시며 살아있는 인간들은 각자 자신들의 마음 조심하라고 가르쳐 주시었다.

대마왕이 가장 좋아하는 것은?

끝없는 대우, 굴복, 지배통치, 충성, 맹세, 시주, 성금, 헌금, 재물 착취, 사기, 배신, 이혼, 고소고발, 시기 질투, 가난과 실패를 한없이 즐기는 못된 존재라고 가르쳐 주시었다.

지금 그대들 마음속에 악의 화신이 숨어들어가 있는지 스스로 점검해 보라.

악의 화신인 대마왕이 그대들 몸 안에 자리하고 있으면,

하늘과 조상님의 존재를 부정하게 되며,

육신이 죽으면 그만이지 사후세상이 어디 있어 하면서 사후세상을 부정하게 되고, 하늘이 어디 있느냐고 하면서 하늘을 부정하는 마음이 생기게 된다.

또한 성격도 포악해지며 이기적인 마음이 생기게 된다.

이 나쁜 존재는 조상님들에 대한 가련하고 불쌍한 마음이 전혀 없기에 조상님을 위해 산소나 만들어 주고 제사와 차례를 지내 주면 자신들은 조상님에 대해서 할 도리 다했다고 생각한다.

마음 또한 독하며, 인정머리 없고, 상대를 지배 통치하려하고, 한없이 군림하려하며 양보 없는 천상천하 유아독존이다.

이들 대마왕의 기운과 함께하는 자들의 인생은 사기, 배신, 사업실패, 금전고통, 별거, 이혼, 고소고발, 질병의 고통으로 얼룩지게 된다.

대마왕은 인간의 삶을 이렇게 만들어 놓고 아무런 양심의 가책도 없다 한다.

양심도 없고, 인정도 없고, 죄책감도 없는 존재들이기에 연약한 우리 인간들이 그런 대마왕을 상대하기란 거의 불가능할 정도라고 하시었다.

세상사 자신의 주장이 최고이기에, 아니 다시 말하면 자신이 왕이라고 생각하는 대마왕이기에 누구의 말도 듣지 않고 한 치의 양보도 타협도 없이 자신의 주장만 무조건 옳다고 내세우는 존재라고 하시었다.

인간들이 끔직한 강간, 살인, 방화, 사기, 배신을 눈 하나 깜박 안하고 행하는 것은 인간의 진짜 마음이 아닌 대마왕의 행이었다고 하시었다.

신종플루, 지구멸망 예언 이 모두도 대마왕의 계획이고 대마왕의 짓이라고 하시었다.

조상님의 존재, 영혼의 존재, 신의 존재, 어느 누구의 존재도 인정 안하고 오로지 자신의 존재만 인정하는 아주 못되고도 못된 존재이기에 그와는 어떠한 대화도 되지 않으니 이 땅의 자손들은 악의 화신 대마왕을 조심하라 하시었다.

각자의 조상님이 무서운 것이 아니라, 신이 무서운 것이 아니라 이 세상에서 가장 무서운 존재는 피도 눈물도 없는 바로 대마왕과 사탄마귀라고 하시었다.

감찰신명님, 천상천감님, 천상도감님께서는 인간, 조상님, 영혼, 신들을 이 대마왕의 굴레에서 구원하여 주시고자 오신 것이다.

악의 화신인 대마왕은

이 책을 본 독자 여러분들이 자미국으로 들어와 자미천황님의 자손이 되는 것을 막고자 갖은 방법을 다 쓰면서 자미국을 비방하는 말이나 자미국을 부정하는 말을 할 수도 있다.

독자 여러분들은 그 대마왕의 기운을 이기고 자미국으로 들어와야 한다.

독자 여러분들 스스로가 그 대마왕의 기운을 이기지 못한다면 독자 여러분들의 인생과 독자 여러분들의 가정은 앞으로도 대마왕과 함께하는 불행과 아픔, 질병, 이혼, 고소고발, 사기 배신의 인생을 살아야 한다.

그대들이 자미국을 통하여 태상천존 자미천황님, 자미황후님께 구원 받으면 악의 화신인 대마왕은 더 이상 자신들의 몸으로 들어갈 수 없게 되기에 악의 빙의에서 벗어날 수 있게 된다.

각자 조상님들의 빙의가 무서운 것이 아니라 대마왕의 빙의가 가장 무서운 것임을 독자 여러분들 모두는 알아야 하리라.

태상천존 자미천황님, 자미황후님께서는 인간 세상을 최초로 창조하심에 사랑과 평화로 창조하시었다 하신다. 이런 무릉도원의 세상에 시기 질투의 마음을 가진 대마왕은 평화로운 인간 세상을 악의 굴레로 만들었다 한다.

인류의 모든 역사와 인류의 진실이 밝혀지고 있다.

이 시대의 우리들이 이 땅에서 해야 할 일은 각자의 자신, 영혼, 조상님과 각자의 가정을, 또한 더 크게는 기업과 국가, 이 세상을 악의 굴레에서 구원해야 한다.

대마왕 사탄마귀의 기운에 빙의되면 각자의 인생과 가정은 인간의 상상을 초월한 불행의 일을 겪게 된다.

인류의 역사는 우리들에게 말하며 증명하고 있다.

수많은 교조들이 젊은 나이에 이 세상을 떠나간 이유를 밝힌다.

그 종교 교조들의 몸에 대마왕이 빙의 되었던 것이다.

그러나 그 종교 교주들 자신도 그 진실을 알지 못한 채 대마왕이 시키는 대로 자신이 하늘이다 하면서 하늘을 사칭하고, 하늘을 능멸하는 행위를 하다 일찍 인간세상을 하직하게 되었고, 어떤 이는 관재로 교도소에 들어가 옥고를 치르기도 하였다.

대마왕에게 그대들의 정신을 지배당하면 온갖 구설수와 관재가 따르게 되고, 질병, 사업실패, 금전손해, 사기배신, 사건사고, 자살충동으로 목숨을 잃게 된다.

악의 화신 대마왕의 빙의에서 벗어나는 유일한 길은 자미국에 방문하여 하늘을 만나 천상 자미천궁의 기운을 받으면 된다.

사랑이 넘치는

태상천존 자미천황님, 자미황후님께서는 우리들 모두가 원하고 바라는 인생의 사랑, 화목, 건강, 자손번창, 부귀, 재물, 권력, 명예, 출세, 성공, 승진, 영전, 당선, 합격, 수명장수, 명랑, 쾌할, 발전, 승승장구, 기쁨, 행복, 즐거움, 편안함의 기운을 무궁무진 내려 주신다.

반면 대마왕과 그 졸개들 사탄마귀는

정반대되는 고통과 불행, 어둠의 나쁜 기운을 내린다.

대마왕의 기운에 빙의되어 살아가는 사람들은

종교생활, 고통, 불행, 실패, 부도, 우환, 고소고발, 관재, 구속, 이혼, 별거, 불임, 비명횡사, 자살, 단명, 줄초상, 질병, 괴질, 신종플루, 슬픔, 괴로움, 가난, 사기, 배신, 횡령, 도박, 경마, 경정, 폭주, 주사, 증오, 미움, 시기, 질투, 욕심, 짜증, 성냄, 이기주의, 독선적, 천상천하 유아독존, 군림, 불구자, 정신지체아, 장애자, 도난, 화재, 강도, 폭력, 천재지변, 지진, 홍수, 해일, 폭우, 태풍, 가뭄, 혹한, 혹서, 이상기후, 재난 등을 당하며 살게 된다.

악의 화신 대마왕은 인간들의 기쁨과 행복을 절대적으로 원하지 않는다는 이 진실을 알아야 한다.

악의 화신 대마왕과 사탄 마귀!

대마왕이 좋아하는 행위를 따라하는 사람들은 하늘과 정반대의 길을 가게 된다는 사실을 알아야 한다.

대마왕이 이 세상에서 가장 좋아하는 것이 종교 생활이다.

앞에서도 설명한 바 있듯이, 종교는 진정한 태상천존 자미천황님, 자미황후님의 뜻이 아니었다.

또한 수많은 사람들이 믿고 따르는 하나님과 예수님, 미륵님과 부처님, 신명님, 그 어느 성자의 뜻도 아닌 대마왕의 뜻 일 뿐이었다.

종교의 근원은

대마왕의 기운에 빙의 된 인간들은 그 기운이 대마왕의 기운인지도 모른 채 하늘의 뜻인 줄 알고 세운 것이다.

종교가 하늘의 원 뜻이었다면,

자미천황님과 하나님과 예수님, 미륵님과 부처님, 신명님께서 세우셨을 것이다. 그러나 이 모든 분들께서 세우시지 않았음은 원 뜻이 아니었기에 안 세우셨던 것이다.

이 사실을 아는 대마왕은 이 세상을 독점하고자, 하늘의 뜻과 반대되는 종교를 세워 인간, 조상님, 영혼, 신들을 모두 데려다 자신 앞에 굴복하게 하면서 인간, 조상님, 영혼, 신들을 바보 아닌 바보로 만들고 있는 것이다.

종교인들이 외고집인 것이 바로 이 이유이다.

앞에서도 대마왕에 대하여 설명을 하였듯이 대마왕은 외고집 그 자체이다.

종교인들의 믿음이 강해서 외고집인 것이 아니라 외고집인 대마왕의 기운에 빙의 되었기에 그대들 역시도 외고집인 것이다.

진정한 하늘께서는 외고집이 아닌 서로가 서로를 아껴주고 사랑하고 서로의 의견을 존중하고 용서하며 살라 하시었다.

왜 종교를 믿으면 안 되고, 왜 믿지 말라고 하는지 이젠 이해가 갈 것이라 생각한다.

두 저자가 맹목적으로 종교를 비방하려고 이런 위대한 진실을 전하는 것이 아니라, 인류(인간, 조상님, 영혼, 신)를 악의 굴레에서 구원하라는 자미천황님의 명을 행하고 있을 뿐이다.

인황과 신감 두 저자도 대마왕과 사탄마귀가 뿌려대는 악의 기운으로 갑작스럽게 일어나는 고통과 불행의 진실을 아는 과정에서 수많은 시련과 고비가 있었다.

자미천황님, 자미황후님과 감찰신명님, 천상천감님, 천상도감님께서 두 저자에게 이 대마왕 악의 기운과 사탄마귀의 진실을 하나하나 가르쳐 주시었다.

어느 누구도 가르쳐주지 않아 아무것도 모르는 독자 여러분들과 독자 여러분들의 조상님, 각자의 영혼들은 대마왕의 기운으로 얼마나 힘들겠는가?

이젠 바로 알아라.

각자들의 인생이 아프고 힘든 것은 조상님들의 탓이 아닌, 그렇다고 전생의 죄 때문도 아닌, 사주와 삼재 때문도 아닌 바로 우리의 행복을 방해하고 그 어느 누구의 존재도 인정하지 않는 대마왕의 기운 때문 이었다.

조상님들이 악의 굴레에서 벗어나 행복 누릴 수 있는 방법은 입천제이고 인간, 영혼, 신들이 악의 굴레에서 벗어날 수 있는 방법은 천인합체의식이다.

천지의 삼라만상과

인간, 조상, 영혼, 신들을 태초로 창조하신 분은 태상천존 자미천황님, 자미황후님이시니 우리 모두는 하늘의 귀한 자손이자 백성들인데 악의 대마왕 사

탄마귀가 태상천존 자미천황님, 자미황후님의 귀하고 훌륭한 자손들인 인간, 조상, 영혼, 신들을

종교 속으로 현혹시켜 데려가서 굴복과 충성을 강요하며 금전을 시주, 헌금, 성금의 명목으로 착취해가며 영원히 종과 노예로 부려 먹고 있으니 하늘께서 그 얼마나 마음이 아프시겠는가?

대마왕 자신이 하늘이라고 자처하며 자신 앞에 모두 굴복하라고 끊임없이 강요하며 협박하고 있다는 진실을 세상 그 어느 누가 알 수 있단 말인가?

인류 최초로 밝혀지는 위대한 하늘의 진실.

이 위대한 진실 앞에 그대들은 이제 어떻게 처신할 것인가?

이러한 진실의 말을 듣고 공감하여

고통과 불행, 우환, 실패, 관재, 가난 등등으로부터 벗어나고자 한다면 종교의 굴레에서 하루라도 빨리 벗어나라.

그들로부터 벌 받을까 두려워 하지마라.

하늘께서 지켜 주실 것이다.

이제는 그대들의 묵은 종교의 더러운 때를 벗겨내야 한다.

새벽기도, 철야기도, 평시기도 일체 행하지 않아도 된다.

하늘의 사랑은 인간들의 사랑과 다르다.

너무나 따뜻하고 위대하며 실망하지 않고 영원히 배신당하지 않는 고귀한 사랑이다.

세상에서 가장 아름다운 사랑이 하늘의 사랑이다.

하늘의 크신 사랑을 더 많은 인간, 조상, 영혼, 신들이 받았으면 하는 것이 두 저자의 간절한 바람이다.

하늘과의 사랑은 강요, 회유, 협박, 현혹이 없다.

스스로가 하늘의 기운에 감응되어 자신 스스로가 하는 아름다운 사랑이다.

하늘과 조상님들께서는 우리 자손들을 주야로 지켜주시고 보호하여 주시는 감사하신 분이시고, 하늘의 자손들이 항상 잘되기만을 원하고 바라신다.

반대로 수많은 사람들이 고통과 불행을 당하면서 괴로워하는 모습을 즐겨하는 존재가 대마왕과 그 졸개들 사탄마귀였다.

대마왕은 고통과 불행의 조화를 수없이 부리는 나쁜 존재이다.

기쁨과 행복은 하늘과 조상님들께서 주시는 것이고, 고통과 불행은 대마왕과 사탄마귀가 안겨주는 것이라고 보면 된다.

그러므로 이제부터 아무리 나쁜 일이 일어나 그대들이 막대한 피해를 보았다고 하여도 하늘께서 내리신 천벌이라고 말하면 절대로 안 된다.

대마왕을 도와주는 말이다.

하늘께서는 절대로 당신의 귀한 자손들에게 천벌 같은 것은 안 내리신다고 하셨다.

하늘께서는 우리를 악으로부터, 재난으로부터, 고통과 불행으로부터 끊임없이 보호하여 주시고 사랑해 주시는 감사의 하늘이시다.

하늘을 하루속히 만나는 자손들만이 하늘로부터 보호 받고 사랑 받아 대마왕과 사탄마귀의 마수로 인하여 고통 받는 인생의 불행한 삶에서 하루빨리 벗어날 수 있게 된다.

돈 빌려주고 못 받는 것도 대마왕과 사탄마귀의 짓이다.

대마왕은 인간, 조상, 영혼, 신들의 정신을 자유자재로 지배하여 자신의 영원한 종과 노예로 삼고자 한다.

대마왕에게 지배당하면 그대들의 가장 귀중한 것들을 일순간에 잃게 된다.

그대 독자들은 하나님, 미륵님, 신명님께서

인황과 신감을 통하여 태상천존 자미천황님, 자미황후님께서 실제로 존재하고 계심을 만 세상에 알리고 대마왕에게 속고 있는 줄도 모르는 불쌍한 인간,

조상, 영혼, 신들을 구원해 주시고자 자미국을 세우셨다는 진실을 알아야 한다.

공감하는 독자들은 책을 끝까지 다 읽고 자미국에 방문하여 장차 어찌해야 하는지 진로를 친견상담하기 바란다.

인류 최초로 종교혁명이 시작되었다.

이미 자미국에서 인류 최초로 영적인 종교혁명이 시작되었다.

국내의 거대종교들이 무너져 내리고 있다.

나이 들어 저승명부에 언제 오를지 모를 ㅇㅇ교, 교주가 사망하자 내분으로 3개 파벌로 갈라져 종권분쟁 중인 ㅇㅇㅇㅇ회, 신도들에게 서로 빚보증으로 서게 하여 신도들을 빚더미로 몰아 옥살이를 한 ㅇㅇ회,

반대파들을 생매장하여 살해하고 그 벌로 옥살이하고 병사한 ㅇㅇ재단, 사기 연출로 신도들을 속여 PD수첩에 방영된 ㅇㅇ원 기타 등등이 거대한 풍랑을 만나 존폐기로에 놓여 있다.

그리고 지금 호황을 누리며 수많은 신도들을 자랑하고 있는 거대하고 유명한 종교 단체들이 이 책이 출간되어 세상에 알려짐과 동시에 그 명성이 속속 사라져 갈 것이다.

영혼세계를 통일할 종교혁명(종교흡수통합)을 이끌어 낼 하늘의 기운은 그 어느 종교에도 남아있지 않다.

영혼세계를 이끌 영적 종교혁명을 일으킬 수 있는 곳이 있다면 자미국이 가장 유일한 희망이 될 것이다.

종교의 시대는 막을 내리고 있다.

하늘의 기운이 종교로 더 이상 내리지 않아 신도들의 발 길이 뚝 끊어졌고, 하늘을 만 세상에 널리 알리시고 위대하게 세우고자 하시는 감찰신명님, 천상

천감님, 천상도감님께서 자미국의 인황, 신감과 함께 해주고 계시기에, 종교들 모두가 운영이 안 되어 스스로 문을 닫는 것은 이제 시간문제인 것 같다.

이곳은 기존의 종교세계를 펼치는 것이 아니라 하늘의 진실만을 인간, 조상, 영혼, 신들에게 전하며 강요, 협박, 회유, 현혹을 하지 않는다.

년 간 기도회가 3~4회에 밖에 안 되며 기도회에 참가해도 일체의 성금을 받지 않는 전 세계 유일한 자미국이다.

한국의 미래를 예언한 내용이다.

21세기 인류의 등불!

1950년대에 조지 아담스키가 21세기 한국의 미래에 대해?다음과 같이 예언했다고 한다.한국 땅에서 세계 처음으로 과학혁명이 일어나고, 그 후에 다시 영혼혁명이 일어난다. 민주적으로 통일된 한국은 진정한 독립을 달성하여 세계에서도 놀라울만한 비약을 한다. 통일된 한국은 완전히 전화(電化)된다. 초가와 온돌방은 찾아볼 수 없고 대도시에서의 주택난은 해결되고 십층 단위의 고층건물이 주택으로서 사용된다. 그 건물의 각 방에는 세계인으로서 최고의 수준을 향유할 수 있는 정도의 각종 장치가 설비되어 수 개의 텔레타이프와 텔레비전으로써 국내외의 모든 뉴스를 시시각각으로 알 수 있게 마련된다. 실내의 온도는 춘하추동을 가리지 않고 인체에 가장 적합하게 자동으로 조절된다.도로는 고도로 발달하여 서울과 인천은 한 도시로서 발달하고, 서울과 부산을 직결하는 고속도로 상에는 엄청나게 빨리 달리는 제트 자동차가 왕래하고 바로 그 위에서는 전화열차가 고가선으로 달리고 전력 헬리콥터는 나비 떼처럼 관광객을 안내한다. 플라스틱 공업이 대규모로 발달하여 건물 대부분이 불연(不燃)플라스틱으로 순간적으로 조립된다.

식량은 해결되어 쌀을 먹지 않고 오늘날의 쌀과 성분이 같은 인공식량이 공장에서 대량 생산된다. 남해안 지방은 완전히 해양화학지구로 건설되어 일련의 체계적인 작업을 통하여 해양식량을 확보하여 전국에 공급된다.

행정은 완전히 과학자에 의하여 운영된다. 그리고 종교혁명이 일어나는데 종교의 신비적인 면을 완전히 해결하게 된다. 세계 각국은 이 한국의 종교혁명을 주시하게 되며 오늘날 선진국에 과학유학생이 모이는 것처럼 한국에는 종교유학생이 모여든다.

한국인은 21세기의 과학, 종교혁명을 통하여 완전히 세계의 모범적인 민족으로 성장한다. 또 한국의 수학자들이 재편한 순 한글이 세계어로 채택된다. 세계의 영혼을 지배하고, 세계철학에 옳은 방향을 심어주는 한국이 세계의 중심국이 된다. -이상-

한국이 세계의 중심국이 될 수 있는 유일한 희망이 있다면 그것은 이 땅에 하늘이 윤허하신 동방의 등불이자 인류의 구심점이 될 "자미국"이 존재하고 있기 때문이다.

세계의 인간, 조상, 영혼, 신들을 인도할 수 있는 천지부모 태상천존 자미천황님, 자미황후님의 기운이 내리는 자미국이 있기에 현실로 가능한 일이다.

일찍이 인도의 시인 타고르가 한국을 동방의 등불이라고 표현한 바 있듯이 현대의 사상가들은 새로운 정신문명세계가 간방(艮方)인 대한민국에서부터 시작된다고 외치고 있다. 이는 앞으로 도래할 태평양 시대와 부합되는 것이기도 하다.

동방의 등불, 인류의 등불이자 인류의 구심점이 될 자미국!

세계 속에 중심국가로 떠오를 수 있는 유일한 희망이자 우리 모두의 밝은 미래이다.

이 책이 오랜 종교의 고정관념에 세뇌되어 있는 그대들 인간과 그 몸 안에 조상, 영혼, 신들의 묵은 사상을 천지개벽시켜 줄 운명의 이정표가 되어 줄 것이다.

이 나라 뿐만이 아니라 전 세계의 모든 종교가 이 책이 출간됨과 동시에 소리 없이 무너져 내리고, 교인들은 종교를 떠나 자미국에 들어와 하늘의 맑고 밝은 조화기운을 받아 인간, 조상, 영혼, 신들이 세세생생 영원무궁 기쁨과 행복 누리리라.

태상천존 자미천황님, 자미황후님의 기운!

하늘의 기운을 자미국에서 받는 자 하늘의 문이 열리리라.

그동안 종교를 세운 대마왕의 악의기운 받아 인생의 어둡고 답답했던 암흑의 환란에서 하루빨리 벗어날 수 있으리라.

동방의 등불이자 인류의 구심점인 자미국 인황과 신감이 만 세상의 인간, 조상, 영혼, 신들을 위대하신 태상천존 자미천황님, 자미황후님께로 인도하여 구원받게 해 줌으로서 하늘의 따뜻한 사랑 속에 영원히 악의 굴레에서 벗어나게 해 줄 것이다.

도를 닦고 있는 사람들!

"기도를 통해 나(태상천존 자미천황님, 자미황후님)를

찾으려 산 속에서 도교와 종교단체에서 도를 닦고 있는 사람들아!

도! 그것이 과연 무엇이고 어디에 있는 것이더냐?

무엇을 이루고자 기도를 하고 도를 닦고 있는 것이더냐?

평생을 산 속과 토굴에서 도를 닦는다고, 또한 현생이 아닌 사후세상에서 수천만 년을 닦는다고 이루어질 것 같다더냐?

나(태상천존 자미천황님, 자미황후님)에게 선택 받지 못하면 모든 것이 허사로다."

자미국은

도를 닦는 곳이 아니라 도를 닦아 주는 곳이다.

다시 말해 인간들이 도를 닦는 것이 아니라 하늘께서 그대들에게 진정한 도를 가르쳐 주심으로서 도를 이루게 해 주는 곳이다.

수천만 년 걸릴 도를 하루 만에 가르쳐 주시니 이보다 더 큰 기쁨이 어디 있으랴?

수천 년 전에 죽은 자들도 도를 통하지 못하고 자미천황님께 선택 받지 못하고 있거늘 그대들도 그 선조들의 실패작 인생을 따르려 하고 있는 것인가?

함부로 기도하지 마라.

대마왕이 자신을 부르는 줄 알고 그대 몸으로 찾아 들어간다.

악의 화신인 대마왕은 절하며 기도하는 사람들을 무척 좋아한다.

자신이 대우받고, 자신이 하늘인양 어떤 기운을 내려주어 그의 마음을 대마왕의 굴레에 갇히게 만든다.

기도할 때 절하며 무릎 꿇는 것 대마왕이 바라고 원하는 것이다.

대마왕은 절하고 무릎 꿇는 것을 엄청 좋아한다.

진정으로 절하며 무릎 꿇고, 자신의 죄를 빌어야 할 대상은 그대들 영혼의 어버이이신 태상천존 자미천황님, 자미황후님과 그대들 육신을 낳아주신 조상님들이시다.

영혼과 육신의 어버이를 몰라보고, 찾지도 않고 살았으니 자식 된 도리로서 부끄럽고 죄송한 일 아니던가?

아무 곳에서나 절대 무릎 꿇고 절하며 기도하지 마라.

절에 가서 3천배 1만 배 절하는 것 대마왕에게 좋은 표적감이다.

진정으로 자신의 죄를 용서 빌고, 죄를 사면 받고 싶거든 자미국에 들어와 입천제와 천인합체의식을 통하여 진정한 태상천존 자미천황님, 자미황후님과 그대들의 선조 조상님들께 무릎 꿇어라.

그대들이 절하며 무릎 꿇을 수 있는 상대는 위대하신 하늘과 그대들의 조상님들뿐이시다.

종교숭배자들 형상이나 그림 앞에 함부로 절하며 기도하는 일은 자신의 인생 망치는 지름길이다.

인간 스스로 기도 한다고 소원을 이룰 수 있는 것이 아니라 인간의 소원을 이루어 줄 수 있는 능력자분을 만나야 한다.

일시에 1만 2천명이 도통한다는 것은 허무맹랑한 거짓말이다.

어느 분이 도통을 이루어 줄 수 있는 능력자 분인지도 모른 채 도통을 운운하고 있으니 기가 막히는 일이다.

이 모두는 자미천황님의 명이 있어야만 가능하다.

하늘로부터 선택 받을 자와 선택 받지 못할 자가 있다.

자미천황님의 진실을 왜곡하고는 도통은 절대 이룰 수 없으니 모두 마음의 방향을 다시 잡아야 할 것이다.

인간의 짧은 생각으로 하늘의 생각을 말하지 말고, 진정한 하늘의 말씀에 귀 기울여 하늘의 말씀에 순응해야 한다.

천당, 천국과 극락세계 문 닫혀

인간들 눈에는 보이지 않는 높고 높은 천상궁전 자미천궁.

육신을 잃은 죽은 자들이 가고자 했던 천당, 천국과 극락세계는 이제 후천세상 자미국시대가 열림과 동시에 문이 닫혔다.

천상궁전 자미천궁에서 조상영가들을 위하여 문을 열어주고 있다.

또한 육신을 지닌

우리 사람들이 그토록 원하고 바라던 불국정토와 지상낙원 천국세상은 자미국 개국과 동시에 끝나게 되었고, 인류최초로 하늘의 윤허를 받은 자미국이 후천세상을 열어가게 되었다.

이미 죽은 억조 조상들이 애타게 찾던 천당극락은 문이 닫혔고,

천상 자미천궁만이 존재하게 되었다는 하늘의 말씀이 있으시다.

죽은 자들은

조상님 입천제를 통하여 천상 자미천궁으로 올라가 천손으로 탄생하면 되고, 산 자들은 자미국에서 천인합체의식을 통하여 천인으로 탄생하면 된다.

하늘(자미천황님)께 굴복한 석가와 예수!

이들은 살아생전이나 죽어서도 더 높은 천상 자미천궁의 존재를 전혀 몰랐었다.

세상 어느 누구도 알 수 없었던 천상 자미천궁 세계!

종교인들 모두가 망상 속에 사로 잡혀 찾고 있었던 천당과 극락은 문이 닫혔

고, 이제 천상 자미천궁만이 열려 있음을 밝힌다.

천계에는 지엄한 천상 자미천궁의 법도가 있어 조상님들 마음대로 들어가는 것이 아니라 감찰신명님, 천상천감님, 천상도감님의 인도를 받아야 들어 갈 수 있다.

그대 조상들이 평생 찾아다니던 무릉도원 천상 자미천궁으로 올라갈 수 있는 유일한 곳이 동방 땅의 자미국이다.

잘못된 종교를 떠나 자미국으로 들어오는 인간, 조상, 영혼들은 자미천황님께 선택받아 천상 자미천궁에 올라 기쁨과 행복 속에 무릉도원 세상의 삶을 마음껏 누리며 살게 된다.

종교에 내는 헌금, 성금, 시주는 월세였다.

입천제를 행하는 날 미륵님이신 천상도감님께서 하강 강림하시어 전해 주신 말씀이다.

"종교 안에는 아무것도 없어. 그러니 가지마라."

저자와 입천제를 행하는 주인공은 동시에 말씀 드렸다.

"종교 안에 무엇이 없다는 말씀이세요?" 라고 여쭤보자,

"인간의 눈에 보이는 어떠한 형상은 있을지 모르지만, 진정한 하늘의 기운은 없다" 라고 말씀하시면서,

인간들이 종교 안에 내는 성금과 헌금들은 인간세계의 말로 표현하자면 "월세" 에 불과하다고 하시었다.

각종 종교 단체를 통하여 올리는 헌금, 시주, 성금이 하늘께서 보시기에는 "월세" 라고 하시니 도감님 진실의 말씀에 어안이 벙벙했다.

성금이나 헌금을 월세라고 표현하심은,

다시 말해서

종교 단체를 통해서 우리 인간들이 올리는 성금이나 헌금들은 진정한 하늘께서는 받으시지 않는다는 뜻이라고 가르쳐 주시면서,

그렇기에 아무리 인간들이 종교 단체를 통해서 헌금과 성금을 많이 올려도 하늘께서는 받으시지 않으시기에 인간의 공으로 인정되지 않으니 정신들 차리라고 하시었다.

종교 안에는 진정한 우리 인간들의 영혼의 부모님이 계신 곳이 아니기에, 다시 말해 남의 집이기에 월세(헌금, 시주, 성금)를 하염없이 내는 것이라고 하시었다.

인간세계에서도 자신의 집이 아닌 남의 집에 살게 되면 집 주인에게 전세금이나 월세를 지불해야 그 집에 들어가 살 수 있게 되듯이, 종교에 내는 헌금, 시주, 성금이 바로 이와 같다고 하시었다.

하지만

자신의 집에 살게 되면 어떠한 전세금이나 월세를 지불하지 않아도 되지 않느냐고 반문하시면서, 세상 그 어느 누구도 몰랐던 위대한 진실을 가르쳐 주시면서 하늘께서 윤허하시지 않은 종교에 가지도 말고 헌금, 시주, 성금도 올리지 말라고 하시었다.

입천제를 행하는 주인공에게 종교에 오랫동안 다니고 헌금을 한 자신의 인생을 생각해 보라고 하시었다.

오랜 세월 그대들의 피와 땀을 올린 헌금, 시주, 성금은 하늘께 올린 것이 아니라 악의 화신인 대마왕과 사탄마귀들에게 올린 것이란 말이다.

종교에 다니며 헌금, 시주, 성금을 올릴수록 자신의 인생은 피어나는 것이 아니라, 자신도 모르게 고통의 인생이 되질 않았느냐고 하시면서 이제라도 정신 똑바로 차리라고 가르쳐 주시었다.

전 세계인 모두가 몰랐던 진실을 가르쳐 주시는 감사의 하늘이시고 감사의 도감님이시다.

종교인들이 그들에게 올리는 모든 성금이 월세라는 진실을 이 세상 모두는 알 수 없었다.

경천동지할 감동의 말씀이다.

천상 자미천궁에 오르지 못한 영혼, 조상, 신들이 머무를 곳이 없다보니 임시로 인간 육신의 몸을 통하여 종교에 자신들을 의탁하게 되면서 그 육신으로 하여금 종교에 월세를 내게 함으로서 자신들의 삶을 지탱하고 있는 것이라고 가르쳐 주시었다.

천상 자미천궁의 영원한 집을 못 찾은 조상, 영혼, 신들이 머무는 곳이 종교였다니 가히 충격적이다.

자미국에 들어와 입천제를 행하여 천상 자미천궁의 집(천상궁궐)으로 올라가게 되면 더 이상 월세 같은 것은 평생 안 내도 된다고 가르쳐 주시었다.

정성이라고 자랑스럽게 헌금, 시주, 성금을 올렸던 사람들에게는 가히 충격적인 말일 것이다. 그러나 이것이 하늘의 진실이니 어찌하랴? 하늘께서 아니라고 하시면 아닌 것이다.

하늘께서 인류에게 진실을 전하심에 우리들 잘되라고 진실을 전하여 주시는 것이니, 우리 인류 모두는 하늘께 감사해하며 각자의 조상님들이 영원히 머물 수 있는 천상 자미천궁의 집을 찾아주는 입천제를 행함으로서 각자의 조상님들을 종교의 굴레, 악의 굴레, 눈치 보는 월세의 굴레에서 구원해 주어야 한다.

인간, 조상, 영혼, 신들이

종교를 통하여 자신의 재산을 모두 헌금, 시주, 성금 한다고 천상 자미천궁에 오를 수 있는 것이 아니니, 인간 몸 안에 있는 조상님과 영혼, 신들 모두는 진실을 알아야 할 것이고 인간들도 이 진실을 알아야 하리라.

집 주인(종교 교주) 눈치 보며 집 주인 비유 맞추어야 하는 월세 신세에서 하루 빨리 벗어나 자유의 세상에서 살고 싶은 인간, 조상, 영혼, 신들은 자미국에 들어와 입천제를 행하여 진정한 하늘께서 계시는 천상 자미천궁으로 올라가야 한다.

천상 자미천궁에 오르는 입천제는 자신이 살아생전 한 번만 행하면 된다. 천도재와 굿처럼 해마다 때마다 반복해서 행하는 의식이 아니라 일생일대에 딱 한 번이면 되는 아주 고귀하고도 존귀한 하늘의 의식이다.

자미국에서는 입천제를 행할 때 올리는 조공과 천인합체의식을 행 할 때 올리는 천공 외에는 정기적으로 그 어떠한 돈(성금, 헌금, 시주)도 받지 않는다.

또한 주기적으로 자미국에 오라고 강요, 현혹, 회유, 협박 같은 것이 일체 없어 정신적 구속이 전혀 없는 완전 자유이다. 1년에 3~4회 자미국 기도회에 참석하는 것이 전부이며 이때도 일절 돈은 받지 않고, 참석 또한 각자의 자유이다.

인간, 조상, 영혼, 신들아~!

이제 더 이상 남의 집 신세인 월세(종교) 살지 말고,

사후의 집 천상 자미천궁을 마련하는 입천제와

현생의 집 자미국을 마련하는 천인합체의식을 통하여 현생은 물론 사후세상에서도 이곳저곳 방황하는 불쌍하고 가련한 거지신세에서 벗어나 행복하고 당당한 삶을 살자.

인간들이 원하고 바랐던 안락하고 포근하며 사랑이 샘솟는 집은 자미국 지상 자미천궁이고,

인간의 몸 안에 있는 조상, 영혼, 신들이 오랜 세월 원하고 바랐던 안락하고 포근하며 사랑이 샘솟는 집(천상궁궐)은 바로 천상 자미천궁이었다.

인간, 조상, 영혼, 신 모두를 창조하신 태상천존 자미천황님, 자미황후님이 계신 천상 자미천궁을 향하여 우리 인류 모두는 입천제와 천인합체의식에 동참하는데 일심을 다하여야 아픔, 고통, 슬픔의 인생에서 벗어날 수 있게 될 것이다.

위험한 동반자, 종교!

한국인은 외국인의 몸에서 노린내가 난다하고,

그들은 한국인의 몸에서 김치냄새가 난다 한다.

절이나 초상집에 다녀온 사람들의 몸에서는 향냄새가 나고,

생선장수 몸에서는 생선 비린내가 난다.

이와 같이 종교인들의 몸에서는 종교인의 기운과 냄새가 나고 있음을 알아야 한다.

또한 그와 더불어 각자 종교의 기운과 냄새는 각자의 인생과 가정, 기업으로 스며들어 그 종교기운과 종교냄새의 인생을 살게 됨을 알아야 한다.

종교를 믿으면 믿을수록 각자의 생활이 더 어려워짐,

종교를 믿으면 믿을수록 각자의 인생이 더 힘들어짐.

바로 종교의 기운이 그대들의 생활과 인생으로 스며들었다는 얘기이다.

도를 닦으면 닦을수록 자신의 삶이 초라한 인생으로 변해감.

기도 정진을 하면할수록 자신의 삶이 우환으로 가득해짐.

도의 기운과 기도의 기운이 자신의 삶 속으로 깊숙이 스며들었다는 얘기이다.

그러나 인류 모두는 이 위대한 진실을 몰랐다.

종교를 믿는다는 것은 참으로 위험한 일이다.

하늘께서는 이 땅에 종교를 세우라 허락하신 적이 없으시니, 종교는 인간을 가장한 악들의 온갖 욕망의 산물이었다.

진실을 찾고자 종교를 다니는 사람들 몸에는 그들의 기운이 이미 들어가 있는 상태라 그들의 인생은 한없이 힘들다.

종교 하나의 기운만 들어와도 인간은 그 기운을 이길 수가 없다.

하물며 여러 종교를 전전한 사람들의 인생은 오죽하랴?

하지만 모든 것은 사필귀정이다.

하늘께서 바라고 원하지 않은 것을 인간이 행하면 인간들은 하늘로부터 아무런 것도 받을 수 없게 된다.

또한 하늘의 뜻에 역천하면 모두가 매사 불성이다.

종교에 다니고 있는 사람들아!

자신의 삶을 자신 스스로 뒤돌아보아라.

그리고 스스로 판단하여라.

자신의 삶을 자신 스스로가 뒤돌아보는 시간을 가짐으로서 자신 스스로가 후회 없는 판단 잘 내리기를 바란다.

종교의 굴레에서 과감히 벗어나 하늘과 함께 할 것인가?

아니면 종교와 영원히 함께 하며 하늘과 멀어질 것인가?

자미국에서는 하늘의 진실만을 전할뿐 기존의 종교처럼 여러분들에게 어떠한 강요도 현혹도 하지 않는다.

다만 각자의 판단과 각자의 행함대로 자신들의 가정과 인생, 기업으로 돌아갈 뿐이다.

그대의 육신을 떠나간 영혼과 신을 다시 찾아라.

그대들 각자의 주인은 그대 인간 육신이 아니라 몸 안에 있는 영혼과 신이다.

인간육신은 절에 있는 불상처럼 단지 형상에 불과할 뿐이라고 하늘께서 가르쳐 주시었다.

우리 인간 육신의 주인인 영혼과 신이 그대를 떠나면 그곳 빈자리에는 대마왕과 사탄마귀가 대신 자리 잡기 때문에 그대들의 인생은 풍전등화 신세가 되고, 안개 속처럼 한 치 앞도 알 수 없는 삶으로 바뀌게 된다.

우리 인간의 육신과 삶을 보호해 주는 영혼과 신들이 인간육신이 미워 스스로 어디론가 훌쩍 떠나간 것인지? 아니면 어느 종교에 잘못 갔다가 종교 안에 있던 악에게 잡혀 그곳에서 못 빠져나오고 있는 것인지? 우리 인간들은 그 진실을 알 수가 없다.

종교에 잡혀 있는 경우가 다반사라 하시었다.

그렇기 때문에 우리 인간들이 종교에 한번 잘못 들어가면 빠지게 되는 이유가 바로 이것이라고 하시었다.

자신의 영혼과 신이 그곳 종교 안에 잡혀있기 때문에 인간 육신은 멋도 모르고 자신의 영혼과 신을 데리러 종교 안으로 가게 되는 것인데 그곳에 있는 악들이 인간 육신의 영혼과 신을 쉽게 내주지 않기 때문에 시간과 세월이 걸리는 것이라고 하시었다.

종교에 열심히 다니고 있는 사람들은 종교 안에 갇혀있는 자기 영혼과 신을 수시로 면회 가고 있는 것이었지만 이 위대한 진실을 이 땅의 사람들은 전혀 알 수 없었다.

종교에 잘못 들어가 자신의 영혼과 신을 빼앗긴 자들!

자신 스스로 자신의 영혼과 신을 찾기란 하늘의 별따기 만큼이나 어려운 일이다.

인간의 눈에 보이지 않는 영혼과 신을 어떻게 인간이 데리고 나올 수 있겠는가?

자신의 떠나간 영혼과 신을 찾아오실 수 있는 분들은 자미천황님, 자미황후님과 감찰신명님, 천상천감님, 천상도감님 외에는 없다.

자미국에서 인황과 신감이 입천제와 천인합체 의식을 통하여 행하는 일들이 바로 이 일들이다.

그대들의 반쪽인 영혼과 신이 그대들의 육신의 몸을 떠나게 되면 그대들의 인생은 빈껍데기 인생으로 변하게 된다.

태상천존 자미천황님, 자미황후님, 감찰신명님, 천상천감님, 천상도감님을 통하여 떠나간 그대들의 영혼과 신을 하루빨리 찾지 않으면 그대들의 인생과 가정은 어찌될지 모르니 하루속히 행해야 한다.

배우자와 자녀, 친지, 친구 혹은 다른 사람들 몸으로 들어가 있는지, 아니면 종교 안에 가 있는지 어서들 하늘을 통하여 자신의 영혼과 신을 찾아야 그대들의 인생이 더 이상 고통과 불행을 당하지 않게 된다.

자신의 내면과 가정을 차분히 살펴보아라.

가정에 우환과 가족들 마음이 전과 다르게 변했는지, 이상한 말과 행동, 가출이나 잦은 외박, 바람을 피우고 있는지 말이다.

세상에는 선과 악이 있고, 기쁨과 불행, 성공과 실패가 있는데 이중에서 선, 기쁨, 성공은 하늘께서 주신 것이다.

하늘께서 주시지 않은 악, 불행, 실패를 안고 살아가는 사람들은 자신도 모르는 사이에 하늘의 창조에 반대되는 행위를 하였기에 선, 기쁨, 성공을 안겨주던 영혼과 신이 떠나간 것이다.

그대들의 마음이 악하고 독하며, 불행하고 실패한 인생이라면 그대들 몸 안에 본인의 영혼과 신이 아닌 대마왕과 사탄마귀가 들어와 있다는 증거이다.

돈이 아무리 많아도 집안에 자살한 가족이 있거나, 비명횡사한 가족, 단명한 가족이 있으면 자미국에서 하늘과 조상을 만나, 그 원인과 해법을 찾아야 한다.

하늘께서는 그대들을 맑고 깨끗하게 창조하여 이 땅으로 보내셨고, 영혼의 부모님 하늘과 육신의 부모 조상님에게 근본도리를 잘 지키는 예의바른 영혼이 되라고 하시었다.

절대로 종교를 믿으라고 가르치지 않으셨다.

종교를 믿고 따르는 것은 자신 영혼의 어버이 하늘을 배신하는 것이다.

그대들이 지은 죄를 감찰신명님께서 가르쳐 주시었다.

영혼의 부모님 "하늘"과 멀어진 것이 첫째 죄이고,

육신의 부모 "조상님"과 멀어진 것이 둘째 죄라고 하시었다.

종교 열심히 믿는다고 하늘과 가까워지는 것이 아니라,

자미국에 방문해 위대하신 하늘의 말씀에 순응하는 것이 하늘과 가까워지는 길이라고 가르쳐 주시었다.

하늘과 조상님을 몰라봐 하늘과 조상님들의 보살핌을 받지 못하니, 악(대마왕과 사탄마귀들)의 노리개 감이되어 고통과 불행의 고해바다에서 일평생 허우적거리는 불쌍한 인생으로 전락하여 고통 받으며 살아 갈 수밖에 없는 것이라고 하시었다.

이혼의 실체!

자신의 마음 안에 떠오르는 이혼! 이라는 메시지.

그대들의 배우자와 이혼하자는 말이 아니라, 종교와 이혼하자는 그대들의 몸 안에 있는 그대들 조상, 영혼, 신들의 말이니 오해 없길 바란다.

이혼을 결심한 부부들이 이 책을 보게 된다면 이혼은 우선 뒤로 미루고 자미국으로 찾아와 상담을 한 후 이혼의 결정을 내려라.

각방 쓰며 남처럼 지내는 부부.

별거하고 있는 부부.

이혼을 앞 둔 부부들.

이제부터는 법원에 가기 이전에 자미국을 먼저 방문하여 이혼을 상담해야 자신의 인생에 실패가 없을 것이다.

지금까지는 이혼의 실체에 대하여 이 세상 사람들이 알 수 없다보니 무슨 메시지인지도 모르고 자신 마음 안의 메시지 따라 상대를 미워하고 저주하며 이혼을 하였다.

그러나 이혼한 남 녀 모두와 그 자손들은 행복한 것이 아니라 더 아프고 힘들어지게 되었다.

자신 마음 안에 이혼의 메시지는 배우자의 이혼을 가장한 각자 조상님들과 영혼, 신들의 메시지였음이 밝혀지고 있으니, 자미국에서 전하는 말을 건성으로 듣지 말고 자미국에서 가르쳐주는 대로 행하는 사람이 현명하리라.

각자 몸 안에 있는 조상님과 영혼, 신들은 힘들고 답답한 종교세상, 사후세상, 구천세상, 악의 세상과 이혼하기를 간절히 원하며 바라고 있다.

그러나 인간들의 눈과 귀에는 이들의 말이 들리지도 않고, 이들의 모습이 보이지도 않다보니, 이들의 메시지를 정확히 알아듣지를 못하고 인생의 허점을 남김으로서 아픔의 인생을 살게 된다.

이혼뿐만이 아니라 자살도 마찬가지이다.

인간의 몸과 종교세상, 사후세상, 구천세상, 악의 세상에서 오랜 세월 지치고 지친 조상님과 영혼, 신들은 그 고통이 너무 힘들어 죽고 싶을 정도라고 한다.

이들의 아픔의 메시지를 받은 사람들은 그들의 메시지 따라 자신도 죽고 싶다는 생각을 하게 된다.

자살의 마음이 드는 사람들 역시도 귀한 목숨 끊지 말고 자미국을 통하여 상담을 한 뒤 입천제와 천인합체의식을 행하게 되면 언제 그랬느냐는 듯이, 자신들의 마음이 밝아지고 환해진다.

그러니 자살 시도도 하지 말고, 정신병원에 다니면서 시간 낭비하지 말고 자미국의 진실에 따르면 될 것이다.

이혼하려는 자들은 법원에 가기 전에 자미국으로.

자살의 마음이 드는 사람들도 자미국으로 향하면 자신의 인생관도 자신의 마음 모두가 자미천황님의 사랑과 감찰신명님, 천상천감님, 천상도감님의 보살핌으로 새롭게 태어나게 되니 인생비관하지 말고 좌절하지 말자.

하늘의 뜻과 어긋나는 종교를 계속 다니겠다는 자신들의 생각은 그 위대한 영혼의 어버이 태상천존 자미천황님, 자미황후님과 이혼을 하고 종교와 결혼하여 일평생 아픔의 인생을 살겠다는 자신들의 말과 진배가 없으니 잘들 생각하기 바란다.

위대한 하늘과 결혼하여 자신의 인생을 하늘의 사랑과 보호를 받아 행복 할 것인가? 아니면 하늘과 이혼하고 종교와 결혼하여 일평생 아픔 속에 살 것인가? 그것이 문제 일 뿐이다.

●● 제 5부

태초로 밝히는 진실의 세계

하늘과 땅의 위대하고 존귀하신 천지부모님!

인간에게는 두 부모가 있다.

인간의 육신을 낳아주고 길러주신 육신의 부모님과,

인간의 영혼을 창조하여 주시고 보살펴 주시는 영혼의 부모님이 계신다.

하늘과 땅의 위대하고 존귀하신 천지부모님들이시다.

육신의 부모님은 인간의 눈에 보이는 유형의 부모님이시고,

영혼의 부모님은 인간의 눈에 보이지 않는 무형의 부모님이시다.

어찌 보면 참으로 쉬운 진실인데도, 육신을 지닌 우리 인간들은 이 진실을 모르고 살아가고 있다.

저자 역시도 이 위대한 진실을 알기 전 나의 인생은 나의 의지와 상관없는 아픔의 일들이 끊이지 않고 생겨 세상을 등질까? 생각 한적 한 두 번이 아니었다.

내 육신의 부모님, 육신의 형제들은 항상 나에게 잘해주었지만 나에게는 그 모든 것들이 의미가 없었고, 주위의 친구들과도 잘 어울리기 싫어하며, 가족과 친구들과 함께 하기보다는 혼자 생각에 잠기어 외로움의 시간을 즐기는 나날이 많았다.

이유 없는 눈물은 항상 마음을 통하여 두 볼을 타고 흘러내려 흐르는 눈물 주체할 수 없었고, 몸은 이유도 없이 항상 아파 낯선 누군가가 보기에는 금방이라도 푹 쓰러질 것만 같은 환자의 모습이었다.

같은 또래의 친구들은 함박웃음을 지으며 밝게 지내건만, 불행과 슬픔, 아픔

의 정체를 모르는 어린 나이임에도 불구하고 항상 나는 마음 한구석이 이유 없이 아팠다.

배신의 상처를 받은 것도 아니고, 부모님께 버림을 받은 것도 아니고, 인생에 실패를 한 것도 아니고, 죽을병에 걸린 것도 아니고……

남들이 보기에는 내가 현재 처한 그 모든 것들은 지극히 정상인데 난 항상 몸도 마음도 병 걸린 사람처럼 아픈 모습이었다.

나의 이러한 증상들은 갈수록 심각해져 가족과 주위사람들을 한없이 힘들게 하였다.

나의 부모님은 이런 나를 고쳐주고자 병원으로 전전긍긍하였고, 병원에서도 고쳐지지 않자 주위사람들의 권유로 굿도 해보고, 천도재도 지내보고…… 많은 방법을 동원해 보았지만 나에게는 어떠한 것도 통하지 않았다.

항상 빈 방에 앉아 나의 진정한 마음을 어느 누구도 몰라줌에 서러움의 눈물을 하염없이 흘리고 또 흘려 나의 눈과 나의 얼굴은 언제나 부어있는 상태였다.

그러면서 어느 날인가부터 나도 모르게 높은 하늘을 밤과 낮으로 바라보며 혼자 생각에 잠기었다.

"저 높은 하늘에는 도대체 무엇이 있을까?

저 높은 하늘에는 누가 살고 있을까?" 라는 생각을 많이 하게 되었다. 그러면 어느 순간에는 평온함이 느껴지고 어느 순간에는 하염없는 그리움의 눈물이 흐르곤 하였다.

항상 나는 내 인생에 무엇이 빠진 것 같은 허전함과 빈껍데기 같은 외로움을 느꼈다.

훗날 알고 보니 그 모든 일들의 정체는 내 마음 안에 영혼이,

영혼의 부모님이신 태상천존 자미천황님, 자미황후님을 그리워하고 사랑하는 마음의 시간들이었다.

우리 인간도 자신 육신의 부모님을 잃게 되면, 아프고 서러워하듯이 내 마음 안의 영혼도 영혼의 부모님이신 태상천존 자미천황님, 자미황후님을 잃은 마음에 아프고 서러워하였던 것이다.

이 저자도 이 뜻을 알기 전에는 하는 일마다 매사 되는 일이 하나도 없었다. 또한 무슨 일을 함에 있어 열심히 하고자 하는 의욕도 별로 없었다.

하지만 태상천존 자미천황님, 자미황후님!

내 영혼의 부모님 태상천존 자미천황님, 자미황후님을 만나 지금은 이 세상 그 누구보다도 삶에 대한 열정과 일에 대한 열정 이 모든 것들이 모두 바뀌었다.

항상 마음은 기쁘고 행복하고 어떤 일을 행함에 있어 두려움 보다는 희망이 넘친다.

인간 육신에게는 자신의 육신을 낳아주고 길러준 육신의 부모님이 필요하듯이 인간 마음 안에 있는 영혼들에게는, 자신의 영혼을 낳아(창조)주고 보호해 주시는 영혼의 부모님 태상천존 자미천황님, 자미황후님이 절실히 필요한 것이다.

이 세상의 사람들이 미완성의 인생을 사는 이유가 바로 이것이었다. 인간의 마음 안에는 누구에게나 영혼이 존재하고 있다.

인간의 마음 안에 있는 영혼들은 어느 영혼을 막론하고 자신 영혼의 부모님이신 태상천존 자미천황님, 자미황후님을 만나고 싶어 한다.

하지만 이 영혼의 부모님을 어떻게 만나는지를 영혼들 스스로는 알 수 없다.

인간의 몸 안에서 태상천존 자미천황님, 자미황후님 만나고 싶어 아파하는 영혼들의 소원을 이루어주시고자 태상천존 자미천황님, 자미황후님께서 자미국을 통하여 천인합체의식을 이 땅에 선사하셨다.

이 세상을 살면서

이 저자처럼 항상 마음이 허전하고 외로움을 느끼며 이유 없이 몸은 아프고,

살고자 하는 의욕보다는 죽고 싶다는 생각이 앞서는 사람, 하는 일마다 매사불성이며,

사람들을 만나도 의사소통이 잘 안 되는 사람, 자신의 의지와 상관없이 자신의 인생이 사기 배신의 고통으로 괴로운 사람들은 자미국을 통하여 태상천존 자미천황님, 자미황후님께서 윤허하신 천인합체의식을 행하여야 한다.

자신 몸 안의 영혼들이 영혼의 부모님이신 태상천존 자미천황님, 자미황후님 찾아 달라고 자신의 몸 안에서 울고 있다.

자신 몸 안에서 자신의 영혼이 울고 있으면 매사 되는 일이 없다.

자신 몸 안의 영혼이 태상천존 자미천황님, 자미황후님 만나 방긋방긋 웃기전 까지는 해결책이 없다.

우리 인간은 인간의 눈에 보이는 유형의 육신과,

우리 인간의 눈에 보이지 않는 무형의 영혼으로 창조되었다.

무형의 영혼이 원하고 바라는 것을 유형의 육신이 행해줄 때 미완성의 삶이 완성의 삶이 될 수 있다.

인간 몸 안에 있는 영혼들은 자신들의 소원인 태상천존 자미천황님, 자미황후님을 인간 육신들이 찾아주어 자신들의 소원을 이루어주기 전까지 인간 육신을 지닌 각자들에게 끝없이 자신들의 마음을 전달하게 될 것이다.

자신 몸 안의 영혼들이 원하고 바라는 것을 빨리 행하는 자 인생의 완성이 이루어질 것이고, 자신 몸 안의 영혼들이 원하고 바라는 것을 행하지 않는 자, 자신 몸 안의 영혼의 메시지 따라 자신의 인생 한없는 미완성의 삶으로 흘러가게 된다.

불교, 기독교, 도의 세상 열심히 다닌다고 자신의 인생이 완성인생으로 되는 것이 아니다.

부처, 예수, 상제에게 충성한다고 자신의 인생이 완성인생으로 되는 것이 아

니다.

부처, 예수, 상제는 우리 인간의 영혼을 창조하지 않았다.

부처, 예수, 상제 모두는 우리 인간의 영혼의 부모가 아니다.

부처, 예수, 상제 등의 영혼을 창조하여 그들을 이 땅으로 잠시잠깐 보내신 분은 태상천존 자미천황님, 자미황후님이시다.

또한 현 세상을 살고 있는 우리 인간의 몸 안에 있는 영혼을 창조하신 분이 태상천존 자미천황님, 자미황후님이시다.

우리 인간과 인간의 육신 안에 있는 영혼 모두는 이제부터 태상천존 자미천황님, 자미황후님을 만나야 행복할 수 있다.

수 천 년 동안을 불교와 기독교를 통하여 이 땅의 사람들은 각자의 소원을 이루고자 또한 조상님 천도를 하고자 최선을 다하였다. 하지만

인간, 조상님, 영혼들의 소원을 이루어주는 곳은 없었다.

석가, 예수, 상제 그들 모두는 인간의 영혼을 창조한 장본인이 아니기에 인간, 조상님, 영혼들의 소원을 이루어 줄 능력이 없다.

석가, 예수, 상제 모두도

지금은 태상천존 자미천황님, 자미황후님께 자신들이 인간의 삶을 살면서 태상천존 자미천황님, 자미황후님의 진정한 말씀대로 행하지 못한 부분에 대하여 죄를 빌고 있는 중인데, 그들이 어찌 우리들의 소원을 이루어 줄 수 있단 말이던가?

인간 육신을 지니고 사는 동안 태상천존 자미천황님, 자미황후님의 말씀대로 행해야 사후세상에서도 행복할 수 있다.

인간 육신을 지니고 사는 동안 천인합체의식을 통하여 태상천존 자미천황님, 자미황후님의 천인으로 탄생해야 인간 육신의 삶이 다 한, 다음세상(사후세계)에서도 자미천황님의 천인으로 탄생 할 수 있다.

살아생전에 천인으로 탄생하지 못하면 인간 육신의 삶이 다 하고 난 다음 세상에는 구천을 방황하는 귀신으로 태어날 수밖에 없게 된다.

살아서 깨달은 자 죽어서도 깨닫게 되는 것이다.

살아서도 못 깨달은 자가 죽어서 어찌 깨닫겠는가?

이와 같이 태상천존 자미천황님, 자미황후님의 선택은 자신의 육신이 살아 있을 때 선택받아 천인으로 태어나야 한다.

자신의 육신이 살아 있을 때 천인으로 태어나지 못하면 죽어서도 천인으로 태어날 수 없다.

태상천존 자미천황님, 자미황후님께서 윤허하신 천인합체의식을 행함에 있어 우리 인간이 하고 싶다고 하여 행할 수 있는 의식은 아니니다.

이 의식을 이 땅의 산 사람들에게 윤허하심에 태상천존 자미천황님, 자미황후님께서는 한 치의 오차도 없이, 우리 인간을 심판하시어 복 줄자에게는 천인합체의식을 윤허하시고, 벌 줄자에게는 천인합체의식을 윤허하시지 않으신다.

또한 천인합체의식을 윤허하심에 1차 심사는 두 저자와의 친견 상담이고, 2차는 각자의 조상님 영혼을 구원하는 입천제를 행한 사람에 한해서 가능한 의식이다.

태상천존 자미천황님, 자미황후님께 충성하는 사람들에게 해주시는 의식이 아니라, 각자의 조상을 소중히 생각 할 줄 알고, 각자의 영혼과 신을 소중히 생각할 줄 아는 하늘의 마음을 지니고, 근본 도리를 할 줄 아는 인간과 영혼들에게만 선사하여 주시는 고귀한 의식이다.

그 동안 각자 나름대로 기도 열심히 했다고 가능한 의식도 아니고, 그 동안 부처에게, 예수에게, 상제에게 충성 했다고 할 수 있는 의식도 아니다.

천인합체의식은 이 우주 모두를 창조하신 태상천존 자미천황님, 자미황후님의 고유권한으로서 태상천존 자미천황님, 자미황후님께서 엄격히 심판하시어 천인합체의식 여부를 결정하신다.

태상천존 자미천황님, 자미황후님의 고유권한이신 천인합체의식의 선별은 감찰신명님, 천상천감님, 천상도감님께서 각자의 조상님을 구원하는 입천제를 행하는 날에 하강 강림하시어 태상천존 자미천황님, 자미황후님의 말씀을 전하여 주심으로서 천인합체의식의 윤허여부가 결정 난다.

태상천존 자미천황님, 자미황후님의 고귀한 선택을 받아 천인합체의식을 행하여 천인으로 탄생한 인간과 영혼들의 한결같은 말이다.

"행복해요"

"마음이 너무 편해요"

"그 동안의 모든 궁금증들이 말끔히 풀려 가슴이 후련해요"

"다시 태어난 기분이에요"

"지금 당장 죽는다 해도 행복해요"

"항상 이유 없이 몸이 이상했었는데 날아갈 것처럼 개운해요"

"제 피부가 10년은 젊어 보여요"

"죽음이란 것이 전혀 두렵지가 않아요."

"삶의 무궁한 의욕이 생겼어요."

"그 동안 아팠던 마음이 건강 해졌어요"

"저도 모르게 웃음이 나와요"............

"지겹던 종교에서 벗어 날 수 있어 마음이 개운해요".......등등

천인합체의식을 행한 인간과 영혼, 신들의 말!

듣기만 해도 우리 모두의 가슴이 후련해지고 행복해지는 고귀하고도 존귀한 의식이다.

제 2의 경이로운 생명으로 재탄생

인간의 삶을 살면서 두 번의 탄생을 할 수 있음!

경이롭고 매우 기쁘고 감사한 일이다.

육신을 잃은 다음 세상이 아닌 현 세상에서 두 번의 탄생.

이는 태상천존 자미천황님, 자미황후님께서 우리 인간에게 주시는 감사의 선물임에 틀림없다.

이 세상에 수많은 종교가 있다하지만 살아서 두 번의 탄생을 할 수 있도록 해 주는 곳은 단 한 곳도 없었고, 이런 진실을 알고 있는 곳도 없었다.

인류탄생 이후 태상천존 자미천황님, 자미황후님께서 인류에게 내리신 최고의 값지고 보배로운 선물, 천인합체의식!

너무도 값지고 보배로운 의식이라 아무나 행할 수 없는 천인합체의식!

자미국을 통하여 행하여지는 이 천인합체의식은 이 땅이 생긴 이래 지구상에서 처음으로 행해지는 태초의 의식이며 또한 자미국에 있는,

"인황과 신감이 육신의 삶이 다하여 이 세상을 떠나게 되면 이 천인합체의식도 자동으로 이 세상에서 끝나게 된다." 고 하시었다.

그래서

"처음이자 마지막이 될 의식" 이라고 하는 것이다.

천인합체의식은 기존의 종교세계에서 행했던 천도재와 굿, 도, 신 내림, 기도 의식과는 판이하게 달라 계승 발전자체가 불가능하다.

기존의 종교의식들은

인간의 이론과 인간의 경험 또한 경전이나, 성경을 통하여 인간들이 행했던 의식들이었기에 계승발전이 가능하여 2000년 3000년 동안을 반복하여 계승발전 시키고 있을지 모르나 태상천존 자미천황님, 자미황후님께서,

처음이자 마지막으로 자미국을 통하여 윤허하신 천인합체의식은 인간의 이론과 인간의 경험, 경전이나 성경을 토대로 행하는 의식이 아니라 오로지 태상천존 자미천황님, 자미황후님의 천지조화 기운에 의해서만 행하여지는 의식이라 계승발전 자체가 아예 불가능하다.

우리 인간은 육신의 부모를 통하여 이 땅에 태어났다.

우리 인간 각자 모두는 서로 다른 육신의 부모를 통하여 이 땅에 태어나 각자의 인생을 살아감에 인생의 색깔들 또한 너무도 다르다.

일평생을

아무 근심걱정 없이 편안하게 사는 이가 있는가 하면, 일평생을 질병과 가난, 사기 배신 속에 아프게 사는 이도 있다.

서로 다른 인생의 색깔을 만들며 각자 나름대로 자신들의 인생을 살아가는 우리 인간들이지만 육신의 부모를 통하여 이 땅에 태어난 우리 인간 모두는 언젠가는 또 다른 길, 죽음의 길로 가야한다.

죽음의 길!

인간 모두가 피할 수 없는 길이다.

우리 인간의 눈에 보이지 않는 죽음의 길에서도 각자의 색깔은 살아서와 똑같이 다르게 나타난다.

고행의 사후세상을 살아가는 영가.

질병의 사후세상을 살아가는 영가.

끝없는 아픔과 고통 속에 살아가는 영가.

구천을 수 세월동안 방황하는 영가.

종교를 방황하는 영가.

팔자와 운을 탓하는 영가.

살아있는 자손들의 몸으로 들어가 살아있는 자손들과 함께 살고 있는 영가.

못된 짓만 행하며 살아가는 영가.

진정한 하늘을 찾고자 하는 영가.

도를 닦고 있는 영가.

서로 다른 생각과 서로 다른 이론으로 영가들은 영가들의 삶을 살아가고 있지만, 어떠한 방법으로도 영가들이 진정으로 가고자 하는 천상 자미천궁을 찾기는 어렵다.

인간으로 태어난 이상 어느 누구도 피할 수 없는 죽음의 길.

죽음의 길에서 귀신 되어 구천을 방황하며 슬피 우는 영가되기 싫은 자.

죽음의 길에서 하늘 못 찾아 살아있는 자손의 몸으로 들어가 자손을 괴롭히며 자손과 함께 살기 싫은 자들은 자신의 육신이 이 세상에 있을 때, 천인합체 의식을 행해야 죽어서 후회하지 않는다.

앞에서도 설명한 적 있듯이,

하늘은 하나가 아니다.

살아생전 진정한 영혼의 부모 태상천존 자미천황님, 자미황후님을 못 찾고 죽게 되면, 죽음 이후의 세상에서도 태상천존 자미천황님, 자미황후님 못 만나게 된다.

태상천존 자미천황님, 자미황후님은

우리 인간과 달라 인간과 조상님, 영혼들의 눈에 잘 보이지도 않고 잘 들리지도 않기에 안 보이고, 안 들리는 태상천존 자미천황님, 자미황후님을 죽음 이후의 세상에서 찾는다는 것, 하늘의 별따기 보다도 더 어렵고 힘든 일이다.

죽음 이후의 세상에서 태상천존 자미천황님, 자미황후님 못 만나면 이 넓은 우주 속에서 하늘의 고아가 되어 끝도 없는 우주를, 구천을, 자손의 곁을, 명부전을 맴도는 처량하고 가련한 신세가 되게 된다.

태상천존 자미천황님, 자미황후님께 선택받지 못하고 버림받은 영가들은 자신들의 영혼이 아무리 힘들어도 자신들의 아픔과 고통 그 어느 곳에도 하소연 할 수 없게 된다.

혹시 자신들의 아픔과 고통을 누구에게 하소연 해본다 하여도 그 어느 누구도 태상천존 자미천황님, 자미황후님께 버림받은 영가들을 불쌍히 여기며 도와주려 하지도 않는다.

살아생전 자신들 영혼의 부모님이신 태상천존 자미천황님, 자미황후님의 존재를 스스로 무시한 채 살아온 자신들 인생의 삶이 그 얼마나 대죄였는지를 자신들의 아픔과 고통의 사후세상을 통하여 절실히 느끼게 된다.

자신들의 영혼을 창조하여 주신 자신 영혼의 부모인 태상천존 자미천황님, 자미황후님의 존재를 몰라보고 스스로 부정함.

어떠한 변명과 어떠한 말로도 감히 용서 받을 수 없는 죄이다.

자신의 육신이

이 세상을 떠났을 때, 구천을 방황하며 슬피 우는 귀신이나 조상되기 싫은 자들은 자신의 육신이 살아있을 때 무조건 의무적으로 행해야 될 의식이 천인합체의식이다.

씨는 뿌린 대로 거두어들임이 천지이치에 합당하다.

살아생전 자신 영혼의 부모님이신 태상천존 자미천황님, 자미황후님의 존재를 인정하고, 천인합체의식을 통하여 천인으로 탄생한 자 죽음의 길에서도 구천 방황하지 않고,

자신의 육신이 죽자마자 자신 영혼의 부모님 태상천존 자미천황님, 자미황

후님께서 계시는 천상 자미천궁에 올라 그 동안 자신 인간의 삶을 태상천존 자미천황님, 자미황후님과 기쁘게 이야기 나누며 행복 누리게 되고,

살아생전

자신 영혼의 부모님이신 태상천존 자미천황님, 자미황후님의 존재를 부정한 자 지옥세계로 인도되어 자신 영혼의 부모님이신 태상천존 자미천황님, 자미황후님의 존재를 무시한 불효의 대가를 받으며 고통과 아픔의 생을 살게 된다.

태상천존 자미천황님, 자미황후님께서 인류에게 내리신 최고의 선물, 천인합체의식.

우리 인간의 현생과 내생(사후세계)이 함께 행복 할 수 있는 아주 귀한 의식이다.

입천제를 행하는 날 조상님 상봉 시간이 끝나고 나면 감찰신명님과 천상천감님, 천상도감님께서 함께 해 주시어 입천제를 행하는 자손에게 태상천존 자미천황님, 자미황후님께서 천인합체의식의 명을 내려주시는지, 안 내려 주시는 지의 여부를 태상천존 자미천황님, 자미황후님을 대신하여 전해 주신다.

태상천존 자미천황님, 자미황후님께서 천인합체의식을 윤허하여 주신다는 말씀은 인간의 삶을 살면서 그 동안 인간이기에 지을 수밖에 없었던 인간의 모든 죄를 용서하여 주시어,

인간의 삶을 사는 동안 편히 살다 다음 세상에 오라는 말씀이시고, 또한 인간 육신의 삶이 다한 다음세상에서도 자미천황님과 함께 할 수 있다는 엄청난 진실의 말씀이시다.

반대로 천인합체의식의 윤허가 없다 하심은, 인간의 죄를 용서하여 주실 마음이 없으시다는 말씀이시다.

자신의 현 세상은 물론 다음세상도 책임지지 않겠다고 하시는 말씀이니, 입천제를 행하는 날, 태상천존 자미천황님, 자미황후님께서 내리시는 천인합체

의식의 윤허를 못 받은 자손들은 대성통곡 할 일이다.

이처럼 천인합체의식은 고귀함 그 자체이다.

인간이 돈이 있다고 하여 행할 수 있는 의식도 아니고,

인간이 돈이 없다고 하여 행할 수 없는 의식도 아니다.

천인합체의식의 윤허를 받게 되면 어디서든 돈이 생겨 천인합체의식을 행할 수 있게 된다.

돈이 있느냐? 없느냐? 가 문제가 아니라, 천인합체의식의 윤허를 받느냐? 못 받느냐가 더 중요한 일이다.

육신을 지니고 인간의 삶을 사는 인간들, 현생의 삶은 물론 육신을 잃은 사후세상에서도 태상천존 자미천황님, 자미황후님과 함께 할 수 있느냐? 없느냐?

이 모두가 결정 나는 의식이 천인합체 의식이다.

태상천존 자미천황님, 자미황후님께 선택받을 자에게는 천인합체의식의 윤허가 있을 것이고, 태상천존 자미천황님, 자미황후님께 버림받을 자에게는 천인합체의식의 윤허가 없을 것이다.

천인합체의식을 통하여 천인으로 탄생하게 될 인간, 영혼, 신!

인간으로 왔기에 육신의 죽음은 있겠지만 영혼의 죽음은 없다.

어느 누구나 피할 수 없는 길이 죽음의 길이라 하지만, 천인으로 탄생한 이들.

죽음의 길에 다른 영가들처럼 슬피 울며 이승을 떠나는 것이 아니라, 태상천존 자미천황님, 자미황후님께서 기다리시는 천상 자미천궁으로 올라 태상천존 자미천황님, 자미황후님의 사랑과 보호 속에 근심 걱정, 질병, 사기, 배신, 살인, 종교 없는 무릉도원 이상향의 세상, 천상 자미천궁에서 제 2의 행복한 삶을 살게 된다.

천인합체의식은 죽음이 아닌 새로운 제 2의 경이로운 생명의 탄생을 알리는 고귀하고도 존귀한 의식이다.

살아생전 천인합체의식을 통하여 천인으로 제 2의 생명으로 탄생을 하면, 죽음의 길에서 귀신, 조상, 사탄마귀가 아닌 제 2의 천인으로 탄생하는 영광을 누리게 되니, 천인합체의식이 어찌 태상천존 자미천황님, 자미황후님께서 이 땅의 자손들에게 내린 값진 선물이라 하지 않을 수 있으리오!

하늘께 선택받을 하늘의 자손들

과연 보이지도 않고 들리지도 않는 하늘과 신, 조상님들께 우리 인간이 어떻게 행함이 과연 올바른 것이고 잘하는 것일까?

하늘과 신, 조상의 기운은

우리 인간의 삶과 함께 하기에, 우리 인간이 인간의 삶을 사는 동안 행복하기 위해서는 보이지 않는 4차원의 영적 기운을 바로 알고 4차원 영적 기운의 도움을 받아야 가능하다.

그러나 이 땅의 사람들 중에는 4차원 기운의 존재를 바로 아는 이가 없었다. 4차원 기운의 진정한 존재에 대하여 정확히 아는 이가 없다 보니 이 땅의 사람들에게 4차원 기운의 존재를 가르쳐 주는 이도 없었다.

그렇다 보니 이 땅의 사람들은 4차원 기운의 도움을 받을 수 있는 방법이 무엇인지, 피할 수 있는 방법이 무엇인지도 알 수 없었다.

지금까지

이 땅의 일반 사람들은 제사나 차례, 성묘를 통하여 조상님에 대한 고마움을 표시했고, 종교인들은 기도를 통하여 하늘, 조상님, 신께 각자 나름대로 행하였다.

그러나 자미국의 출범과 함께 수천 년 동안 오랜 관습, 풍습으로 내려오던 이 모든 의식들이 필요 없게 되었다.

흔한 말로 지금까지는 인간이 하늘, 신, 조상을 무조건 숭배하는 입장이었다면, 이제부터는 무조건 숭배가 아닌 "함께" 함이 옳다 할 것이다. 하늘, 신, 조상님들은 인간과 자손들의 무조건 숭배를 원하지 않는다.

조상님들은 고통의 세계와 허공중천 구천세계, 자손의 몸을 떠나 진정한 하늘 천상 자미천궁에 오르고 싶어 하고, 하늘과 신은 인간의 무조건적인 숭배가 아닌 "함께"를 원하고 바라신다.

하늘과 신은 일찍이 인간에게 하늘과 신에게 무조건 숭배를 말한 적 없다 하신다.

인간이 하늘과 신께 무조건 숭배함!

하늘과 신의 진정한 뜻이 아닌, 인간의 짧은 이론과 종교의 교주들이 인간들을 자신에게로 굴복시키기 위한 종교의 교주들이 만들어낸 종교 교주들의 지저분한 욕심의 마음이었다고 하시면서,

위대하신 태상천존 자미천황님, 자미황후님께 선택받을 자손들은 무조건 숭배가 아닌, "함께" 함이 옳다 하시었다.

종교도 하늘의 원 뜻이 아닌, 인간 교주들의 욕심이었고,

무조건 숭배도 하늘의 원 뜻이 아닌, 인간 교주들의 욕심이라고 하시었다.

무조건 숭배한다고 인간의 삶이 윤택해지는 것이 아니라 4차원의 기운과 하늘의 진정한 뜻을 알아야 인간의 삶과 사후세상의 삶이 윤택해진다.

하늘 진실의 뜻을 이루는 것이 "천인합체의식"이다.

살아생전 하늘 진실의 뜻대로 살고, 자신이 인간세계에 온 사명을 육신을 지닌 현생의 삶에서 완수하였을 때 사후세상의 삶도 윤택해지고,

살아생전에 천인합체의식을 행하여 하늘의 자손 천인으로 탄생하여야 사후세상에서도 천인으로 탄생하여 구천을 방황하지 않고 천상 자미천궁으로 탄생할 수 있게 된다.

죽으면 모든 것이 끝난다고 생각하는 것이 일반적인 사람들의 생각이지만 사후세계는 분명히 존재하고 있다.

현생이 존재함은 전생이 있음을 의미하고,

현생이 존재함은 내생(사후세상)이 있음을 의미한다.

두 저자는 하늘의 명을 받들어 인간에게는 불가능한 세계로만 알려졌던 신의 세상을 현실로 이루어 모두가 바라고 원하는 이상향의 세상을 열어가고자 한다.

인간의 능력은 한계가 있다.

전지전능하시고 무소불위하신 하늘과 신의 능력을 천인합체의식을 통하여 인간을 천인으로 탄생시킴으로서 귀신, 악령, 원귀들의 침범으로 발생하는 인간의 비명횡사와 불치병, 사건사고, 사업실패, 불행을 막고자 한다.

우리나라뿐 아니라 세계인들은 신과 조상들의 보이지 않는 기운을 음양으로 받으며 살아가고 있다.

사람 몸에는 오래전에 하늘의 명을 받아 이 땅으로 하강한 신들이 자리하고 있지만 그 뜻을 아는 이 없다.

천상의 고차원적 고급 신들과 인간 육신이 하나로 결합되는 의식이 천인합체 의식이다.

천인으로 탄생 할 천계의 고급 신들은 일반 무속인의 신과 달라 절대로 인간의 운명을 상담, 예언, 점을 보며 굿을 하는 일이 없다.

기독교, 불교, 무속, 도교의 세상이 아닌 기존의 종교와 전혀 다른 새로운 자미국이다.

천인합체의식을 통하여 천인으로 탄생하게 되면, 사람 각자가 살아있는 천인이 되기에 종교생활 또한 전혀 필요 없고, 모든 종교의 굴레에서 벗어날 수 있다.

한반도는 태상천존 자미천황님, 자미황후님의 선택을 받을 천인들이 감추어져 있는 태상천존 자미천황님, 자미황후님께 축복받은 나라이다.

천인의 시대가 열리고 있다.

태상천존 자미천황님, 자미황후님께서 윤허하신 입천제를 통하여 태상천존 자미천황님, 자미황후님의 자손인 천손으로 태어날 준비를 하고 있었던 이 나라의 백성들.

바로 예비천손들, 예비천인들 이었다.

언제나 한 많고 원 많았던 한민족.

이들의 원과 한을 풀 날이 현실로 다가왔다.

그동안 외세의 침략을 수없이 받아온 천손민족.

몽고의 수많은 침략과 중국의 속국 노릇, 임진왜란과 일제치하에서 36년이란 세월동안 혹독한 탄압을 받으며 살아 온 천손민족.

민족의 가슴에 원과 한이 태산처럼 쌓였다.

각자의 조상님들은 입천제를 통하여 천상 자미천궁으로 재탄생시켜 드려 자미천황님의 자손인 천손으로 승격시켜 드리고,

우리 산 사람들은 천인합체의식을 통하여 천인으로 탄생하여야 한다.

이 나라에 1차 1만 2천명, 2차 13만 2천명 등, 총 14만 4천명의 천인들이 탄생하게 되면 한민족이 세계의 정신적 지도국가로 부상하게 된다.

위대하신 태상천존 자미천황님, 자미황후님께서 천인들에게 내리시는 조화기운을 세계인 모두는 부정 할 수 없게 되리라.

인간의 눈에 보이는 인간의 무력보다도 더 강한 태상천존 자미천황님, 자미

황후님의 천지조화기운은 전 세계를 뒤덮고도 남으리라.

대우주 천지인 창조주 태상천존 자미천황님, 자미황후님께서 이 뜻을 현실로 이루시고자 감찰신명님과 천상천감님, 천상도감님과 함께 인황과 신감을 이 땅 자미국으로 보내시었다.

감찰신명님, 천상천감님, 천상도감님께서 인황과 신감을 중심으로 태상천존 자미천황님, 자미황후님의 보호와 사랑인 조화기운을 받을 수 있도록 천인들을 탄생시키고 계신다.

인간 육신의 몸 안에는 태상천존 자미천황님, 자미황후님의 명을 받아 이 땅, 인간 육신의 몸으로 이미 탄생한 신과 영혼이 있다.

인간 육신의 몸 안에 있는 신과 영혼들은 태상천존 자미천황님, 자미황후님께서 입천제 의식과 천인합체의식의 윤허로 자신들을 불러줄 날을 인간육신의 몸 안에서 소리 없이 오랜 세월 기다리고 있었다.

태상천존 자미천황님, 자미황후님의 명을 받아 인간육신의 몸으로 탄생한 영혼과 신들을 부르는 태상천존 자미천황님, 자미황후님의 사랑의 음성.

그것이 바로

"조상님 입천제 의식"과 "천인합체 의식"이다.

인간 몸 안의 영혼과 신들은 자신의 부모이신 태상천존 자미천황님, 자미황후님의 존재를 그 얼마나 애타게 간절히 기다리고 있었던가?

물론 인간의 몸 안에 있는 영혼과 신들이 태상천존 자미천황님, 자미황후님의 존재를 기다리다 지쳐 종교에 이미 빠져 버린 영혼과 신들도 있지만 자미국을 통하여,

태상천존 자미천황님, 자미황후님의 존재가 밝혀짐으로서 각자 몸 안의 똑똑한 영혼과 신들은 그 동안 자신이 다녔던 종교에서 과감히 벗어나 태상천존 자미천황님, 자미황후님께 선택 받고자 달려오게 된다.

반대로 미련한 영혼과 신들은 태상천존 자미천황님, 자미황후님의 존재를 몰라보고 예전처럼 대마왕과 사탄마귀의 앞잡이 뒷잡이, 옆잡이가 되어 종교에 빠져 각자의 인생에 아픔과 고통, 질병을 만들어가며 힘들게 살아가게 될 것이다.

태상천존 자미천황님, 자미황후님의 위대하신 존재가 자미국에서 밝혀짐으로서 태상천존 자미천황님, 자미황후님께 사랑의 선택을 받을 자와 아픔의 버림받을 자들이 판이하게 드러난다.

태상천존 자미천황님, 자미황후님께 위대한 선택을 받아 천인으로 탄생한 인간, 영혼, 신들은 자신이 처했던 아픔 고통에서 벗어나 행복 누리게 되고,

태상천존 자미천황님, 자미황후님께 아픔의 버림을 받은 인간, 영혼, 신들은 자신이 처했던 아픔보다 더 큰 아픔의 인생으로 휘말리게 되어 불행의 인생을 살게 된다.

이 책을 읽고도 다니던 종교에 그대로 나갈 간 큰 독자들 몇이나 있을까? 종교가 하늘께 대적하는 대마왕의 앞잡이 역할을 하는 인간들이 세운 진실을 알았는데도 말이다.

신앙을 가진 수많은 종교 신자들이 갈등을 겪을 것이다.

선택은 각자가 알아서 하라.

서점에 책이 나감과 동시에 수많은 곳에서 종교가 소리 없이 무너져 내리는 천지조화의 기운을 보게 되리라.

그대들 영혼의 어버이 진정한 하늘을 만 세상에 알리고자 능력자 감찰신명님, 천상천감님, 천상도감님께서 자미국의 인황과 신감 육신을 통하여 그대들에게 전하는 것이니,

이분들의 기운 따라 그대들과 그대들 몸 안에 조상과 영혼, 신들이 깨닫고 마음을 바꾸어 천인이 되고자 자미국으로 들어와 위대하신 태상천존 자미천황

님, 자미황후님께서 내리시는 사랑의 기운을 받아야 그대들 인생의 행복을 찾는다.

판이하게 서로 구분된 인생을 살게 하심으로서 태상천존 자미천황님, 자미황후님의 보이지 않고 들리지 않는 천지조화기운을 이 땅의 자손들이 스스로 인정하게끔 하시리라 본다.

두 저자가 아무리 이 뜻이 진정한 하늘의 뜻이라고 백 번 천 번 말한들 무슨 소용이랴?

각자의 인생, 각자의 가정, 각자의 사업체를 통하여 천지조화기운을 스스로 느껴보면 될 것이다.

태상천존 자미천황님, 자미황후님께 선택받은 자의 인생과 가정에는 행복 기쁨이 감돌 것이고, 태상천존 자미천황님, 자미황후님께 버림받은 자의 인생과 가정에는 불행, 고통이 감돌게 될 것이다.

태상천존 자미천황님, 자미황후님께서 내리시는 기운을 이길 자 이 세상에 단 한 명도 없다.

태상천존 자미천황님, 자미황후님께서는 이 대우주를 창조하신 장본인이시기에 어느 누구도 태상천존 자미천황님, 자미황후님의 기운에 반대 할 수 없다.

석가, 예수, 상제, 나라조상 기타 등등 모두도 태상천존 자미천황님, 자미황후님의 무궁무진한 천지조화 기운에 모두 순응한 현재.

이 세상에 어느 누가 태상천존 자미천황님, 자미황후님의 기운에 부정 할 수 있으리오.

또한 태상천존 자미천황님, 자미황후님의 기운을 받고 있는 천인들에게 이 세상 어느 누가 흠 잡을 수 있으리오.

태상천존 자미천황님, 자미황후님의 기운을 받고 있는 천인들에게는 어떠한 귀신도 침범 할 수 없고, 어떠한 인간도 흠 잡을 수 없게 된다.

태상천존 자미천황님, 자미황후님의 자손으로 탄생한 천인이란 사실을 몰라보고 귀신과 인간들이 천인들에게 잘못 행하면 오히려 이들을 무시한 상대가 그 화를 몇 배 더 보게 되리라.

살아서도 죽어서도 하늘의 보호를 받는 천인으로 탄생하여 제 2의 새로운 삶으로 살아가리라.

조상, 영혼, 신들에게 천상 자미천궁의 영생화가 꽃핀다.

동방의 등불이자 인류의 구심점 자미국!

인간, 조상, 영혼, 신 모두가 진정으로 행복한 무릉도원의 완성시대를 영도할 천인의 시대가 동방 땅 자미국에서 최초로 열리고 있다.

자미국(紫微國)이란

자미국은 전 세계 인류가 오랜 세월 기다리던 동방의 등불이자 인류(인간, 조상, 영혼, 신들)의 영원한 정신적 구심점이다.

천상 자미천궁의 주인이신 태상천존 자미천황님, 자미황후님께서 인류 최초로 감찰신명님(신명님), 천상천감님(하나님), 천상도감님(미륵님)께 이 땅에 자미국을 세워 하늘과 정반대의 길을 가고 있는 종교를 자미국 하나로 통합하고 종교에 빠져있는 불쌍한 하늘의 자손들을 구하라고 윤허해 주신 최초의 국가이다.

자미는 천상의 紫微(자미)와 지상의 紫微(자미)가 있다.

별자리로는 북극성(폴라리스) 부근 작은곰자리가 자미이며 천체의 모든 별들은 북극성 자미를 기점으로 운행되고 있다.

천체 삼원(자미원, 태미원, 천시원)중의 하나인 자미원에는 천상 자미천궁이 있고, 지상에는 자미천황님, 자미황후님의 명을 행하는 자미국이 있다.

자미국은 존귀하신 천지인 창조주 태상천존 자미천황님, 자미황후님께서 실제로 존재하시고 계심을 인간, 조상, 영혼, 신들 세상에 널리 알리려고 감찰신명님, 천상천감님, 천상도감님께서 인황과 신감 육신의 몸에 함께 해주시는 곳이다.

자미국은 또 다른 의미로는 자(子)와 미(未)의 나라이다.

12지지 중에서

신감은 쥐(자)띠이고 인황은 양(미)띠이다.

자와 미가 함께 하는 자미국을 통해 인간, 조상, 영혼, 신들이 태상천존 자미천황님, 자미황후님께 구원받고 있다.

이미 하늘께서 모든 것을 다 맞추어 놓으시고 인황과 신감을 선택해 주신 것이다.

자미국은 인류의 구심점으로 나날이 번창하여 태상천존 자미천황님, 자미황후님께 선택 받을 인간, 조상, 영혼, 신들에게 인도자, 영도자, 지도자, 구원자 역할을 하고 있다.

하늘의 기운이 내리는 자미국!

하늘을 만날 수 있는 자미국!

자미국이 이 땅에 있음으로 인해 하늘께 받은 기쁨과 행복은 참으로 많았다.

자미국이 움틀 무렵(2004년)부터 금년까지 5년간 이 땅에는 태풍으로 인한 큰 피해가 발생하지 않았다. 이 모두가 태상천존 자미천황님, 자미황후님의 보살핌이셨는데 대한민국 국민들은 어느 누구도 그 감사함을 몰랐을 것이다.

태풍이 올라올 때마다 매년 수조 원의 천문학적 피해를 주었다.

2008~2009년도에도 인도네시아, 일본, 중국, 필리핀, 태국, 사모아 등이 지진과 태풍, 폭우로 인하여 엄청난 국가적 피해를 입었다. 하지만 대한민국은 태상천존 자미천황님, 자미황후님의 보호를 받아 태평했다.

자미국을 이 땅에 세워 주심에 국민들 모두가 하늘께 감사해야 한다.

고통과 불행 없는 세상을 실현하는 곳이 자미국이다.

하늘의 명을 받아 천손과 천인으로 다시 태어나면 하늘의 백성이 되어 무릉도원의 별천지 세상에서 새로운 천인의 삶을 부여 받아 새로운 제 2의 생명으로 다시 태어날 수 있다.

인간의 수명과 천인의 수명을 함께 살게 되니 목숨이 두 개가 되는 것이다.

인간은 인간의 수명 하나만을 살고, 천인합체하면 천인의 수명까지 더 살게 되니 정말 경천동지할 일 아니던가?

하늘의 보살핌을 영원히 받을 수 있는 자미국은 인간, 조상, 영혼, 신들 모두에게 꿈을 현실로 이룰 수 있는 유일한 희망이다. 자미국은 인간, 조상, 영혼, 신들 모두에게 신적인 위대한 존재이다.

독자들은 예수재림, 하늘재림. 미륵출세, 진인, 정도령 출현이란 말을 세상에서 많이 들어 보았을 것이다.

지금 현실적으로 보면 이 모두가 자미국에서 태상천존 자미천황님, 자미황후님의 말씀을 세상에 전하고 있는 인황과 신감을 두고 한 말이었음을 알았으리라.

진인?

스스로는 진인이 될 수는 없다.

하늘께서 선택해 주시고 인정해 주셔야 가능한 것이지 스스로 진인 정도령이라고 아무리 떠들어봐야 하늘께서 인정해 주시지 않으면 아무 소용이 없다. 자칭 자신들이 최고 하늘이라고 말하는 사람들이 세상에는 수도 없이 많다.

이들은 대부분 제 명대로 살지 못하고 일찍 세상을 하직하였다. 천계의 대우주 천지인 창조주 태상천존 자미천황님, 자미황후님, 감찰신명님, 천상천감님, 천상도감님께서 자미국으로 하강 강림하시어서 인황, 신감과 함께 조상, 영혼, 신, 인간세계를 주재하고 천상지상 천지신명공사를 친히 행하여 주시고 계신다.

진실이 통하는 사람은 이미 하늘의 진실을 깨달았으리라 본다.

돈과 권력, 명예는 육신으로 있는 잠시 동안 인간의 삶에 필요한 생필품들이라 보면 될 것이다.

돈과 권력, 명예로 세상을 정복할 수 없듯이 돈과 권력 명예로 사후세상을 정복할 수는 없다.

조상님들과 영혼들, 신들의 꿈이었던 신선세상 자미국 개막.

꿈을 현실로 이루어가는 자미국!

인류의 진실!

한 치 앞을 알 수 없는 불확실한 미래 경제에 대한 공포와 불안 속에 개인, 가정, 기업, 국가, 세계 인류 모두가 가시방석에 앉은 듯 안절부절 한 모습으로 한숨소리만 크다.

부자는 부자들대로, 권력자는 권력자들대로, 회사는 회사들대로, 개인은 개인들대로 아프고 슬픈 사연들이 가득하지만 그 원인의 실체도 모른 채 하루하루를 힘겹게 살아가고 있다.

세계적 경제 위기의 실체와 정답에 대하여 정확히 아는 이는 이 세상에 단 한 사람도 없다. 이 우주를 직접 창조하신 진정한 태상천존 자미천황님, 자미황후님 외에는 어느 누구도 알 수 없다.

하늘!

과연 그 위대한 하늘을 이 저자가 독자 여러분들에게 어떻게 설명해주어야 할지 참으로 막막하다.

인류 모두는 인류 탄생 태초부터 하늘이라는 부분에 대하여 많은 호기심과 관심을 가지고 있었지만 어느 누구도 이 부분에 대하여 이 땅에 정확히 전하는 이가 없었다. 우주에는 지구와 같은 행성들이 수억 조가 넘게 존재하고 있으며 그 속에는 생명체도 있을 것이다.

지구도 수많은 별들 중에 하나다.

대우주에는 하늘님, 하느님, 하나님이 몇 명이나 존재하고 있을까?

사람들은 우주를 창조하신 하늘의 진정한 창조주 분을 몰랐기에 막연히 우리 인간은 그 분이 하늘에 계신다 하여 하늘님, 하느님, 하나님 등으로 불렀던 것이다.

우리 인간은 너무도 존귀하시고 높으신 분을 어떻게 불러야 할지 몰라 하늘이라고 하였던 것 같다. 우리 인간으로서는 하늘 이외에는 더 높게 표현할 단어가 없었던 것이다.

대우주와 천지인을 진정으로 창조하신 장본인은 과연 누구이실까?

지금까지 인류가 알고 있었던 하늘님, 하느님, 하나님, 부처님, 예수님, 상제님이 과연 창조주이실까?

또한 만 인류가 궁금히 여겼던 이 부분에 대하여 과연 어떤 분이 속 시원히 가르쳐 주시어 우리의 궁금증을 해결해 주실까?

인류 그 어느 누구도 알 수 없었던 모든 하늘의 진실들을 하나하나 정확하게 가르쳐주신 분이 바로 "감찰신명님, 천상천감님, 천상도감님" 이시다.

감찰신명님(유교, 신교, 무속의 천지신명님)께서는

인간, 조상, 영혼, 신 모두는 각자 나름대로 그 무엇인가를 원하고 바라는 마음에 그 무엇인가를 찾고는 있으나 정녕 자신들은 자신 스스로가 무엇을 원하고 바라는지도 모른 채 막연히 그 무엇인가를,

찾고 있다고 하시면서 인간, 조상, 영혼, 신 모두가 원했던 그 무엇인가가 바로 태상천존 자미천황님, 자미황후님이라고 하시면서 우리가 원했던 그 세밀한 부분을 밝혀 주시었고,

천상천감님(기독교, 천주교의 하나님)께서는

영혼의 부모님을 찾고자 기독교 안에 머물면서 일심을 다하고 있는 영혼들에게, 영혼의 부모님은 당신 하나님이 아닌 태상천존 자미천황님, 자미황후님이라고 하시면서 영혼들에게 영혼의 부모님을 밝혀 주시어 영혼의 부모님을

만날 수 있게 해 주시고,

천상도감님(불교, 도교의 미륵님)께서는

진정한 하늘 즉 우주의 주인을 찾고자 종교 안에서, 도교 안에서, 산 속에서 일심으로 기도 수행 정진하는 인간, 조상, 영혼들에게 진정한 하늘은 태상천존 자미천황님, 자미황후님이라고 밝혀 주시어 진정한 하늘을 찾도록 해 주고 계신다.

진정한 하늘에서 오신 분들이 아니시면 어느 누구도 이 위대한 진실을 밝힐 수 없다.

인간 스스로는 어느 누구도 하늘의 진실을 알 수 없다.

인류가 그리워하던 분 태상천존 자미천황님, 자미황후님!

영혼의 부모님 태상천존 자미천황님, 자미황후님!

진정한 하늘 태상천존 자미천황님, 자미황후님!

인류의 모든 궁금증이 풀리는 순간이다.

이런 위대한 진실을 모르고 종교적 우상인 종교교조들 앞에 줄을 서서 인류의 70% 이상이 자신도 모르는 사이에 영혼의 부모님이신 태상천존 자미천황님, 자미황후님께 대역죄를 짓는 불효자가 되어 있다.

잘못된 진실을 어느 누구도 제대로 밝혀주는 이가 없었기에 어쩔 수 없는 상황이었다.

그대들이 오랫동안 종교를 믿고 따름은 몰라서 그랬겠지만 결론은 남의 부모를 지극정성으로 받들어 모신 것과 같은 이치이다.

68억 세계 인류의 사람이 다 다르듯 하늘도 다 다르다.

그대들이 지금까지 친 부모라고 믿고 있었던 종교의 하늘은 친 부모가 아닌 남의 부모들이었다는 사실을 알아야 한다.

태상천존 자미천황님, 자미황후님께서는 이 땅에 종교를 세우라고 허락하신 적이 없으셨다 하신다. 자미천황님께서 윤허하시지 않은 종교세상으로는 어떠한 천지기운도 내려주시지 않는다.

영혼의 친 부모님이 누구인지도 모른 채 세상을 살고 있는 불효자들에게 하늘의 피가 흐르고 있는 이 땅의 자손들에게 하늘의 친 부모님 태상천존 자미천황님, 자미황후님을 찾아 주고자 책을 통하여 진실을 전하고 있는 것이다.

종교는 하늘과 가까워질 수 있는 진리의 길이 아닌 하늘과 점점 더 멀어질 수밖에 없는 정반대의 길임을 알아야 할 것이다.

울 수도 웃을 수도 없는 기막힌 진실들이 자미국을 통하여 무궁무진 전해지고 있다.

우리 모두는 그 동안 자신의 육신을 낳아준 부모조상님을 구원하지 못하고, 그대들 영혼을 낳아준 하늘부모님을 배신한 불효자들 이었다.

육신의 부모님이신 조상님과 영혼의 부모님이신 하늘께 불효자들이었던 우리 모두는 이제라도 진정한 참회의 눈물을 흘리며 조상님께는 입천제를, 영혼과 신에게는 천인합체의식을 행하여 자신들이 그동안 조상님들과 하늘께 불효했던 죄를 풀어야 한다.

입천제와 천인합체의식을 통하여 잃어버린 조상님 찾고, 영혼의 부모님 자미천황님, 자미황후님을 찾아야 고통과 불행의 늪에서 벗어날 수 있다.

괴질 신종플루와 경제난국의 위기들.

우연을 가장한 필연일지도 모른다.

지금까지는 아무런 진실도 알 수 없었기에 조상님과 영혼의 부모님 뜻에 반대되는 행을 했을지라도 이제부터 인류 모두는 진실 앞에 순응하고 순천해야 할 것이다.

자미국에서 독자 여러분들 안 되라고 진실을 전하는 것이 아니라 진실을 알아 진실대로 행하여 잘 살라고, 진실 부분을 이토록 세심히 전하는 것이다.

언젠가는 저자인 인황과 신감도 육신을 잃고 이 세상을 떠나게 될 것이다.

먼 훗날 인황과 신감의 육신이 이 땅에 없을 때,

그때 가서 "인황님과 신감님 말 잘 들을걸!"

하면서 뒤 늦은 후회하지 말고 인황과 신감의 육신이 이 땅에 머물면서 진실을 하나라도 전하여 줄 수 있을 때, 하늘 진실의 말씀대로 행하여 하늘의 복 받으라는 얘기이다.

스스로가 하늘의 진실을 깨달음!

한마디로 전혀 불가능한 얘기이다.

가능한 일 같기도 하지만 정력 낭비, 돈 낭비, 세월 낭비만 따르고, 그대들 인생이 뒤집히는 일만이 있을 뿐이다.

이 위대한 하늘의 진실을 인류 태초로 이 땅에 전하여 주시고자 태상천존 자미천황님, 자미황후님께서는 인황과 신감을 특별히 창조하시어 이 땅으로 보내시었다 하신다.

인황과 신감의 인생을 위해서가 아니라,

하늘의 진실을 진정으로 알고자 하는 수많은 인간, 조상, 영혼, 신들을 위해서.......

기존의 종교 교주들은 자신들이 어떠한 영적 기운이 있으면,

"자신이 하늘이니, 자신이 하늘의 자손이니" 하면서 자신들이 하늘 행세를 하며 많은 사람들로 하여금 굴복과 충성을 강요했지만 인황과 신감은 그렇지 않다.

인황과 신감은 여러분들의 모든 궁금증을 풀어주고자 태상천존 자미천황님, 자미황후님의 창조로 천상 자미천궁에서 동방 땅 대한민국으로 내려왔다.

인황과 신감이 이 세상에 옴.

여러분들이 원한 인물이었다면 이해가 가시겠는가?

여러분들이 그토록 원하던 하늘의 진실을 밝혀 줄 인물이라면 이해가 가시겠는가? 이와 더불어 감찰신명님, 천상천감님, 천상도감님께서도 우리 모두가 원했기에 존재를 밝혀 주시는 것이다.

이 분들의 어떠한 사리사욕을 채우기 위하여 존재를 밝히시는 것이 아니라, 인류를 진정한 태상천존 자미천황님, 자미황후님께로 인도하여 주시고자 존재를 밝히시는 너무 감사하고도 고마우신 분들이시다.

진정한 태상천존 자미천황님, 자미황후님과 감찰신명님, 천상천감님, 천상도감님 모두는 여러분들 인생을 살려주시고 도와주시는 매우 감사한 분들이시다.

이 책을 보면서 이 분들을 향하여 부정의 마음 갖지 마라.

여러분들을 아프게 하고, 여러분들을 속인 곳은 종교였고, 대마왕과 사탄마귀였지 이 분들이 아니었다.

종교 안에서 속았다고 진짜인 이 분들까지 못 믿는다면 세상 어디서도 구원받지 못한다. 종교를 통하여 진정한 구원 받을 수 없음이 인류역사를 통하여 밝혀지지 않았던가?

진짜 하늘께 구원받지 못하면 방법이 없다.

인황과 신감은 각자들이 믿든, 안 믿든 하늘의 진실을 전하라는 하늘의 명을 받았기에 책을 통하여 전하고 있는 것이다.

하늘의 진실.

동방의 등불이자 새로운 희망.

세계 속에 새로운 하나의 나라가 한반도 수도 서울에 탄생했으니 그 이름이 동방의 등불이자 인류의 정신적 구심점인 〈자미국〉이라는 나라이다.

동방의 작은 나라 한반도에 세워지고 있는 자미국은 동방의 등불을 넘어서 인류의 등불이 되어 세계의 인간, 조상, 영혼, 신들의 정신적 지도국이 되고도 남으리라.

이제 종교의 시대가 막을 내리고 종교세계가 아닌 진정한 하늘의 기운을 받는 자미국 시대가 열리고 있다.

세계 인류의 인간, 조상, 영혼, 신을 구원할 수 있도록 하늘께서 이 모두를 현실로 이루어 주고 있는 인류 최초의 자미국!

하늘과 진실을 갈구하던 모든 이들의 종착역이 될 자미국!

자미국은 옛 선인들이 오래전부터 이 땅위에 세워진다고 예언했던 신의종주국이며 이 시대 우리 모두에게 희망과 활기찬 미래를 안겨주는 새로운 정신적 구심점이 될 것이다.

각자 자신의 잘남을 꺾고, 각자의 잘난 모습과 천상천하 유아독존의 마음을 모두 버리고, 하늘 진실의 말씀에 순응하면 진실이 보이고 들리게 된다.

지금까지 인간 육신의 몸 안에서 수많은 조상, 영혼, 신, 대마왕, 사탄, 마귀들이 하늘 행세를 해왔다.

남들과 다른 어떠한 영적 기운이 있는 수많은 사람들은 마치 자신이 하늘인 것처럼 행세를 하며 살았다.

그런 그들에게 감찰신명님, 천상천감님, 천상도감님께서 하신 말씀은, "그 모두는 자신들의 착각일 뿐이었으니 각자들은 어서 착각 속에서 깨어나라"라고 하시었다.

감찰신명님, 천상천감님, 천상도감님께서는 이런 착각 속에 살아가고 있는 인간, 조상, 영혼, 신들을 보실 때마다 비위가 너무 거슬린다 하신다.

어떤 인간, 조상, 영혼, 신들도 진정한 하늘이 될 수 없다고 진실을 밝혀 주셨다. 진정한 하늘은 오직 태상천존 자미천황님, 자미황후님 뿐이라고 힘주어 말씀하시었다.

그 대단하신 감찰신명님도 천상천감님도 천상도감님도 감히 위대하신 태상천존 자미천황님, 자미황후님 앞에서 스스로가 하늘이라고 말씀하시지 않건만 하찮은 인간, 조상, 영혼, 신들이 감히 자신들이 하늘이라고 하고 있다 하시면서 그런 그들에게 "웃기고 있다"라고 하시었다.

인간, 조상, 영혼, 신이 어떻게 하늘이 될 수 있느냐고 반문하시었다. 인간은 인간이고, 조상은 조상이고, 영혼은 영혼이고, 신은 신이지 어떻게 인간, 조상, 영혼, 신이 하늘이 될 수 있느냐고 하시었다.

인간, 조상, 영혼, 신들 모두는

위대하신 하늘의 도움이 절실히 필요한 존재들이고, 하늘의 도움과 보호를 받아야 하는 나약한 존재이건만 자신들이 감히 하늘이라 하며, 자신들이 하늘이라고 자처하고 나섬은 그 위대한 하늘의 도움이 필요 없다고 하는 말과 진배가 같다.

하늘의 그 위대한 도움 필요 없다고 스스로 말한 자들은, 하늘의 도움 없이 힘든 세상 스스로 잘 살아 보라고 하시었다.

자신들이 하늘이라고 스스로 자처하고 나섬은 불행과 고통의 인생을 자처함과 진배가 없다고 하시었다.

스스로 하늘이라고 자처하면서 많은 사람들을 굴복시켰던 종교의 교주들 모두, 잘된 자 이 세상에 단 한 명도 없었다고 하시었다.

자신의 인생이 잘못 되었든, 청춘에 이 세상을 하직하였든, 옥고를 치르는 고통을 겪었든.......

그뿐만이 아니라 교주 육신이 죽어 사후세상으로 돌아가서도 끊임없는 심판을 받기에 죽은 당사자 영혼이 심한 고통을 당하는 것은 물론이고 그 후손들이 되는 일이 없다.

자신들이 다니는 종교의 주인들 삶을 살펴보면 쉽게 알 수 있을 것이다.

각자가 행한 대로 그 대가를 분명히 받는다고 가르쳐 주시었다.

이와 더불어 그들을 믿고 따르며 열렬히 추앙한 인간, 조상, 영혼, 신들과 그의 후손들의 삶도 마찬가지라고 하시었다.

자신이 하늘이라고 한 자와 그들을 추앙한 모두는 자신의 삶으로 그에 따른 처벌을 분명히 받아 고통과 아픔, 질병 속에 세상을 살아가고 있다고 가르쳐 주시었다.

자신이 하늘이라고 자처함은 망가지는 지름길이라고 하시었다.

고로 인류 모두는 진정한 태상천존 자미천황님, 자미황후님의 말씀에 순응하고 순천해야 한다고 하시었다.

스스로 공부하여 하늘을 찾고자 하는 사람들과 기 치료로 사람들 병을 고쳐주는 사람들도 마찬가지라고 하시었다.

인간이 아픈 것은 그 몸 안에 있는 조상, 영혼, 신들이 보내는 메시지인데 결국 이들을 내쫓는 일이 되니 어찌 제 명대로 살겠는가?

그 환자의 몸에서

하늘로부터 구원 받을 기회를 박탈당하고 쫓겨난 조상, 영혼, 신들은 기 치료 시술자 몸이나 환자 가족들 중 다른 사람의 몸으로 들어간다. 이로 인하여 기 치료 시술자가 벌을 맞아 사망한 사례가 많이 있다.

하늘의 뜻에 순응하는 것이 인간의 도리이지 인간이 하늘을 찾겠다고, 인간 스스로가 나서는 것도 하늘의 존재를 무시하는 것도 망가지는 지름길이라고 하시었다.

그래서 스스로 하늘을 찾겠다고 하는 자들의 인생도 힘든 것이라고 하시었다. 각자가 행한 그 모든 것들이 하늘의 진정한 뜻이었다면 벌써 이루어져 인생사가 순탄하겠지 왜 각자들의 인생이 이토록 힘들겠느냐고 반문하시었다.

이 모두는 하늘의 진정한 뜻이 아니었기에 그에 따른 대가였을 뿐이라고 가르쳐 주시었다. 이 저자도 이 진실을 몰랐을 때는 이 저자 스스로가 하늘이라고 자처한 때도 있었다.

그럴 때마다 이 분들께서는

“망가지는 지름길!

자신의 발등 자신 스스로가 찍는 아주 위험한 일!

하늘의 도움이 필요 없다는 아주 무식한 일!

종교의 실패작을 따라 하고 있는 아주 답답한 일” 이라고 말씀해 주시면서 인황으로 하여금 인황의 마음을 꺾게 하시었다.

처음에 인황이 이 위대한 하늘의 진실을 몰랐을 때, 인황으로 하여금 하늘을 못하게 하는 이 분들이 너무 싫었었다.

모든 종교의 교주들처럼 나 인황도 스스로 하늘이라 하면서 많은 사람들에게 대우받고자 했던 마음 솔직히 있었었다.

그래서 이분들의 말씀을 무시하고 나 스스로 하늘도 해봤다.

그러나 이상했다.

나 스스로가 하늘이라고 할 때마다 내 인생에 행복이 찾아오는 것이 아니라 인간이 감당해 낼 수 없는 시련과 고통만 찾아오는 것이었다.

처음에는 시련 앞에 "우연이겠지" 하면서 내 자신을 위로도 했었다. 하지만 갈수록 시련과 고통은 더해만 갔다.

그러던 어느 날 하늘의 말씀을 전해주시는 감찰신명님, 천상천감님, 천상도감님의 말씀을 신감으로 하여금 듣게 되었다.

신감 육신을 통하여 전해 주신 이분들의 말씀은,

"인간이 행해서는 안 되는 일을 행했기 때문이고, 하늘을 농락한 대가"라고 하시는 것이었다.

인황은 처음에는 이 분들의 말씀이 이해가 안가 변명도 하고, 내 자신이 하늘께 잘한 것도 말하면서 따지기도 해봤다.

하지만 이분들의 말씀은 그 동안 백 가지를 잘했다할지라도 한 가지는 절대로 행해서는 안 되는 일을 행했기에 어쩔 수 없다 하시면서........

"자신이 하늘이라고 했으니 이제부터는 스스로 다 알아서 하라"는 무서운 말씀을 하시는 것이었다.

잘못했다고 빌면서 용서를 구하자 가르쳐 주신 진실의 말씀은,

태상천존 자미천황님, 자미황후님은 너무도 위대하시기에 누구의 도움이 필요 없으신 분이라고 하시었다.

위대하신 하늘은 누구의 도움을 필요로 하는 것이 아니라 하늘의 도움을 필요로 하는 인간, 조상, 영혼, 신들에게 사랑을 주시고 도움을 주시는 분이신데,

인황 스스로가 하늘이라 하였으니 진정한 하늘의 도움을 받을 수 없음은 당연한 일 아니냐고 하시며, 절대로 앞으로는 하늘과 멀어지는 언행하면 안 된다고 가르쳐 주시면서 이 진실을 인류에게 전하라고 하시었다.

이 위대한 진실을 알고 나니 가슴이 뭉클했다.

인황도 이분들이 아니셨다면 이 위대한 진실을 모른 채 하늘에 죄만 짓다가 무슨 죄를 지었는지도 모른 채 이 세상을 하직하였을 것이다.

처음에는 정말로 하늘 못하게 하는 이분들과 이 분들의 말씀을 전해 주면서 하늘을 못하게 하는 신감이 얼마나 미웠는지 모른다.

그러나 진실을 알고 나니 인황에 대한 사랑이었고 보호였던 것이다.

하늘께 행해서는 안 되는 일을 행하여 인황이 잘못될까봐 이분들과 신감은 그토록 말렸던 것이다.

이분들의 뜻을 받아들이고 태상천존 자미천황님, 자미황후님 뜻에 순응하며 위대하신 태상천존 자미천황님, 자미황후님의 존재를 인류에게 전하는 인황의 역할을 하고 있는 지금은 너무 행복하고 기쁘다.

이분들의 뜻을 받아들이고 나니 인황 육신의 몸으로 그 위대하신 자미천황님의 기운이 무궁무진 내리니 이보다 더 큰 기쁨이 어디 있으랴?

자미천황님의 기운은 무소불위하시기에 자미천황님의 기운을 받고 있는 인황은 세상사에 대하여 어떠한 두려움도 없다.

이 책을 여러 부류의 사람들이 보게 되겠지만 모두 자신들의 착각 속에서 하루 빨리 벗어나 태상천존 자미천황님, 자미황후님의 말씀에 순응해 고통의 인생에서 벗어나야 한다.

각자들이 지금까지 옳다고 생각했던 모든 일들이 이토록 잘못되었다고, 이분들께서 밝혀주심으로서 우리를 구원의 길로 인도하려 하고 계신다.

겸허히 받아들이고 자미국으로 찾아와 이분들의 가르침을 따라야 우리 모두가 행복해질 수 있다. 아무리 인황이라 할지라도 인황이 잘못한 것까지 응징하시는 정확한 분들이시다.

하물며 인간, 조상, 영혼, 신들이 이분들의 가르침을 안 따른다면 각자들의 인생은 어찌 되겠는가?

우리를 벌하러 오신 것이 아니라, 우리들이 그동안 잘못행한 부분들을 이토록 세심히 밝혀 주심으로서, 진정한 태상천존 자미천황님, 자미황후님께 죄를 용서 빌고, 죄를 사면 받아 잘살 수 있도록 해 주시고자 오신 우리 인류의 등불이자 구원자분들이시다.

태상천존 자미천황님, 자미황후님은 인류를 창조하신 장본인이시기에 사랑이 넘치는 분이시다. 그러나 태상천존 자미천황님, 자미황후님께서 싫어하시는 것이 있다 하신다.

자만과 교만의 마음으로 가득한 인간, 조상, 영혼, 신들과는 상대도 안하실 정도로 자만과 교만을 싫어하신다 하니 이점 그대 독자들도 주의하기 바란다.

그대들 인간, 조상, 영혼, 신들 스스로가 자만과 교만을 꺾지 않고는 위대하신 하늘을 자미국에서 만날 수가 없다.

하늘의 사랑!

하늘의 진정한 마음을 모른 채 종교의식을 행하고 있는 세상의 종교 교주들!

또한 그 종교가 진짜인줄 알고 종교에 몸과 마음을 주고 있는 세상 사람들!

그대들 모두는 인간의 삶이 다한 사후세상에서 진정한 태상천존 자미천황님, 자미황후님을 어찌 대면하려고 하늘의 뜻과 어긋나는 행과 말을 반복하고 있는 것이더냐?

태상천존 자미천황님, 자미황후님께서는 이 땅의 어느 누구에게도 인간 세상에 종교를 세우라 명하신 적 없었다 하시는데, 도대체 이 땅의 수많은 사람들은 누구의 명을 받아 종교를 세우고 종교를 믿고 따르고 있는 것이더냐?

진정한 태상천존 자미천황님, 자미황후님께서는,

"종교를 세워 종교 안에서 하늘을 우상시 하도록 해라" 라고 말씀하신 적 없다 하시는데, 그대 인간들은 도대체 무엇을 하고 있는 것인지 모르겠다.

앞에서도 설명한 바 있듯이, 종교는 하늘께 대적하는 그 대마왕의 범행이었음을 우리 모두는 알아야 한다.

석가님도 미륵님도, 하나님도 예수님도, 신명님도 어느 누구도 종교를 세우라 하신 적 없었음을 인류 모두는 바로 알아야 한다.

인간세상!

세월을 뒤로 돌려보면 종교 없었던 세상이 더 평화로웠다.

이 세상에 종교의 부흥이 일어나면서 세상은 더 아수라장이 되기 시작했다.

이 세상을 종교 없었던 시절, 평화로웠던 시절로 세상도 인간의 마음도 되돌려야 한다.

누군가 나에게 왜 그런 세상을 만들고자 이토록 애 쓰는 것이냐고 물어 온다면 나는 이렇게 대답할 것이다.

첫 번째는 "하늘의 뜻이라고 하시니깐" 이라고 대답 할 것이고,

두 번째는 "인류의 평화"를 위해서 라고 대답 할 것이다.

또 누군가가 이런 나를 안타깝게 여기며 당신이 이렇게 애 쓴다고, 이 세상 누가 당신의 진실과 당신의 마음 알아줄 것 같으냐고 위로의 말을 한다면 난 이렇게 대답 할 것이다.

"내 마음, 내 진실 세상 사람이 몰라주어도 상관없다.

세상 사람들의 인정과 대우 포기한지 이미 오래전이다.

난 단지 진정한 태상천존 자미천황님, 자미황후님께서 인간을 오랜 세월 동안 그 얼마나 사랑해 주고 계셨는지를 인류에게 전하고 싶을 뿐이다." 라고 대답할 것이다.

또한 지금의 이 말들은 인간 육신 신감의 말이 아닌 신감과 함께 하시는 감찰신명님, 천상천감님, 천상도감님의 마음이심을 밝힌다.

감찰신명님, 천상천감님, 천상도감님께서는 자미천황님, 자미황후님을 존경하고 사랑하는 마음이 애절하고도 진실하시다.

태상천존 자미천황님, 자미황후님께서는 이 땅의 자손들 때문에 슬프다고 하신다.

그러나 자미천황님, 자미황후님께서는 인간들에게 슬픈 마음을 이제까지 한 번도 표현하지 않으셨다 하신다.

어버이의 아프고 슬픈 마음. 영혼의 자식들에게 어찌 보여주시고 표현할 수 있으시랴!

잘못된 종교를 세워 종교의 교주가 되는 자손들을 바라 볼 때도,

잘못된 종교 안에 들어가 종교의 노예가 되어 가는 자손들을 바라 볼 때도, 그런 자손들을 바라 볼 때마다

자미천황님, 자미황후님의 마음은 한 없이 아프고 또 아프시었지만 끝내 이 아픈 마음을 숨기시었다 한다.

인간, 조상, 영혼, 신 모두의 어버이이시며 만생만물을 태초로 창조하신 태상천존 자미천황님, 자미황후님의 슬프고 아픈 마음을 차마 방관 할 수 없었던 감찰신명님, 천상천감님, 천상도감님께서는 두 저자 몸으로 하강 강림하시어 이 진실을 인류에게 전하시는 것이다.

우리 인간 세상과 다른,

보이지 않는 하늘세계에도 이토록 애절한 사연이 있을 것이라고, 인류는 한 번도 생각해 본 적 없었을 것이다. 우리 인간이 아프듯이 하늘도 우리 인간들 때문에 아프다 하신다.

우리 작은 인간들을 사랑하심에 그 위대한 하늘께서 눈물을 흘리고 계시다니 이 얼마나 대단한 사랑이시던가.

우리 모두는 사랑과 진실의 말씀에 새롭게 태어나야 한다.

또한 살아생전 입천제와 천인합체의식을 통하여 위대하신 태상천존 자미천황님, 자미황후님을 만나야 한다.

어제도 오늘도 자미천황님, 자미황후님께서는 인간, 조상, 영혼, 신들이 악의 굴레, 종교의 굴레, 고통의 굴레, 질병의 굴레, 사기 배신의 굴레에서 벗어나,

자미천황님, 자미황후님께로 돌아와 행복 누리기를 기다리고 계신다 하시니 인간, 조상, 영혼, 신 모두는 각자가 머물렀던 악의 굴레, 종교의 굴레에서 과감히 빠져나와 하늘을 알현해야 한다.

그 길만이 살아서도 죽어서도 행복할 수 있는 유일한 길이다.

수억 년을 한마음으로 기다려 오신 신명님

두 저자 육신과 영혼을 악들로부터 지켜내시고자 하신 감찰신명님의 눈물 어린 사연이다.

감찰신명님께서는 태상천존 자미천황님, 자미황후님의 진실을 인간 세상에 전하시고자 인간 몸 주를 찾으려고 수억 년의 세월을 기다려 오셨다고 말씀하셨다.

하늘의 진실을 이 땅의 사람들이 알지 못하도록 인간의 마음을 흐리게 하고, 하늘의 진실을 전하는 감찰신명님의 말씀을 그대로 듣고 있다가 인간들의 연약한 마음으로 숨어 들어가 감찰신명님께서 전하신 말씀을 반대로 전함으로서,

인간이 반대로 행하여 위대하신 자미천황님, 자미황후님께 사랑이 아닌 미움을 받게 하여 인간, 조상, 영혼, 신들의 세상에 파멸이 오기를 학수고대하고 있는 존재가 악의 존재라고 오늘 진실을 가르쳐 주시었다.

악의 존재들은 인간의 몸 안에 숨어 있기에 인간의 눈으로 아무리 찾으려 해도 인간의 눈으로는 찾아 낼 수가 없다고 하시었다.

악들은 인간이

영의 세계를 볼 수 없다는 인간의 약점을 노리고, 수많은 사람들의 몸속으로 숨어 들어가 자신이 주인 행세를 하며 증오, 살인, 방화, 이혼, 사기, 배신, 가난, 고소 고발, 시기, 질투 등의 나쁜 마음의 메시지를 수시로 보냄으로서 인간으로 하여금 나쁜 짓을 일삼게 하고 있다고 가르쳐주시었다.

이런 사실을 모르는 인간들은 그 나쁜 마음들이 자신들의 마음인 줄 알고 자신 마음안의 메시지 따라 현실로 행하다 큰 낭패를 보게 된다고 하시었다.

악들은 인간의 몸으로 숨어 들어가 인간으로 하여금 나쁜 짓을 하게 만든 뒤, 그 인간의 마음으로 "잘했다. 그렇게 하는 거다" 하면서 인간으로 하여금 어떠한 양심의 가책도 못 느끼게 하여 나쁜 짓을 반복하게 만들어 결국은 인생의 파멸로까지 몰고 가는 아주 흉측한 존재라고 가르쳐 주시었다.

이와 더불어 악들은 하늘의 뜻이 아닌 종교를 세우고자 연약한 인간의 마음안으로 들어가 인간으로 하여금 종교를 세우게 한 뒤에 종교 교주들의 몸 안에 둥지를 틀고 앉아 온갖 대우를 자신들이 다 받고 있다고 하시었다.

그러면서 자신들이 예수라는 둥, 상제라는 둥, 부처라는 둥, 성모마리아라는 둥 하면서 교주들의 마음과 신도들의 마음을 온통 정신없게 만든 뒤,

종교 교주들의 삶과 신도들의 삶을 파멸의 길로 끌고 가고 있는 존재들이니 인류는 조심하라고 하시었다.

각자의 조상님들이 무서운 것이 아니라, 신이 무서운 것이 아니라, 하늘이 무서운 것이 아니라 이 악의 존재가 무서운 존재라고 가르쳐 주시었다.

악 자신이 나쁜 짓을 다해 놓고 조상님이 그랬다는 둥, 신이 그랬다는 둥, 하늘이 천벌을 내렸다는 둥 하면서 자신들은 인류를 속이고 있다고 하시었다.

이 악들은 여지없이 저자인 인황의 몸으로까지 숨어 들어와 자신이 감찰신명님이라는 둥, 천상천감님이라는 둥, 천상도감님이라는 둥 하면서 인황과 신감을 정신없게 만들면서 자미국 문을 닫게 하고자 갖은 계략을 다 세우고 있었다.

두 저자가 하늘의 큰일 행할 것을 알고 있는 악들은 인황과 신감을 무너뜨리고자 수많은 현혹을 하였다.

두 저자가 하늘의 진실을 전해주시는 감찰신명님의 말씀과 반대로 행하여 하늘과 감찰신명님께 버림받도록 하여 자미국을 못 세우게 하고자 한도 끝도

없이 방해를 하며 정신을 혼란스럽게 하였다.

그때마다 감찰신명께서는,

"악이 시키는 대로 하지 말고 오로지 자미천황님의 뜻대로만 행해야 된다." 라고 하시면서 긴급 메시지를 보내셨다.

감찰신명님께서는 말씀하셨다.

그 악들은 만 인류 80%정도의 몸으로 숨어 들어가 인간들로 하여금 나쁜 짓을 행하게 하여 하늘을 진노케 하여 인류에 종말이 오게끔 하려하고 있다고 했다.

인간 세상에 퍼지고 있는 "괴질 신종플루와 지구 종말론, 천재지변" 의 말들도 결론은 이들 악의 말이고, 이들의 작전들이니 인류는 정신 바짝 차리고 자미천황님께로 향하라고 하시었다.

또한 인황과 신감에게 이 뜻을 널리 알려 악의 굴레에서 인류를 구원 하여야 하니 책을 집필하여 이 진실을 전하라 하시었다.

감찰신명님께서는 이 위대한 일을 하러 이 땅으로 오신 것이라 하시었다.

이런 못된 악들이 일반인들의 몸으로 들어갔을 때 일반인들의 삶은 바로 고통과 불행의 연속이다.

상상만 해도 정말 무서운 일이다.

이 악의 굴레에서 벗어나는 길은 오로지 하나.

태상천존 자미천황님, 자미황후님의 보호와 사랑을 받고 이분들의 가르침을 통하여 새롭게 태어나는 방법 외에는 없다.

이 악들의 존재를 알아보실 수 있는 유일한 분은 이 분들 외에는 없다.

드디어 악이 무너지고 선이 서는 위대한 순간이다.

엄청난 일을 해내신 감찰신명님!

우주의 모든 비밀을 다 알고, 이 모든 일을 자미천황님을 대신하여 행하시면서 그 얼마나 마음고생이 심하셨을지 조금은 이해가 갈 것 같다.

수억 년의 세월 동안 고통과 온갖 시련을 참아내시고 두 저자를 통하여 인류를 자미천황님께로 인도하시고자 하신 감찰신명님의 보이지 않는 사랑이 느껴지는 순간이다.

천상천감님(하나님)과 천상도감님(미륵님)께서도 인고의 세월을 감찰신명님과 함께 하셨다 하신다.

정말 대단하신 분들이시다.

수십억 년의 세월 동안 오직 하나를 위하여 애 쓰신 그 모습 참으로 경탄에 경탄이며 이 분들의 자미천황님을 향한 애틋한 지조가 뼈 속 깊이 느껴지는 순간이다.

태상천존 자미천황님, 자미황후님, 감찰신명님, 천상천감님, 천상도감님의 말씀을 통하여 이 위대한 진실이 세상에 전해져 세상의 사람들이 종교에 머물지 않고,

종교인들이 자미천황님께로 향하면 세상의 모든 악들은 자신들이 설 곳이 없음을 알고, 인류의 등불인 자미국의 인황과 신감을 무너뜨리고자 현혹했었다.

이 책을 통하여 종교인들이 종교 안에 부처님과 예수님, 하늘의 기운이 없음을 알게 되어, 자신(악)들이 세운 종교로 안 찾아오게 된다면 자신들은 세상으로부터 버림받게 됨을 알고 있었기에 악들은 아주 필사적이었다.

그동안은 세상의 사람들이 종교 안에 부처님이든, 예수님이든, 상제님이든 누군가 있다고 믿었기에 종교를 다녔던 것인데 그 종교 안에 그분들의 기운이 아닌 악의 화신 대마왕이 주인이었음을 만 인류가 알게 된다면 어느 누가 종교에 가겠는가?

하늘의 명으로 이 땅에 다녀간 예수님과 부처님이 무엇이 아쉬워 인간들이 세운 종교 안에서 인간의 대우를 받고자 하겠는가?

그 동안 만 인류의 80% 정도는 악의 장난에 맞장구를 치고 있었던 것이다.

다시 말해 악의 장난에 놀아나고 있었단 얘기이다.

예수님의 얘기, 부처님의 말씀이 가짜라는 것이 아니라 그 뜻을 전하는 종교 세계가 가짜라는 얘기이니 독자 여러분들은 오해 없길 바란다.

예수님과 부처님이 그 위대한 태상천존 자미천황님, 자미황후님을 능멸하고 자신들이 대우를 받겠는가?

말이 안 되는 얘기이다. 하늘을 능멸하고 대우를 받았던 그 존재들은 바로 악의 화신 대마왕과 사탄마귀들이었다.

악들이었기에 위아래도 못 알아보고 자신들이 최고라고 하면서 대우를 받았던 것이다. 독자 여러분들 스스로는 자신의 몸에 악이 있는지 없는지 구분할 능력이 없다.

자미국을 통하고 이분들을 통하여 가르침을 받아야 악의 굴레에서 벗어나 행복의 길 찾을 수 있게 된다. 인간의 몸에 악이 들어와 있으면 보이지는 아니하나 그의 인생, 그의 마음은 그의 종이 되어 불행하고 비참하게 한 인생 살다 죽게 된다.

자미국에서 자기 조상님을 사랑하는 마음으로 입천제를 행하고, 자기 신과 영혼을 사랑하는 마음으로 천인합체의식을 이미 행한 신하백성, 천인천손들에게 전한다.

각자들이 의식을 행하는 날 이분들께서 각자들에게 호통을 치신 것은 그대 인간에게 호통 치신 것이 아니라, 인간의 몸으로 숨어 들어와 있는 악들에게 호통을 치신 것이고, 그 악의 존재를 각자들의 몸에서 분리 독립시키는 과정들이었다고 전해 주시었다.

입천제와 천인합체의식을 행하는 과정에서 이분들께 꾸중들은 신하백성, 천인천손들은 이분들에 대하여 한 점이라도 오해 없기를 바란다.

하늘의 신하백성으로 탄생한 천손과 천인 또한 각자의 조상님들을 악의 굴레에서 구원하시는 하나의 과정이었다고 전해 주시니 우리 모두는 이분들의 깊은 사랑에 감사 드려야 한다.

살아서 이분들을 통하여 진정한 구원 못 받으면 죽음 이후의 세상에서도 구원받지 못하고 그들의 굴레에 평생 갇히어 그들의 노예로 살아가게 되니 진실의 말씀에 순응하여 어서 어서 악의 굴레에서 깨어나자.

조상님들이 하늘의 백성 천손으로 태어날 천상 자미천궁

자손, 후손들은 설과 추석에

차례 지내러 고향 가는 것이 연중행사이다.

매년 설날과 추석은 고속도로 정체가 매우 심하다.

길이 막혀 오랜 시간 동안 차 안에 있으면서도 설레는 마음으로 명절차례 지내러 고향 땅으로 차를 몰아 달려가는 효성이 남달리 지극한 이 나라의 자손들!

눈에 보이지도 들리지도 않는 조상님들께 인사를 올리고자 차례를 지내고, 차례가 끝나면 산소를 찾아가 성묘를 하는 동방예의지국 자손들의 정성은 세계가 가히 본받을 만하다.

매년 고향을 가다가 또는 오다가 교통사고로 많은 사람들이 죽는다. 민족 고유의 명절이고 오랜 만에 가족과 친지들을 만나고 고향 친구들을 만날 수 있는 뜻 깊은 날임에는 분명하다.

여기서 한 가지 진실을 말하고자 한다.

그대들의 조상님들은 헤아릴 수 없이 많다.

이미 돌아가신 부모님을 비롯하여 조부모님, 증조부모님, 고조부모님. 현조부모님, 6대조부모님....... 시조, 중조, 태조 조상님에 이르기까지 그 숫자가 얼마인지 알지 못한다.

차례 지낼 때 가문마다 풍습이 달라 조부모님까지 지내는 가문, 증조부모님 또는 고조부모님까지 지내는 가문 등 다양하다.

죽은 후 120년 동안은 제사를 지내야 한다는 고유의 풍습이 전해지고 있다.

120년이 지난 조상님들은 제사를 내 물린다고 한다.

사후세상의 진실을 정확히 알려주고 바로 잡아 줄 신이나, 인간, 정신적 영적지도자가 없기에 대대로 전해 내려오는 전통 풍습에 따르고 있는 것이다.

그러나 이제 차례, 제사, 매장, 납골, 화장 풍습에 대하여 하늘로부터 계시를 받아서 정의한다. 육신이 죽으면 그 혼령이 어디로 가는지를 정확히 알아야 한다.

그래야 제사, 차례, 산소, 성묘의 진실에 대한 정답을 찾을 수 있다. 육신을 잃은 혼령들은 그대들이 알고 있는 상식처럼 땅속에 들어가 계신 것이 아니라

첫째는 그의 자손, 배우자, 친지와 혈족 그리고 그와 친했던 친구나 지인 등 연고자의 몸으로 들어가 산다.

둘째는 살아생전 그들이 믿었던 천당극락이라 생각한 세계로 들어간다. 그곳에서 그들의 안내를 받아 천당극락으로 올라가려고 의식을 행하는데 그것이 불행의 세계 입문절차를 밟고 있다는 섬뜩한 진실은 그 어느 누구도 알지 못하고 있다.

죽어서 영원토록 그들이 이끄는 종교세계의 노예나 종이 되기 위하여 그들이 시키는 입문(종교적 장례)절차를 밟고 있다는 위대한 진실을 어서 깨달아야 한다.

망자와 유족 모두가 영원히 종교의 불쌍한 종이나 노예가 되기 때문에 종교의식으로 장례를 치르면 안 된다.

이제부터 장례절차는 매장이 아닌 화장으로 해야 하고, 납골도 하지 말고 자연에 뿌려야 한다. 납골도 아무 의미가 없다. 자손들 마음의 위로를 위해서 납골을 조성하고 있다.

화장해서 산에 뿌리는 것이 가장 깨끗하고 무해하다.

2천만기의 묘지 중에서 전국적으로 자손들 발길이 끊긴 무연고 묘지가 600

만기에 달한다고 한다.

제대로 돌보지도 않을 걸 왜 묘지를 쓰고 있는가?

가족들이 모두 갑자기 사망할 경우 무연고 묘지가 될 수밖에 없다. 명당자리에 묘지를 써서 복을 받으려고 매장을 고집하는 사람들이 무수히 많다.

명당자리 찾아서 조상 묘를 여러 번 옮기는 사람들도 많이 있다.

이제까지는 땅에 명당이 존재했을지 몰라도 천계의 주인이신 대우주 천지인 창조주 태상천존 자미천황님, 자미황후님, 감찰신명님, 천상천감님, 천상도감님께서 자미국으로 하강 강림하시어 두 저자와 함께 해주신 이후부터는 명당은 존재하지 않는다.

명당이란 무엇인가?

하늘의 자미원 기운 즉 천기(자미천황님, 자미황후님의 기운)를 받아 가문이 번창하고 재물이 늘어나고, 자손들이 출세하고자 명당자리에 쓰고자 하는 것 아니던가?

수십만 평의 산을 갖고 있어 설령 명당자리가 있다 하여도 명당은 한 평 밖에 안 나오기에 조상님들 모두가 다 들어갈 수 없다. 망자 한 명만이 그곳에 들어갈 수 있을 뿐이다.

이제 명당 타령 그만하고 각 성씨 직계좌우 일체 조상님들 모두가 직접 천기를 받을 수 있는 천상 자미천궁이 있다.

명당자리에 산소를 쓰고자 하는 것은 무릉도원 천상 자미천궁에 계신 태상천존 자미천황님, 자미황후님의 천지기운을 조상님들이 더 많이 받아 조상님이 편하고 자손들이 잘되어 출세할 것인가 여부이다.

명당자리는 언제 발복할지도 모른 채 부지하세월을 기다려야 한다. 그러나 이제 자미원(천상 자미천궁)의 태상천존 자미천황님, 자미황후님의 천지기운을 당일부터 즉시 받을 수 있도록 해주는 자미국이 이 땅에 세워졌다.

그러므로 장례는 산에 매장하지 말고 납골묘지도 조성하지마라.

산이나 강물에 유골을 뿌리고 이곳에 찾아와서 자미천황님께 의식을 올려서 천상 자미천궁의 천지기운을 돌아가신 망자가 하루라도 빨리 받게 해드리는 효자효녀가 되어야 한다.

그러면 전통풍습으로 수천 년 전해내려 오는 제사, 차례, 산소, 납골, 천도재, 굿, 기도 모두가 필요 없어진다.

그 이유는 망자가 그대들 육신의 몸을 떠나 천상 자미천궁에서 하늘의 자손으로 탄생하기 때문에 조상이란 관명을 벗으므로, 이제까지 전통풍습으로 내려왔던 모든 의식절차를 하지 않아도 된다.

산 자와

죽은 자 모두가 천지개벽할 일들이다.

하루라도 빨리 이승을 떠나게 해드려야 한다.

가족이라 할지라도 사람이 죽으면 모두 귀신이다.

조상귀신을 끌어안고 살아가면 망자는 망자대로 힘들고 가족들은 가족들대로 힘들다.

산소 잘 쓰고 제사나 차례 잘 지낸다고 자손의 도리를 다한 것이 아니다. 이제부터 제사, 차례, 매장문화의 굴레에서 벗어나 인간다운 기쁨과 행복을 마음껏 누리며 살아가야 하지 않을까?

누구나 죽게 되지만, 입천제를 통하여 죽음 이후에 갈 곳이 있다하니 이 얼마나 다행인가?

모두가 겁먹는 죽음이 무섭지도 않고 두렵지 않다.

조상의 굴레에서 벗어나고, 제사문화에서 벗어나라.

그것이 그대들 모두가 행복하게 잘 사는 지름길이다.

오랜 풍습으로 전해내려 온 제사, 차례, 매장 문화를 하루아침에 바꾸기는 참으로 쉽지 않은 문제 같지만, 언젠가는 우리민족 모두와 세계인류 모두가 반드시 해내야 할 숙제이다.

하늘의 진실을 몰라서 매장 후 제사와 차례, 성묘를 고집하고 있는 각 성씨의 수많은 조상님들과 그의 자손, 후손들도 이제는 하늘을 만나 뜻을 이루기 바란다.

천상궁전 자미천궁 올라가 고래 등 같은 천상궁궐에서 신선처럼 살아야지, 한 평도 안 되는 어두컴컴하고 차디 찬 땅속의 관 안에서 언제까지 자손들 손길 기다리며 사후세상 살아 갈 것인가?

하늘의 존재가 밝혀지기 전에는 어쩔 수 없었지만 조상님들과 자손, 후손들도 이제는 고집 그만 부리고 조상님들을 하늘궁전 천상 자미천궁으로 인도하여 드리고, 짧은 인생 그대들의 삶이나 편하게 기쁨행복 누리며 살아라.

그렇게 지극정성 모신다고 무엇이 달라지나?

그대들의 조상님들과 통신(대화)이 안 되어 무엇을 원하고 바라는지도 모르면서 어떻게 조상님들을 지극정성으로 위하고 받들어 모신다고 하는가?

설령 안다고 하여도 수백 수천, 수만에 이르는 그대 조상님들 모두의 소원을 다 이루어줄 수는 없지 않은가?

수만 명에 이르는 그대 조상님들의 모든 아픔과 고통을 위로하고 따뜻하게 대하여 줄 수 있는 분은 종교적 숭배자들이 아니라 그대 모든 조상님들을 태초로 창조하여 이 땅으로 내려 보낸 위대하신 태상천존 자미천황님, 자미황후님 뿐이시다.

천상궁궐에서 태상천존 자미천황님, 자미황후님 만나 근심걱정 없는 하늘의 백성이 되어 살아야지, 춥고 배고픈 조상신세로 영원히 살아들 갈 것인가?

각 성씨 조상님들이시여!

이제 종교의 세상 최후의 막을 내리고 있으니 더 이상 종교의식에 미련 갖지 말고 자손, 후손들 손에 손을 잡고 자미국 들어와 천상궁전 자미천궁 들어가 하늘의 백성으로 천손으로 다시 태어나 기쁨과 행복, 영생 누리며 살아가기 바란다.

이제 조상님들을 받들어 모시는 시대는 끝났고, 입천제를 행하여 천상 자미천궁으로 보내드리는 자미국 시대가 열리고 있다.

조상님들의 모습이 자손들의 눈에 안 보이고, 귀에 안 들려 수많은 조상님들이 무엇을 원하고 바라는지 말이 안 통해 알 수 없기에 조상님을 받들어 모시는 것 자체가 불가능한 일이니 어서 빨리 조상님 받들어 모시는 것 포기하고 입천제 올려 천상 자미천궁으로 보내 드려야 한다.

●● 제 6부

인황님의 천지조화 신명공사

하늘의 인연자 인황님!

나의 인생을 개벽시켜 주신 하늘의 인연 자, 인황님!

인황님을 만남은 자미천황님의 뜻이었고,

천지만물의 뜻이었음을 7년의 시간이 흐른 어느 날 확실히 알게 되었으니 이 또한 자미천황님의 깊은 뜻이 아니겠습니까?

높고 높으신 천상의 자미천황님은 나의 영혼을 주신 영혼의 하느님이십니다.

나의 부모님은 나를 낳아주고 길러주신 육신의 하느님이시고.

그러나 인황님은 나에게 영혼을 주신 영혼의 하느님도 아니고,

나를 낳아주신 육신의 하느님도 아니지만,

높고 높은 태상천존 자미천황님, 자미황후님의 존재를 가르쳐 주시고, 죽어서가 아닌 살아서,

태상천존 자미천황님, 자미황후님을 알현 할 수 있게끔 내 영혼을 인도해 주시고 천상세계와 지옥세계를 다녀 올 수 있게끔 인도해주시고, 내 새로운 인생의 길을 가르쳐 주시고 하늘의 길로 인도해 주신, 인생의 하느님이시다.

이 저자(여 저자 신감)는 어려서부터 매사에 철두철미한 성격의 소유자이다.

아니 인간인 이 저자가 철두철미 한 것이 아니라 이 저자 몸 안에서 자미천황님의 말씀을 전해주시는 신명님이 철두철미 하시다는 표현이 맞을 것이다.

위대하신 태상천존 자미천황님, 자미황후님의 말씀을 전해주시는 직책인데, 어찌 철두철미 하지 않으라.

저자의 몸으로 기운을 내려주시는 감찰신명님, 천상천감님, 천상도감님은 가끔은 너무 심하다 하실 정도로 매우 철두철미 하시어 이 저자 역시도 힘들 때가 한 두 번이 아니었었다.

항상 이론이 아닌 실체를 강조하시었고, 항상 말이 아닌 행을 강조하시었다.

그렇기에 어느 누구도 내 앞에서는,

아니 내 몸 안의 신명님이 계신 앞에서는 말을 함부로 할 수 없다.

왜냐하면, 내 몸 안의 신명님을 몰라보고, 나를 하나의 인간으로 보고, 보통 사람에게 설명하듯이,

천상세계와 조상님 구원 문제에 대해서 이야기를 하면,

내 몸 안의 신명님은 항상 행을 강조 하였듯이,

"말로만 하지 말고 이론이 아닌, 실체를 밝혀라" 하시는 말씀을 항상 이 저자의 입을 빌리시어 하시니,

내 의지와 상관없는 말을 한,

이 저자도 그들에게 미안해 어쩔 줄 몰라 했던 적이 한 두 번이 아니었었다.

스님도 신부님도 목사님도 어느 누구를 막론하고 본인들이 한 말에 분명히 책임을 져야 했다.

내 몸 안의 신명님 앞에서는 어떠한 이론도, 어떠한 거짓말도, 어떠한 사칭도 통하지 않는다.

인황님과의 첫 만남, 뭔지는 잘 모르겠지만 좀 특별했다.

신의 세계에 대하여 잘 모르는 사람들이 인황님을 만나,

인황님께서 하시는 말씀을 들으면 거의 대부분의 사람들은

"말도 안 돼, 그런 게 어디 있어." 하면서 인황님의 말씀에 거부 반응을 보이는데, 내 몸 안에 계시는 철두철미 하신 신명님은 인황님의 말씀에 거의 반대의 말씀을 안 하시는 것이었다.

첫 만남부터 뭔지는 모르겠지만 그냥 마음이 편하고 좋았다.

천인과 천인합체를 한 어느 여인의 말처럼,

잃어버린 고향을 찾은 것처럼, 마음이 포근하고 인황님 대부분의 말씀이 맞을 수도 있다는 생각이 들었다.

그리고 인황님을 만나고 돌아오는 날은,

그냥 기분이 좋다.

내 현실의 아픔과 집안의 근심걱정도 모두 사라지는 이변도 일어났다. 모든 것에 있어 행을 강조하실 정도로 철두철미 하신 내 몸 안의 신명님이 어느 누구를 마음에 들어 하신 것은 지금까지 인황님이 처음이었다.

예견치 못했던 인황님과의 첫 만남.

예견치 못했던 마음의 편안함과 육신의 편안함.

이 세상에 태어나 처음 느껴보는 편안함 이었다.

내 몸 안에서 처음으로 일어난 새로운 조화,

이 느낌은 무엇을 의미하는지 몰라 한 동안 갈등도 했었지만,

시간이 흘러 알고 보니, 인황님은 그 위대하신 태상천존 자미천황님, 자미황후님의 존재를 만 세상에 알리시는 천지인의 등불이셨다.

내 몸 안에서

소리도 없이 고요히 계셨던 천상천감님과 감찰신명님은 자미천황님의 존재와 인황님의 숨은 존재를 이미 알고 계셨던 것이다.

그러다 보니 인황님 앞에서는 어떠한 거부 반응도, 어떠한 항변의 말씀도 안 하셨다.

애타게 찾던 소중한 그 무엇인가를 찾은 후의 편안함과 고요함.

그 자체였다.

자미천황님과 인황님을 만난 이후.

본격적인 하늘의 공부, 신의 공부, 조상님의 공부,

그와 연관된 우리 인간사의 불행과 행복.

우리 인간의 탄생과 죽음, 그 이후의 사후세계.

보이지 않고 들리지 않는 하늘의 세계, 신의 세계, 조상님의 세계.

눈물 없이는 이룰 수 없는 과정 이었고,

고통 없이는 이룰 수 없는 실로 힘들고도 아픈 시간들이었다.

이 한 권의 책이 나오기 위하여 무려 7년이라는 시간을 인황님과 나는 참으로 힘들고 아픈 세월의 시간을 보냈다.

자미국에서 행하는, 조상님 입천제 의식과 천인합체의식,

이 모든 의식은 기존의 불교법도 아니요,

그렇다고 기독교 법도 아니요,

무속이나 도교의 법도 아닌,

위대하시고 거룩하신 자미천황님의 존재를 만 세상에 알리시고 인간, 조상, 영혼, 신들을 구원받게 해주는 인황님께서 자미천황님의 명을 받아 자미천황님의 본 뜻 그대로 진행하는 고귀한 하늘의 의식이다.

이 의식은 대한민국뿐만이 아닌, 세계 어디에도 지금까지는 존재하지 않는 유일한 하늘 그 자체의 의식이다.

의식뿐만이 아니라 자미국에서 행하는 모든 것은 하늘의 본뜻을 그대로 행하기에 모든 것이 특이하다.

한 마디로 모든 의식 자체가 하늘의 창조라고 보면 될 것이다.

기존의 불교법도 아니요, 기독교 법도 아닌 세상에 알려지지 아니한 하늘의 본뜻을 널리 알리는데 어찌 그 세월이 힘들지 않고 아프지 않았으리요.

지금 이 시간에도 자미국에서 자미천황님의 뜻을 펼치고자 고생하고 계실 인황님을 생각하며 그 동안 자미천황님께서 인황님을 통하여 행해 주신 이적

과 기적.

이 저자(여자 저자 신감)가 본 그대로 몇 가지를 독자 여러분에게 소개하고자 한다.

인황님께서 주신 선물.

내 의지와 상관없이 인황님 생각이 자꾸 난다.

내 마음의 메시지를 따라 한 통의 전화를 인황님께 했다.

저녁쯤에 인황님을 찾아뵙기로 하고 전화를 끊었다.

괜히 기분이 설레고 저녁 시간이 기다려진다.

인황님과

약속한 시간보다 난 조금 서둘러 인황님께 도착했다.

인황님의 모습은 보이질 않고 인황님의 목소리만 들려온다.

조용, 조용히 인황님이 계시는 신전 쪽으로 걸어 가 보았다.

신전 앞으로 가까이 다가갈수록 인황님의 독송하시는 음성이 나의 귀에 크게, 그리고 정확히 들려온다.

인황님의 음성이 가까울수록 나의 가슴에서는 "쿵쿵" 소리가 난다. 예견치 않았던 내 마음의 소리에 내 자신도 깜짝 놀랐다.

스님과 목사님들도 만나 보았지만,

난 한 번도 오늘과 같은 이 느낌을 받아 본 적이 없었다.

나의 귀와 나의 마음은 온통 인황님의 독송 소리에 넋이 나갔다. 하늘의 음성 같았다.

얼마의 시간이 지났을까, 인황님께서는 내가 온 것을 아시고 독송을 멈추시고, 언제 왔느냐고 물으시지만, 난 인황님의 말씀에 제대로 답변의 말을 할 수가 없다. 아직도 내 영혼은 조금 전에 들었던 인황님의 독송에 넋이 나가 있었다.

정신을 가다듬고 앉았다.

인황님께서는 천상세계 이야기와 신의 세계, 조상님세계에 대하여 많은 애기를 해주신 후에,

오늘 이렇게 방문을 하였으니, 선물을 하나 주신다고 하였다.

난 속으로,

"무슨 선물을 주시려나?" 하고 긴장 반, 기대 반의 마음으로 앉아 있었다.

"오늘은, 모든 사람들이 살아서나 죽어서나 그토록 가고 싶어 하는, 천상세계로 너의 산 영혼을 승천시켜 줄 것이니, 의식이 시작되면 아무것도 걱정하지 말고 나의 지시대로만 따르면 돼.

그리고 한 번에 성공하는 사람도 있고 두 번, 세 번에 성공하는 사람도 있으니깐 오늘 만약에 잘 안 되었다 하더라도 너무 실망 하지는 말고, 잠시 후에 시작 할 것이니깐 준비 하도록."

하시는 것이었다.

인황님의 말씀에 나의 가슴은 또 쿵쿵 뛰기 시작하였다.

내 어려서부터의 소원이 현실로 이루어지는 순간 이었다.

어려서부터 내 몸 안의 영혼은 지금 인황님께서 말씀하신 이 부분을 애타게 기다려 왔다. 인간인 나 또한 애타게 기다려 왔다.

천상세계의 나들이를 위하여 나의 육신과 나의 산 영혼은 인황님께서 지시해 주시는 말씀을 듣고자 정신을 가다듬고 의식에 임했다.

천상 자미천궁에서 태상천존 자미천황님을 알현하다.

인황님의 말씀에 따라 천상세계로의 승천 의식이 시작 될 쯤, 한편으론 기쁘기도 하였지만, 이 의식은 현실에서는 불가능 한 일인지라 과연 가능할까? 하는 의문도 가고 의아심도 갔지만 인황님께서 지시해 주시는 대로 가르쳐 주시는 대로 따르기로 하고 천상세계로의 의식은 거행 되었다.

의심의 마음과 나 자신의 생각은 뒤로 하고 오로지 자미천황님을 뵙고자 하는 간절한 마음으로 내 영혼의 귀는 인황님의 지시에 귀를 기울였고, 내 영혼의 눈은 자미천황님을 뵙고자 초롱초롱 해졌다.

들리지도 보이지도 않는 무아지경의 시간이 얼마나 흘렀을까? 자미천황님 전에 예를 올리라는 인황님의 말씀이 귓전에서 들려왔다.

내 영혼은 예의 바르게 자미천황님 전에 큰 절을 올린 후 고개를 숙이고 있었다.

그러자 인황님의 다음 말씀이 이어 지셨다.

"자 이제는 고개를 들어 자미천황님을 알현하시오!"

하시는 말씀이 이어져 고개를 드는 순간 너무 당황스러워 말문이 막히고 숨이 멎어 버릴 것만 같았다.

인간의 상상을 초월한 화려함과 정교함.

끝없이 펼쳐진 궁전의 광대함은 어디가 끝인지 감히 종잡을 수가 없었고 금빛으로 휘황 찬란히 광채가 빛나고 있는 자미천황님의 황금궁전.

너무 눈이 부셔 나도 모르게 눈이 감겼다.

그 후 얼마의 시간이 흘렀을 쯤.

인황님의 다음 말씀에 따라 눈을 지그지 다시 떠 보았다.

금빛의 광채는 조금 전과는 달리 많이 거두어진 상태였다.

다음 순간 그 광채 뒤편으로 누군가의 모습이 흐릿하게 보였다.

순간적으로 "자미천황님" 이라는 느낌이 들었다.

너무 당황스러웠다.

나도 모르게 다시 고개를 숙였다.

고개를 숙인 나의 눈에서 한 줄기 눈물이 흘러내린다.

한 줄기 눈물은 방울이 되어 자미천황님 궁전의 바닥으로 떨어졌다.

짧은 순간 알현한 자미천황님의 모습에 나도 모르게 가슴이 "찡" 함을 느꼈다.

자미천황님의 모습은 분명히 인자하신 모습 이었다.

하지만 인자하신 모습 뒤편으로 왠지 모를 쓸쓸함과 고독함도 보였다.

쓸쓸함과 고독함 뒤편으로 분노에 찬 듯한 모습이 느껴졌다.

자미천황님의 좌우로는 많은 신하들이 즐비하게 도열해 있었다. 경외와 감탄으로 정신을 차릴 수가 없었다.

그 순간 마음으로 한 줄기 깊은 깨달음의 메시지가 왔다.

"광대한 하늘아래 인간은 너무 작은 존재로다."

순간, 사죄의 눈물이 온 몸에서 흘러 내렸다.

지금은 하늘의 뜻을 알고 하늘의 "명" 을 행하고자 최선을 다하고는 있지만 그 동안 인간사를 살면서 하늘의 존재, 신의 존재, 조상님의 존재를 무시한 내 자신이 한없이 부끄럽고 부끄러워 이내 마음을 주체 할 수가 없었다.

내 눈으로 보고 내 귀로 들었듯이 분명히 하늘은 살아 계셨다.

내 눈으로 보고 내 귀로 들어 분명히 확인 했듯이 신들도 살아 계셨다.

내 자신이 스스로에게 말했다.

"하늘아래 너는 죄인이로다."

다음 순간 자미천황님의 신하 분께서 한 말씀하시었다.

"광대한 하늘의 고마움을 몰라보는 너희 모두는 하늘아래 죄인이로다." 하시었다.

이 말씀을 듣는 순간 가슴이 메어졌다.

울먹울먹 하고 있는데, 인황님의 다음 말씀이 이어지셨다.

"자! 이제는 진정하고 위대하신 자미천황님께서 무슨 말씀을 내려 주시는지 신감은 귀를 기울여 보시오." 하시었다.

눈물의 눈으로 고개를 들어 자미천황님을 알현 하였다.

하지만 자미천황님께서는 아무런 말씀도 아무런 표정도 없이 나를 바라만 보고 계시었다.

너무 당황스러웠다.

자미천황님의 심기를 불편하게 해 드린 것은 아닐까?

무슨 실수를 한 것은 아닐까?

짧은 침묵의 이 시간이 무척 길게 느껴졌고 온 몸에서는 진땀이 흘러 내렸다.

간절히 원하고 바랐었다.

한 번만이라도 하늘을 뵙고자.

진정으로 사랑하고 존경했다. 높고 높으신 하늘을.

그 위대하신 자미천황님이 꿈이 아닌 현실로 내 앞에 계시고, 나는 자미천황님 앞에 마주앉아 있건만 내 영혼의 입은 갑자기 벙어리가 되어 그 어떤 아무런 말도 할 수가 없다.

보이지도 들리지도 만질 수도 없는 하늘인지라 그 동안 말도 못하고, 표현도 못하고 혼자서만 벙어리 냉가슴을 앓으며 잃어버린 나의 반쪽을 찾아 눈물의 세월을 보냈고, 마음으로만 그리워하고, 마음으로만 사랑 할 수밖에 없는 현실이 너무 힘들어 하늘을 직접 만나면, 그 동안 하지 못했던 말을 하나도 빠짐없이 다 하고 싶었건만.......

지금 이 순간도 마음으로만 하고 있다.

"자미천황님! 존경 합니다.

자미천황님의 모습을 이론이 아닌 현실로 한 번만이라도, 꼭 한 번만이라도 뵙고 싶어 오랜 세월 자미천황님을 찾아 헤맸었습니다.

저 역시도 자미천황님의 모습은 오늘 처음 뵙지만 저는 자미천황님의 존재를 믿고 싶었습니다.

자미천황님의 존재는 망상이고, 죽은 사후세계에서나 가능한 일이니 정신차리라고 주위에서 많은 충고의 말과 걱정의 말도 해 주었지만 이 미련한 저는 분명히 자미천황님이 계실 것이라 확신했었습니다.

오늘, 위대하신 자미천황님을 이렇게 뵙게 되어 영광입니다."

하고 싶은 말이 너무너무 많은데,

그리고 꼭 해야 되는데.

내 의지와 반대로 행하고 있는 내 자신이 바보 같아 미칠 것만 같았다. 지금 이 소중한 시간을 놓쳐 버리면 이 영광(하늘의 자미천황님을 직접 뵙는)의 시간이 다시는 아니 돌아올까? 걱정이 태산 같았다.

급하고도 답답한 마음을 주채 할 수가 없었다.

이 영광의 순간, 이 감동의 마음을 비록 말로 표현은 할 수 없었지만 감격의 말 대신 영광의 눈물이 두 볼로 아니 온 마음으로 흘러 내렸다.

위대하신 하늘의 말씀, 자미천황님의 말씀이, 자미천황님의 음성이 내 귓전에 들려왔다.

"이제는 눈물을 거두어라.

그대는 비록 나에게 아무런 말도 하지 않았으나 나는 그대의 마음, 침묵 속에 숨은 그대의 진실을 보았느니라.

내 진실이 바로 그러 하였느니라.

진실함이란?

말로 하지 않아도 서로 마음과 마음이 통하여, 너의 마음을 내가 알고, 내 마음을 네가 알고.

네가 나를 보고 너의 입이 움직여지지 아니한 것은 너는 나의 모습을 보기 전에도 내 실체를 이미 알고 있었고, 진실로 나를 갈구 하였기에, 이 상황이 실제상황이라는 것을 알고 있기에, 구태여 나에게 어떠한 질문을 통하여 나를 확인하고자 하는 너의 마음이 없었기에 입이 열리지를 아니하였던 것이다.

많은 사람들과 많은 성직자들이 나의 모습을 보고자 하였고,

실지로 본 사람들도 있었지만 내가 윤허 하지 않음은 지금에 너처럼 모든 것을 믿고 따르는 것이 아니라 이것이 실제상황인지, 내가 진짜인지 확인하고자 쉼 없는 질문들을 감히 나에게 하고 있으니 실로 답답한 일 이었느니라.

인간이 감히 나를 시험하려 하고 나의 존재여부를 가지고 참, 거짓을 인간이 판별하려 하고 있으니 이 얼마나 기가 막힌 일이더냐.

나를 보고 네가 쉼 없는 감동의 눈물을 흘렸듯이 그런 너의 모습에 나도 감동이 이는구나.

나의 모습을 본이는 있으나 나의 진정한 음성을 들은 이는 어느 누구도 없었느니라.

나는 함부로 말하지도 않을 뿐만 아니라, 내 차가운 분노에 찬 마음을 읽는 이도 없었고,

내가 진정으로 원하는 것이 무엇인지를 아는 이 없다 보니 하늘은 말도 없고, 소리도 없고, 고요히 계시기만 한다고 모든 이들이, 모든 성직자들이 나를

벙어리로 만들었느니라.

나는 진실 앞에서만 응답을 하니라.

내가 벙어리였던 것이 아니라 내 진실을, 내 속 마음을 알아주고 나를 감동 시키는 이가 없다 보니 침묵으로 오랜 세월 천상의 업무를 보아 왔느니라.

나의 명 수행자(신감)야!

네가 비록 나의 "명 대행자(인황)"를 통하여 나의 궁전에 들어 왔더라도 모든 이들처럼 이 상황이 진짜인가, 가짜인가 확인하기 위하여 쉼 없는 질문을 나에게 했더라면

모든 이들처럼 너 역시도 나의 음성을 들을 수가 없었을 것이고, 너 역시도 하늘은 말도 없다고 남들과 똑같은 생각을 하고 돌아갔을 것이다.

나의 진정한 마음을 알아준

나의 명 수행자와 나의 명 대행자여!

오랜 세월, 수천 수 만, 수억 년의 세월을 침묵으로 일관 해 오면서 나의 진정한 뜻을 알아주는 참 인물을 내가 기다려 왔느니라.

어느 누구도 나의 마음을 사로잡은 이가 없었고,

나의 침묵을, 나의 고요함을 움직인 이가 없었건만

너희들이 감히 나를 감동 시키다니 참으로 대단하고 고맙구나.

누가 가르쳐 준 이도 없었고, 깨달음을 준 이도 없었는데

천상의 법도와 나에 대한 예의범절을 이렇게 잘 지켜주니 훌륭하도다.

아무도 모르고 있는 천상의 진실을 순서대로 가르쳐 줄 것이니 오늘은 이만 지상에 너의 육신으로 돌아가거라.

대행자와 수행자가 오늘 나에게 보여준 너희의 진실한 마음 참으로 고맙고 훌륭했도다.

백 마디 말보다 너희의 침묵 속에 진실이,

너희의 눈물 속에 진실이 무척 아름다웠도다.

오늘 너희의 모습에 나 역시도 참으로 기쁘고 흐뭇하도다.

고생 많았고 수고 많았느니라.

더 많은 하늘의 진실, 자미천황님의 말씀을 경청하고 싶었지만 오늘은 이만 돌아가라는 자미천황님의 말씀을 듣고 인황님께서 지시하여 주시는 데로 자미천황님 전에 큰 절로 하직 인사를 올렸다.

주의사항- 하늘의 명 대행자, 하늘의 명 수행자라는 호칭은 하늘께서 인황과 신감을 부르실 때만 쓰시는 고유 명칭이기에 일반 독자들은 절대 사용해서는 안 된다.

두 저자를 호칭할 때는 편하게 인황, 신감이라 하면 된다.

태상천존 자미천황님께서 내려 주신 선물

유난히도 맑고 화창한 어느 날의 오후 시간.

내 마음에도 한줄기 밝은 햇살이 빛을 발한다.

그 빛을 따라 나의 인생에도 밝은 빛이 일렁인다.

기쁘고 감사한 마음으로 높고 높은 하늘을 존경의 눈으로 바라보았다.

그 동안 몰랐던 새로운 깨달음의 말씀이 가슴을 울린다.

인황님의 지시에 따라 자미천황님의 알현을 위해 기도에 들어갔다.

천상세계에 도착을 하여 보니 오늘은 첫 알현을 했을 때와는 너무도 반대의 상황 이었다.

처음에는 고요하고 경건한 하늘.

너무 고요해 긴장감이 감도는 하늘이었으나 오늘은, 정확히 뭔지는 몰라도 하늘에 무슨 큰 행사가 있는 것처럼 무척이나 분주하고 바쁜 모습의 하늘 이었다.

인황님과 나는 의아해 어리둥절하였다.

자미천황님 궁전에 도착하여 큰 예를 갖추어 인사를 올리고 자미천황님의 말씀에 귀 기울이고 있었다.

얼마의 시간이 흘렀을까?

자미천황님께서는 한 신하 분께 무엇인가를 주시면서 명을 내리셨다.

그러자 그 신하 분께서는 자미천황님께서 주신 서류 비슷한 봉투를 가지고 내 앞으로 오셨다.

무엇인지 궁금하기도 하고 어떻게 해야 하는지 몰라 어리둥절해 있자, 고개를 들어 받들라는 자미천황님 신하의 음성이 들려왔다.

예를 갖춘 후 정중히 받았다.

받아든 손이 떨렸다. 가슴도 두근두근 떨렸다.

떨리는 가슴으로 조심스럽게 바라보니 겉표지 중앙에 "황명(皇命)" 이라는 금색의 글씨가 씌어져 있었다.

놀란 표정으로 앉아있자,

다음 장을 열어 보라는 자미천황님 신하의 지시가 내려왔다.

자미천황님 신하의 지시대로 다음 장을 열어 보니.

"인황"

"신감" 이라는 글씨가 씌어져 있었다.

당황스런 이 상황 앞에서 어떻게 해야 하는지 몰라 어리둥절하였다. 그 위대한 명(命)을 받은 순간도,

내용을 본 지금도 인황님과 나는 어리둥절하기만 할 뿐이었다.

자미천황님의 말씀은, 너희들이 이렇게 나의 명(命)을 받았듯이 고개를 들어 나의 좌우를 보거라.

나의 좌우에는 헤아릴 수도 없이 많은 신하들이 나의 천상업무를 도와주고 있고, 하늘에는 나 혼자만 있는 것이 아니고 또한 나 혼자서만 천상의 업무를 집행 하는 것이 아니었느니라.

내 천상의 업무를 나 혼자서 집행할 수 없듯이 인황 혼자서 하늘을 알릴 수 없고, 신감 혼자서 하늘을 알리는 역할을 다 해 낼 수가 없느니라.

우선 인황과 신감 둘을 인간 세상에 나의 명으로 파견을 하였고, 그 후에 순서대로 하늘의 자손들인 "천인" 들을 순서대로 인간 몸으로 하강을 명 하신다고 일러 주시었다.

"천인(天人)이란 자미천황님의 귀한 아들딸들이며 우리 인간들은 천인을 신이라 부른다. 무속세계에서 말하는 신과는 완전히 다른 차원의 신이다."

인간이 나의 명을 받는 천인합체의식은 인간 스스로가 하고 싶다하여 나의 명이 내려지는 것이 아니고, 내가 인간을 심판하여 정말로 맑고 깨끗하고 순수한 마음으로 나의 진실을 알려 하는 자, 나를 갈구 하는 자, 한 치의 의심도 사리사욕도 없는 자에게 하늘의 명이 내려진다고 일러 주시었다.

내 궁전의 모든 신하들이 맑고 깨끗하고 순수 하듯이 인간세계의 사람도 그러해야 하늘의 명을 내려주고, 천인합체되는 영광을 누릴 수 있다고 일러 주시면서 그것이 이루어지면 바로 인간세계에서 말하는 도통이고 천통, 신통이라고 하늘의 진실을 가르쳐 주셨다.

나의 명으로 모든 신하들이 움직이고 있듯이 도통, 천통, 신통은 나의 주관인데 인간들 스스로가 이루려고 산속에서, 또는 종교 단체에서, 교회당에서 각자 나름대로 열심히 수행기도 정진들을 하고 있으나 내가 응하지 않음은,

나의 진실은 왜곡 한 채 너희들의 뜻만 이루려 하고 있고, 누가 목소리가 더 큰지 내기라도 하듯이 목청껏 나를 부르고 있으니 참으로 딱한 일 들 아니던가?

선천의 시대에는 악이 선을 이기고, 악이 기승을 부리는 시대였지만 후천의 세계에는 선이 악을 이기는 진정한 선만이 살아남는 그런 무릉도원의 세계를 내가 이 땅에 펼치려 함이니 나를 찬양 하는 자들이여!

나의 진실을 왜곡하여 나를 진노케 하지 말 것이며 나의 노여움을 사지 말지어다.

자미천황님의 말씀이 이어지는 순간, 정말 긴장되는 시간이었고 놀라움의 시간, 교훈의 시간이었다.

처음에 알현을 하였을 때는 무표정이라 하나도 무섭지가 아니 하였으나 지금에 자미천황님의 분노에 찬 음성은 너무 무서우면서도 분노 속에 숨은 쓸쓸함과

외로움, 우리 인간사로 보내시는 자미천황님의 뜻이 무엇인지를 알다 보니,

이 저자 마음이 아프게 저미어 왔고, 자미천황님의 뜻을 이 한 몸 불태워서라도 이루어 드리자고 인황님과 나는 또 다시 마음을 굳게 먹었고, 자미천황님의 분노에 찬 음성에 인황님과 나의 가슴은 아파 서로 울고 말았다.

위대하신 하늘!

자미천황님의 분노가 없어지는 그 날까지.

또한 우리 산 영혼이 다 하는 그 날까지.........

자미천황님의 진정한 뜻을 이 땅의 모든 국민들에게,

하늘을 믿고 따르는 성직자들에게,

자미천황님의 진정한 바람을 알려 주고자 최선을 다 하리라 하는 굳은 결의가 마음 깊은 곳에서 용솟음침을 느낀다.

자미천황님께서는 인황님과 나의 결의의 마음을 읽으시고,

"그러기에 나의 대행자 인황이고, 나의 수행자 신감 이니라" 하시면서 미소를 지어 주신 후

"천상세계의 공부는 지금부터 시작 되었느니라" 하시는 말씀을 하신 후, 오늘은 이만 산 육신의 몸으로 돌아가라는 말씀을 남겨 주시었다.

또 다시 인황님의 지시에 따라 나의 산 영혼은 지상에 있는 육신의 몸과 한 몸이 되었다.

그러나 나의 몸에 새로운 변화가 일어났다.

내 육신의 몸이 지상이 아닌, 천상세계에 있는 듯한 느낌이다.

내 눈 앞에 펼쳐진 모든 것이 아름답고 새롭다.

처음 인간사에 태어난 아이처럼 모든 것에 감사하고 황홀 할 따름이다.

이 느낌은 7년이 지난 지금도 지속되고 있고, 나의 인생도 나의 삶도 인간사가 아닌 천상세계를 살고 있는 신선처럼, 육신의 아픔과 고통, 인생사의 어떠한

근심걱정도 없는 평화롭고 고요한 천상세계의 삶이다.

난 인황님의 능력으로 천상세계를 다녀왔을 뿐인데, 나의 삶. 그 자체가 천상세계가 되었다.

그 후에도 인황님의 도움으로 천상세계 나들이 외출은 계속 진행 되었고 지금도 인황님의 "지시" 만 내려지면 나의 산 영혼은 천상세계와 지옥세계 그 어느 곳을 막론하고 자유자재로 내왕을 하고 있다.

천상세계 나들이를 통하여 하늘의 숨은 진실과 자미천황님의 깊은 뜻을 하나 둘 알 수 있었고, 지금은 만 사람들에게 이 한 권의 책으로 하늘의 진실, 신의 진실, 조상님의 진실세계를 전할 수 있으니 이 얼마나 영광이냐?

이 과정을 통하여 인황님의 숨은 존재, 숨은 능력에 대해서도 하나 둘 알게 되었다.

철두철미하신 천상천감님과 천상도감님, 감찰신명님께서 왜 인황님만 보면 기뻐하고 반가워하였는지도 알게 되었다.

이 저자는 인황님을 인연으로 하늘의 천지인 창조주이신 태상천존 자미천황님, 자미황후님을 알현 할 수 있었고, 자미천황님의 말씀과 자미천황님의 용안을 뵐 수 있었다.

천상에는 태상천존 자미천황님, 자미황후님이 계시고, 지상에는 인황님이 계시고, 나의 몸에는 천상천감님이 계시니 이제는 인생사 살아가면서 어떠한 근심도 걱정도 없다.

인황님께 나의 소원을 말씀드리면, 인황님께서 자미천황님께 나의 소원을 천고 하여 주시니,

나 하나의 개인적인 소원을 하늘과 땅이 들으시고 만생만물을 통하여 나의 소원을 이루어 주시니 이곳이 바로 무릉도원의 세계가 아니던가?

나의 산 영혼을 그 고귀하고 높으신 하늘의 천상세계로 승천 할 수 있도록

인도해 주시고 허락해 주신 자미천황님, 인황님, 천상천감님, 천상도감님, 감찰 신명님 정말로 감사하고 고맙습니다.

하늘의 고귀하신 명은 지금 이 시간에도 지상의 자손에게 내려지고 있건만, 하늘이 인류에게 내린 命(명)은 너무도 존귀하고 장엄하여 알아듣는 이 없도다.

하늘에서는 오늘도 소리 없는 깨달음을 주시고 하늘의 진정한 뜻을 일러 주신다.

고요함 속에 숨은 진실을 볼 것이며
침묵 속에 숨은 진정한 의미를 알라.
보이는 것을 믿으려 하지 말 것이며
들리는 것을 진실 되다 하지 마라.

때로는 보이고 들리는 것이 진짜인 것 같겠지만, 사람의 입을 통해서 나오는 말들.

진실만을 말 하는 자, 과연 몇 명이나 있고
이 수많은 언어 속에서 진실을 알아내는 자 몇 이나 있던가?
인간사의 모든 풍파들.
너희들이 자초한 고통과 아픔 아니던가?
너희들이 상대의 말들을 진실로 믿고
행하다 보니 배신으로 인한 마음의 상처
정신적, 육체적 고통, 금전의 고통,
누구를 원망 하지도 말 것이며
누구의 탓으로 돌리지도 말 지어다.
진실의 소리를 듣지 못한 그대들의 실수이고
하늘의 진실한 소리에 귀 기울이지 못한
그대들에 대한 나의 분노이고

하늘인 나를 믿지 못하고 나를 없다한
그대들의 실수에 대한 나의 답변 이었으니
인간사 누구를 원망하고 누구 탓을 하기 이전에
그대들은 하늘인 나를 우러러
정녕코 떳떳하던가?
내가 말이 없고 음성이 없다 하여
그대들의 마음도 그대들의 진실도 모르는
눈 뜬 장님인 줄 알았던가?
허~ 허, 참으로 애석 하고도 답답하도다.
나는 너희들의 일거수일투족 모두를 알고 있고
숨은 너희들의 마음까지도 모두 알고 있건만
인간의 눈은 아름다움으로 속이고
인간의 귀는 아름다운 언어로
잠시잠깐 현혹시켜 속였을지 모르나
나를 감히 현혹시켜
말이 없는 나의 입을 열게 할 하늘제자 과연 누구이고
나를 감히 감동시켜
나의 음성을 듣는, 이 영광을 누릴 하늘제자 과연 누구란 말인가?
너희들이 흔히들 말하듯이 인간은 누구나 다 잘 났도다.
너희 인간들을 내가 미완성이 아닌
완성의 단계에서 인간사로 보낸 그 뜻이
나의 뜻이었고 나의 창조였건만
이 깊은 뜻을 알아 나를 진실로
찬양하는 이 과연 몇이고

이 고마움의 실체를 알아 진실로
예의를 갖춘 자 몇이던가?
너희들이 정해놓고 너희들이 행하는 데로
감히 나에게 따르라 하고 있으니
내가 너희들로 하여금 이맛살이 편할 날이 없고
내가 너희들로 하여금 마음 편할 날이 없도다.
나를 부르고 찬양하는 수많은 성직자와 백성들이여!
내가 그대들의 기도에 응하지 않음을 아직도 모르고
있더란 말이던가?
내 친히
나의 명 대행자로 인황과
나의 명 수행자로 신감을 이 땅으로 내려 보내니
너희들이 감히 진짜니 가짜니 운운하지 말고
진실로 나의 음성을 듣고자 하고
진실로 나의 뜻을 알고자 하거든
나(하늘)에게 예의를 갖추고 정중히 찾아와
인황과 신감을 통하여
나의 뜻을 알지어다.
이것이 내가 인류에게 내리는 명이며 이것이 바로 나의 원 뜻 이니라.

하늘의 말씀, 하늘의 뜻, 많은 것을 알고 나니 기쁨 보다는 앞으로 이 많은 사실들을 세상에 알려야 한다는 사실과 자미천황님의 뜻을 정확히 전달 할 수 있을지 많은 고민이 되었다.

태상천존 자미천황님의 화신 인황님!

인황님을 통하여 하늘의 공부, 신의 공부, 조상님의 세계 공부는 계속 되었다.

하루는 인황님께서 전화를 하셨다.

오늘 중요한 손님의 방문이 있으니, 급히 오라는 말씀이셨다.

잠시 망설였다.

2일 전부터 장대비가 앞이 안 보일정도로 쏟아지고 있어,

지금 이 상황에서 밖에 외출은 망설여 질 수밖에 없었다.

인황님께서는 내 마음을 눈치 채셨는지, 한 말씀 하셨다.

"네가 지금 걱정하고 있는 부분이 해결되면 올 수 있나?" 하시는 말씀 이셨다.

난, 인황님의 말씀에 조금 어안이 벙벙하여,

"제가 지금 망설이고 있는 이유가 뭔지 아세요?

그리고 아신 다 해도 제 고민을 어떻게 해결 해 주신다는 거죠?" 하고 여쭤 보았다.

그러자 인황님 말씀이,

"지금 하늘에서 내리는 장대비 때문에 귀찮아서 그러는 것 아닌가?

그 부분을 해결 해 주면, 되겠느냐고?" 하시었다.

난, 인황님의 말씀을 듣고 한편으론 기가 막혔다.

"그 부분이 해결되면 갈게요. 그런데 뭘 어떻게 하실 건데요?" 하고 한 말씀 드렸다.

인황님께서는,

"그럼, 얼른 준비하고 밖으로 나와.

네가 준비를 하고 밖에 나오면 장대비는 멈출 거니깐." 하시는 것이었다.

기가 막혔다. 앞이 안 보일정도로, 흔한 말로 억 수로 내리고 있는 이 장대비가 도대체 어떻게 멈춘단 말인가?

인황님의 말씀에 안 간다 할 수도 없고, 억지로,

"예, 알았어요. 준비하고 갈게요." 하고 수화기를 내려놓았다.

"네가 준비하고 밖에 나오면 장대비는 멈출 거야."라고 하신 인황님의 말씀은 지금 상황에서는 도저히 있을 수 없는 일인지라 인황님의 말씀은 무시를 한 채, 억지로 준비를 하고 무거운 발걸음을 옮겼다. 우산을 들고 계단을 하나 둘 내려와 마지막 계단이 끝나 현관문을 여는 순간.

이적, 기적이 일어났다.

세상에 이럴 수가!

정말로 장대비가 멈추었다.

너무 신기하고 기가 막혔다.

하늘의 이적, 기적의 조화 앞에서 나는 속으로 생각했다.

"오늘의 이 일은 인황님의 능력이 아닌, 우연의 일치야."라고.

택시를 타고 인황님의 신전에 도착을 하자,

장대비는 또 다시 쏟아지기 시작했다.

난 속으로 중얼 거렸다.

"이건 또 뭐야! 아니, 어떻게 이런 일이 있을 수 있지?

이걸 우연의 일치라고 해야 하는 거야? 아니면, 정말 인황님의 능력이라고 인정해야 하는 거야?" 하면서 난 나의 생각으로 정신이 하나도 없었다.

내가 인황님의 신전으로 오는 동안, 인황님의 말씀대로 장대비는 멈추었고,

도착을 한 지금은, 다시 내리고 있고.

장대비를 멈추게 한 것이 더 신기한 일인지?

다시 내리기 시작 한 장대비가 더 신기한 일인지?

정말 자미천황님의 기적, 이적과 인황님의 기적, 이적은 오늘도 나를 또 다시 한 번 놀라게 만들었고, 그 후에도 자미천황님과 인황님의 날씨의 조화는 수도 없이 현실에서 일어났다.

또 한 번은 인황님께서 신전 이사를 할 때의 일이었다.

이사하기 2-3일전부터 일기예보에서는 인황님께서 이사를 하기로 한 날,

천둥 번개를 동반한 많은 비가 내리니 각별히 조심하라는 얘기가 뉴스 이곳 저곳에서 흘러나오고 있었다.

인황님의 이삿짐 싸는 것을 도와주고 있던 나는 그 뉴스를 보고 인황님께 한 말씀 드렸다.

"인황님! 이사 날짜를 옮기셔야 하겠어요. 적은비도 아니고 많은 비가 내린다고 하니, 포장 이사를 한다 해도, 이사 짐들이 비에 다 젖겠어요. 화창한 날로 다시 이사 날짜를 옮겨요." 하고 한 말씀드리자, 인황님께서 하신 말씀은,

"자미천황님의 기적, 이적을 한두 번 경험한 것도 아니고, 인황이 이사를 하는 날인데, 자미천황님의 천지조화 능력으로 비를 막아 주시겠지, 어찌 비를 뿌려 이사를 못 하게 하시겠나?

난 자미천황님의 천지조화 능력을 믿어 의심치 않아.

이사 하는 날, 기상청에서 일기 예보한 저들의 말처럼 비가 내리나, 내 말처럼 자미천황님의 천지조화 능력으로 비가 안 내리나 어디 한 번 지켜보게나." 하시는 말씀을 하셨다.

난 인황님의 말씀을 듣고, 속으로 생각했다.

"이번에는 맞을 수 없을 것 같은데!

저러다가 낭패 보시지 말고 차라리 날짜를 옮기시지." 하고 혼자 생각했다.

하지만 난 인황님께 내 의견을 더 이상 말하지 않았다.

인황님은 분명히 "자미천황님의 천지조화 능력으로 비가 안 내릴 것이라고 100% 장담하고 있었고,

난, 나대로 그 날은 비가 100% 내릴 것이라고 생각 했기에, 둘이 더 이상 이 문제를 가지고 왈가왈부 할 필요가 없었다.

저녁 늦은 시간까지 이사 짐 싸는 것을 도와 드린 후 집으로 돌아왔다.

남편은 수고했다고 한 마디 하면서, 이사 날짜를 옮겼냐고 나에게 물어왔고, 나는 낮에 인황님과 있었던 일을 남편에게 얘기해 주었다.

남편 역시도 근심스러운 얼굴로,

"그 날은 비가 100% 올 것 같은데. 차라리 이사 날짜를 옮기시지?" 하면서 낮에 내가 했던 말과 똑같은 말을 했다.

인황님께서 이사하기로 한, 전 날 늦은 밤의 시간.

하늘에서는 번쩍번쩍 하면서 번개와 함께, 우르릉 쾅쾅 천둥이 치기 시작하였고 기상청의 일기 예보처럼 폭우가 쏟아지는 현실로 진행되었다.

뉴스를 틀어보니 여러 방송에서 경보와 함께 조심하라는 당부의 말을 계속 전해 주고 있었다.

인황님께 한 통의 전화를 했다.

"비가 내리기 시작해요."

그러자 인황님의 말씀이,

"상관없어." 하시면서,

"내일 예정대로 이사는 진행 될 것이니깐, 날씨 걱정하지 말고, 일찍 쉬고 일찍 이사 도와주러 와야지?" 하시는 것이었다.

전화기를 내려놓는 나의 마음에 짜증이 밀려왔다.

"아니, 지금 이렇게 비가 퍼붓듯 내리기 시작하고 일기예보대로 진행되고 있는데, 내일 이사는 무슨 이사를 하신다고 저러시는 거야. 참으로 답답해 죽겠네." 하면서 혼자 중얼거린 후,

"에라, 모르겠다. 내일까지 분명히 비가 많이 내려 이사를 못 할 것이 분명하니, 늦게까지 그 동안 밀린 잠이나 오랜만에 자야지." 하면서 잠자리에 들었다.

아침 시간.

전화벨 소리에 깊은 잠에서 깨어나,

"여보세요." 하면서 전화를 받아보니, 인황님 이셨다.

"이사 짐 차는 다 도착 하였는데, 왜 안 와?" 하시는 인황님의 말씀 이셨다.

나는 깜짝 놀라,

"비, 비는 어떻게 되었어요." 하면서 밖을 내다보았다.

밖은 그야말로 햇빛이 쨍쨍한 화창한 날씨였다.

말문이 막혀 말이 제대로 나오질 않았다.

금방 출발하겠다고 말씀을 드린 후, 전화를 끊고 텔레비전을 틀어 보았다. 기상청의 예고와 엇갈린 하늘의 기상이변으로 그들 나름대로 날씨의 변화에 대하여 설명은 하고 있었지만 그들 역시도 갑작스런 하늘의 신비한 변화에 당황스러워 하는 표정들이다.

인황님께 가는 시간.

혼자 많은 생각을 했다.

그리고 오늘의 이변에 다시 한 번 놀라웠다.

인간들 눈에는 보이지 않지만 무소불위하신 자미천황님의 능력.

신비한 천지 풍운조화를 부리시는 인황님의 능력.

인황님을 통하여 보여주시는 자미천황님의 대 능력.

정말, 존경과 놀라움의 세계였다.

인황님께 도착을 하니, 인황님께서 한 말씀 하셨다.

"이제는 자미천황님과 나 인황의 존재를 알겠나?" 하시었다.

난,

"예" 하고 대답 하였다.

나의 이 "예" 라는 대답은 진심이었다.

그리고 혼자 중얼 거렸다.

"오늘날에 인황님을 통하여 보여주신 자미천황님의 이 놀라운 기적, 이적 제가 죽는 그 날까지 절대로 잊지 않겠습니다. 그리고 자미천황님! 진심으로 존경합니다." 라는 내 마음을 하늘에 계신 자미천황님을 향하여 마음 가득히 보낸다.

자미천황님의 대 이적과 기적, 인황님의 대 이적과 기적은 날씨만이 아닌, 우리 인생사와도 연결이 되어, 날씨의 천지조화를 내려 주셨듯이 우리 인생사의 작고 큰 고통과 우환의 앞에서도 자미천황님께서는 이적, 기적의 능력을 보여 주시어 그들의 뜻을 이루어 주시는 대 이적을 수시로 행해 주고 계신다.

●● 제 7부

인간, 조상, 영혼, 신들의 천지개벽

좋은 곳으로 가세요, 조상님들 울화통이 터져

구천세계를 방황하며 슬피 울던 각자의 조상님들이 하늘에 재탄생 하는 영광을 누릴 수 있다면 얼마나 기쁠까?

조상님 입천제 의식은 조상님들이 자미천황님께 구원 받고자 살아있는 자손의 몸을 빌려 올리는 의식이다.

살아있는 자손들이 참석하여 의식을 행하기에 얼핏 보면 살아있는 자손들이 행하는 의식 같지만 사실은 그렇지가 않다.

육신을 잃은 조상님 스스로는 구원해 달라고 하늘께 말을 할 수가 없어 육신이 살아있는 자손의 몸으로 조상님들이 들어가 자손과 함께 구원받고자 하늘에 올리는 의식이다.

이제까지 일반적 상식으로는 자손이 조상님을 구원해 주는 것으로 알고 있었을지 모르지만 사실은 그렇지가 않다.

조상님 입천제 의식을 행하는 날 감찰신명님, 천상천감님, 천상도감님께서 하강 강림하시여 조상님들을 천상 자미천궁으로 인도하여 올라가신다.

절이나 무당집에서 천도재나 굿을 할 때 흔히 "조상님 좋은 곳으로 가세요." 라고 말들을 하는데, 이 말을 듣는 각자의 조상님들 속이 터진다 한다.

어느 세계가 좋은 세계인지 몰라 그곳 찾아 달라고 왔건만,

"좋은 곳으로 가세요." 하니 속이 터지기는 매 마찬가지라고 그 동안의 서러움을 털어 놓는 조상님들 많이 있었다.

죽으면 갓난아기가 되기에 조상님들은 사후 세상에 대하여 아무것도 모른다.

갓난아이에게 돈을 쥐어주며 미국 가면 아주 살기 좋으니 그곳으로 가라고 말한다면 아이 혼자 어떻게 머나먼 미국 땅으로 들어가겠는가.

비자도 발급 받아야 하고, 항공사에 가서 비행기 표도 구입해야 하고, 미국이 어디 있는지도 알아야 하고, 미국 가는 비행기는 어디 가서 언제 타야하는지도 알아야 하고,

미국 공항에 도착해서 입국심사는 어떻게 통과할 것이며, 어디 가서 어떻게 살아가야 하는지 막막할 것이다.

이렇게 갓난아기와 같이 아무것도 모르는 조상님들을 어디로 보내고 있는가?

참으로 기가 막힌다.

산 자손 속이고 조상님 잡는 행위가 기도, 미사, 예배, 치성, 굿, 천도재이다.

그들이 지은 죄는 어떻게 할 것인가?

한 가정집을 방문해도 주인의 허락이 있어야 들어가거늘 하물며 우주의 주인이 계시는 무릉도원 천상 자미천궁에 자미천황님의 허락도 받지 않고 죄 많은 조상님들이 마음대로 아무 때나 들어 갈 수 있겠는가?

자미국에서

태상천존 자미천황님, 자미황후님의 허락을 받아 행하는 조상님 입천제 의식은 이제까지 사찰이나 무속, 도교 등에서 행했던 그런 단순한 재가 아니다.

이 글을 읽는 독자들 중에는 조상님 천도와 굿을 해 본 경험이 있는 사람들 많이 있을 것이다.

천도와 굿을 행한 뒤 달라진 것이 있던가?

천도와 굿은 매년 해야 하고, 기본이 세 번은 행해야 한단다.

망자 하나를 천도하는데 왜? 무엇 때문에? 세 번씩이나 반복해서 해야 한단 말인가?

어디 그뿐이랴.

사람이 죽은 뒤에 지내는 사십구재는 49일 동안 일곱 번 재를 올려야 한단다. 함께 살던 가족이 이 세상을 떠나 슬프기도 하고, 가슴이 아파 살아있는 자손들은 정신이 하나도 없는데 49일 동안 일곱 번이나 재를 올려야 한다니 생사람 잡는 재 아니던가?

여러분들은 절에서 행하는 이 방법에 대하여 어떻게 생각들을 하시는가?

절에서 조상 천도를 위하여 반복해서 천도를 지냄의 결론은 절의 승려들도 각자의 "조상님들이 천도가 되었는지 안 되었는지 잘 모르겠다." 는 그들의 대답과 진배없는 얘기이다.

의례적으로, 이론적으로, 형식적으로, 습관적으로 행하고 있다는 뜻이다.

속 터지는 조상님들의 원과 한이 그들의 눈에 진정으로 보인다면 이렇게 하지는 못 할 것이다.

어차피 유가족들의 눈에도 조상이라고 하는 부분이 보이지도 들리지도 않아 유가족들 어느 누구도 천도의 진실 여부를 알 수 없으니 재에만 치중하는 것이다.

재를 지내주는 당사자, 재를 의뢰한 유가족.

둘 다 조상님 세계가 안 보이고 안 들려 조상님들에 대하여 모르기는 마찬가지이니 형식적으로 재(염불)에만 치중하는 것이다.

재가 시작되어 재가 끝날 때까지 유가족들은 "조상님 좋은 곳으로 가세요." 라고 앵무새처럼 똑같은 말을 반복하느라 정신이 없다.

승려들이나 제자들은 재가 끝나고 나면

"조상님들 모두 좋은 곳으로 잘 올라 가셨습니다." 라고 유가족들에게 일상적인 말을 한다.

재에 참가하였던 조상님들,

승려들의 이 말을 듣는 순간 조상님들 울화통이 터져 승려들에게 한 마디 한다.

"이보시오 승려 양반!

우리가 가긴 어딜 가?

우리는 여기에 그대로 있는데........

극락세계 가는 길을 알아야 가지?

누가 데리고 가야 따라 갈 것 아닌가?

염불만 하지 말고 극락세계 가는 길 좀 가르쳐 줘봐!

극락세계가 진짜 좋은지 가짜로 좋은지 나도 좀 가보게!

그리고 수많은 내 선대조상님들은 어째서 하나도 안 보여!"

하면서,

수많은 조상님들은 말들을 하지만, 승려들의 귀와 산 자손들의 귀에는 조상님들 절규의 말이 들리지를 않으니, 조상님들 더 답답하여 천도재 이후 머나 먼 하늘을 바라보고 구원받지 못한 자신의 신세를 한탄하며 하염없는 눈물을 흘리고 있네.

자손과 조상님 모두가 속았지만 달리 방법이 없으니 마음으로만 위안을 삼을 뿐 달리 방법이 없다. 조상님 구원하는 의식은 하늘의 허락이 있어야 가능한 의식이다.

이 사실을 모르는 종교의 지도자들은 하늘의 허락도 받지 않은 채 자신들이 자신들 마음대로 상 차린 후 조상님 제를 올리고 있다.

설사 조상님들이,

우여곡절 끝에 극락세계, 천국세계 올라갔다할지라도 헤아릴 수 없이 오랜 세월동안 참회하고 회개하며 밤낮으로 죄를 빌고 찬양하며 지긋지긋한 공부를 해서 어려운 시험을 통과한 조상님들만 자미천황님께 구원 받을 수 있게 된다.

조상님 입천제 의식은 천도, 굿과 달라 일평생 단 한 번만 올리는 의식이다.

본인과 배우자의 직계로 당대조상님부터 시조조상님까지 모두를 천상 자미천궁으로 탄생시켜 드리는 위대한 의식이다. 양쪽 외가는 당대 조상님만 해당된다.

입천제를 행하고 나면 조상님이었던 각자의 조상님들이 천상 자미천궁에 새로 탄생하게 되기에 조상님이 아니라 자미천황님의 자손신분이 주어진다.

하늘의 백성. 동화 속에나 나올법한 꿈만 같은 일이지만 지상 자미국과 천상 자미천궁에서 실제 현실로 이루어지고 있다.

조상님이란 존재가 사라지니 조상님을 위한 제사, 명절차례 같은 것은 허례허식이 되어 버린다. 조상님 산소도 존재할 의미가 없으니 당연히 성묘의 의미도 없게 된다.

조상님이 무릉도원 천상 자미천궁으로 탄생하면 조상님 산소에는 조상님들이 계시지 않기에 조상님들의 산소는 빈 집이 된다.

빈 집이 되었기에 구천을 떠돌고 있는 산소 없는 다른 조상님이 들어와 살게 된다. 인간사회도 빈 집이 있으면 먼저 차지한 사람이 주인이 되질 않던가?

입천제 의식은 조상님이라는 춥고 배고픈 조상님의 옷을 벗는 의식으로서 어느 조상님들이나 자손들 몸을 빌려 꼭 행하여야 할 중요한 의식이다.

자미천황님의 자손, 하늘의 백성으로 태어날 수 있는 영광의 일이다.

조상님들이 천상 자미천궁에서 신선으로 태어나는 특권을 지닐 수 있는 사상 최초의 고차원적 조상님 구원(탄생) 의식이다.

무릉도원 천상 자미천궁에서 하늘의 자손으로 탄생되어 자미천황님의 자손으로 탄생하고 싶은 조상님들은 자손을 데리고 자미국으로 함께 방문하시어

인황, 신감과 친견 후 천상 자미천궁 입천제를 선택하여 결정하시기 바란다.

그런 세상이 어디 있어요? 믿지 마, 믿지 마!

육신을 지니고 태어난 우리 인간 모두는 언젠가는 인간 육신의 옷을 벗고 다음 세상인 사후세상으로 가야 한다.

사랑하는 자신의 모든 것들을 이 세상에 남긴 채 다음세상으로 혼자 정처 없이 돌아가야 함. 영혼들에게는 참 막막하고 슬픈 일이다.

인간 육신의 죽음?

영혼이 자신의 집을 잃었다는 뜻이다.

인간 육신의 몸 안에는 영혼들이 있다.

인간 육신과 영혼이 함께 함! 이것을 우리 인간들은 삶, 인생이라 한다. 그러나 죽음은 인간의 육신과 영혼이 분리됨을 말한다.

인간이 죽으면 가족들은 장례식장에서 떠나간 가족을 그리워하며 많은 눈물을 흘린다.

장례식장에서의 눈물!

물론 사랑하는 가족을 머나먼 길로 떠나보낸 유가족들의 눈물일 수도 있겠지만 하늘, 태상천존 자미천황님, 자미황후님의 말씀을 통하여 새로운 진실이 밝혀졌다.

장례식장에서의 눈물은 살아있는 유가족들의 눈물이 아닌 인간 육신의 집을 잃은 영혼의 눈물임을 가르쳐주셨다. 인간 육신이 죽으면 영혼들은 자신의 집을 잃게 된다.

자신의 집을 잃은 영혼들!

얼마나 슬프겠는가?

육신이 살아 있을 때는 육신의 귀함을 몰라보고 명예, 재물, 성공이 최고인 줄 알고 인생을 살았지만 육신이 죽어지니 그 모든 것들은 육신을 잃은 영혼들에게는 그림에 떡이더라.

뒤늦게야 자신이 육신을 지니고 살아왔던 세월을 후회하고 반성해 보지만 그 모든 것들이 무슨 소용이랴?

자신 육신의 집을 잃은 영혼들 괴로워하며 한없는 슬픔에 잠기어 통곡을 한다. 육신을 잃은 영혼 당사자가 슬퍼하면 슬퍼할수록 유가족들도 이 영혼의 메시지 따라 많은 눈물을 흘리게 된다고 가르쳐 주셨다.

자신의 영원한 집인 육신을 잃은 죽음 앞에, 영혼들은 자신이 살았을 때 자신들이 지녔던 부귀영화, 권력, 재물 이 모든 것들 다 필요 없다 하면서 제발 하늘이 계시다면 다시 한 번만 더 자신들에게 자신들이 머물 수 있는 집을 달라고 애원을 하며 하염없는 눈물을 흘린다.

장례식장에서의 유가족들의 멈출 줄 모르는 눈물.

살아있는 자신들의 눈물이 아닌 바로 육신을 잃은 자신 가족 영혼의 눈물이다.

태상천존 자미천황님, 자미황후님께서는 이들의 눈물에 안타까워하시며

"다시 한 번만 더 자신들에게 자신들이 머물 수 있는 집을 달라고" 애원을 하는 육신의 집을 잃은 영혼들에게 값진 기회를 주시고자, 육신의 집을 잃어

슬피 울고 있는 불쌍하고 가련한 조상 영혼들에게 그들이 편안하고 영원히 머물 수 있는 집(천상 자미천궁)을 주시고자 태상천존 자미천황님, 자미황후님께서는 조상님 입천제를 이 땅에 선사 하시게 되었다.

또한 육신을 잃은 영혼들 스스로는 이 멀고도 먼 무릉도원 천상 자미천궁이 어디인지 몰라 스스로 깨달아 천상 자미천궁에 도착을 하려면

수 억 만년의 세월이 걸린다는 것을 아신 태상천존 자미천황님, 자미황후님께서는 천상 자미천궁의 길을 아는 감찰신명님, 천상천감님, 천상도감님을

이 땅으로 하강 강림하게 하심으로서 그 영혼들을 조상님 입천제를 통하여 천상 자미천궁에서 영원히 죽지 않고 살 수 있도록 천손으로 탄생시켜 주라고 사랑의 명을 내리셨다.

태상천존 자미천황님, 자미황후님의 영혼(조상님)사랑의 명을 받으신 감찰신명님, 천상천감님, 천상도감님께서는 이 땅으로 하강 강림하시어 육신의 집을 잃어 슬피 울고 있는 영혼들에게 영원히 죽지 않는 하늘의 천상 자미천궁으로 인도하여 주시고자 불철주야 고생이 이만저만이 아니시다.

인간, 영혼 모두를 사랑하시는 태상천존 자미천황님, 자미황후님 사랑의 마음 정말 너무 감사 할 따름이다.

또한 선택 받은 영혼들 모두를 조상님 입천제를 통하여 머나 먼 천상 자미천궁으로 인도해 주시는 감찰신명님, 천상천감님, 천상도감님께 우리 모두는 감사함의 마음을 가져야 한다.

감찰신명님, 천상천감님, 천상도감님께서 전해주신 말씀이다.

태상천존 자미천황님, 자미황후님의 명을 받아 이 땅으로 영혼들을 구원하고자 강림해 영혼들의 모습을 지켜보자니,

거의 대부분 영혼들이 종교에 빠져,

어떤 이는 끝도 없는 참회를 올리고 있고,

어떤 이는 끝도 없는 찬양과 구원을 외치고 있고,

어떤 이는 밤낮으로 수행정진을 하고 있고,

어떤 이는 산 속에서 끝도 없는 기도를 올리고 있고.

육신의 집을 잃은 모든 영혼들,

제 나름대로 자신의 집을 얻고자 포기하지 않고 최선의 노력을 하고들 있다

고 전해 주시었다.

이들 영혼의 모습을 지켜보신 감찰신명님, 천상천감님, 천상도감님께서 영혼들에게 한 말씀하시었다.

"조상 영혼들아!

이제 종교의 시대는 끝났으니 석가, 예수, 상제, 마리아의 굴레에서 벗어나 천궁의 빛이 내리는 자미국으로 자손들과 함께 들어와 조상님 영혼을 위한 입천제 의식에 참가하여 그대들의 영원한 보금자리가 마련되어 있는 천상 자미천궁으로 갈 준비하자.

자 다들 일어나." 라고 말씀 하시자,

감찰신명님의 말씀을 들은 영혼들의 대답,

"그런 세상이 어디 있어요? 믿지 마, 믿지 마. 사이비야!

진정 하늘에서 왔으면 진정으로 하늘에서 왔다는 증표 좀 보여줘 봐요." 하는 영혼 등 모두가 제 각각이라고 하시었다.

또 어떤 영혼은

"우리는 너무도 많이 속고 속아서 이제는 세상 그 어떤 하늘도 안 믿어요." 하면서 자신들이 그 동안 아팠던 마음을 폭발하는 영혼.

사람의 성격, 사람의 살아가는 모습.

모두가 다 다르듯, 영혼들의 성격, 영혼들의 살아가는 모습 또한 모두가 제 각각이었다고 전해 주시었다.

울분에 차 있는 영혼, 슬픔에 잠기어 있는 영혼, 외로움에 몸부림치는 영혼, 끝없는 눈물을 흘리고 있는 영혼, 진실을 외치는 영혼, 못된 짓만 일삼고 있는 영혼.........

감찰신명님, 천상천감님, 천상도감님께서는 영혼들의 하소연, 영혼들 부정의 마음과 부정의 말에 귀찮아하지 않으시며 그들의 하소연과 그들의 아픔을

함께 나누시며,

그들의 마음을 이해시켜주시고자 자미국에서 출간 된 책도 그 영혼들에게 읽어도 주시고, 책의 내용을 이해도 시켜 주시어 그들의 마음을 편하게 해 주신 뒤,

살아있는 그 영혼들 자손들에게도 찾아가 자미국에서 출간 된 책을 그 자손들이 보게 하신 뒤, 그 살아있는 자손과, 그 자손의 조상님 손을 잡고 자미국으로 인도하시어 조상님 입천제를 통하여

그 조상 영혼들을 태상천존 자미천황님, 자미황후님께서 기다리시는 머나먼 천상 자미천궁으로 인도하시어 조상 영혼들의 소원을 입천제를 통하여 이루어주고 있다고 전해 주시었다.

각자의 조상님들이

천상 자미천궁에 다시 태어나 밝은 웃음 짓기 전까지 이 땅의 산 자손들은 조상님들의 슬프고 아픈 기운 따라 함께 인생이 슬프고 아플 수밖에 없다고,

전해 주시면서 각자 조상님이 행복해야 이 땅의 자손들도 행복해 질 수 있고, 조상님들의 영혼을 조상님 입천제를 통하여 구원해야 함은 모든 자손들의 자식 된 기본 도리이고, 근본 도리라고 전하여 주시었다.

조상님 영혼들이 천상 자미천궁에 다시 탄생하여 밝게 웃을 때,

이 땅의 자손, 가정, 기업, 나라 모두가 밝게 웃을 수 있는 행복의 날이 오게 된다고 가르쳐 주시었다.

태상천존 자미천황님, 자미황후님의 명으로 조상님 입천제를 행한 후 나는 누구인가? 자신 영혼의 존재를 밝히고 인간, 영혼이 태상천존 자미천황님, 자미황후님의 사랑과 보호를 받을 수 있는 천인합체의식을 행하면 된다고 전해 주시었다.

하늘께서 내려 주신 조상님 벼슬입천제

조상님 벼슬 입천제란!

존귀하신 태상천존 자미천황님, 자미황후님께서 조상님들 입천제 때 조상님들에게 하늘의 벼슬을 하사하여 주시는 고차원적 의식이다.

하늘의 벼슬이란 인간세계로 비유하자면 신분이 높은 정부의 고급 관리이다.

하늘로부터 선택받은 조상님들이 천상궁전 자미천궁에 올라 하늘의 벼슬을 하사받는 의식으로서 일평생 단 한번만 행하면 된다.

조상님 입천제는 일반입천제, 하단입천제, 중단입천제, 상단입천제, 벼슬입천제가 있다.

인류 역사에 한 획을 그을 전 세계 유일의 조상님 벼슬 입천제!

저자 인황의 실화이다.

나의 직계(배우자 포함)좌우 모든 조상님들이 하늘의 벼슬을 하사 받으실 수 있는 조상님 벼슬입천제를 행했다.

그리고 몇 년이 지난 뒤에 조상님들에게 더 높은 하늘의 벼슬을 하사받게 하여 드리고자 먼저보다 더 높게 행했다.

더 높은 벼슬 입천제를 행하는 날부터 인황의 인생에는 뜻하지 않은 불행의 일들이 생기기 시작하였다.

하늘께서 진실을 가르쳐 주시고 인황의 죄를 용서해주시는 시간이 무려 1년이라는 시간이 걸렸고, 그 시간 동안 있었던 일들은 다 전할 수 없을 정도다.

신명님, 천감님, 도감님께서는 입천제는 어느 누구를 막론하고 일생에 단 한 번이라고 힘주어 말씀해 주셨는데, 더 높게 행함은 인황이 이 분들의 존귀하신 말씀을 어긴 것과 진배가 없는 엄청난 잘못이었던 것이다.

자미국에서 최초로 행하는

입천제 의식은 절에서 행하는 천도재, 굿, 기도 의식과 달라 매번, 때마다, 해마다 반복해서 행하는 의식이 아니라 일생일대에 있어 한 번만 행하면 되는 의식이라고 말씀해 주셨는데, 인황이 스스로 명을 어기는 큰 잘못을 하고 말았다.

감히 그 존귀하신 하늘의 말씀을 무시하고 조상님들께 더 잘해 드리고 싶은 마음에 다시 조상님 벼슬입천제를 행했으니 지금에 와서 돌이켜 보면 정말 미친 짓 이었다.

내 자신 스스로가 자아에 도취되어 조상님들에게 최고위 벼슬을 하사받게 해 드리고자 먼저보다 더 높게 벼슬입천제를 다시 행한 것은 하늘의 명을 어기는 역천자의 못된 행동이었던 것이다.

다시 행한 조상님 벼슬 입천제는 결국 처음에 행한 벼슬입천제를 나 자신이 모두 부정하는 꼴이 된 것이고, 이와 더불어 자미천황님, 감찰신명님, 천상천감님, 천상도감님의 말씀을 모두 무시하는 형국이 된 것이라고 가르쳐 주시었다.

벼슬입천제를 두 번 행한 인황에게 내려지는 이 분들의 분노는 이루 다 말할 수 없을 정도로 혹독했다.

이 분들께서는 신감 육신의 몸에 수시로 들어가시어 나 인황만 마주 대하면 "역행자! 역천자!" 라고 하시었다.

인황 나 자신은 영문도 모른 채 1년 동안을 나 자신이 행한 나의 잘못에 대한 죄 값을 호되게 치러야 했다.

무엇이 잘못되었는지도 모른 채, 이 분들께서 왜 화가 나셨는지도 모른 채 1

년이란 시간이 흘러갔다.

1년의 시간이 흐른 어느 날 인황의 잘못을 가르쳐 주시고 해결 방법도 가르쳐 주시었다.

인류 최초로 자미천황님께서 윤허하여 주신 고귀하고도 존귀한 조상님 벼슬입천제의 존엄성을 깨닫게 해주셨다.

인황이 두 번 행함으로서 그 위상이 떨어졌다고 하시면서 자신이 하늘의 명을 어김으로서 자신의 무덤을 자신 스스로가 파게 된 형국이라고 가르쳐 주시었다.

입천제는 단 한 번만 행하는 것이기 때문에 선택을 잘해야 한다. 처음에는 일단 낮은 일반입천제로 하고 나중에 금전적 여유가 생기면 더 높은 단계로 하겠다는 일반적인 생각 자체가 통하지 않는 의식이다.

입천제는 어느 것으로 선택하여 하든 처음이자 마지막이며 두 번 할 수 없다.

하늘의 명을 어긴 1년 동안의 시간.

물질적, 정신적 고통 이루 말할 수 없을 정도였다.

효도를 더 잘해보려고 한 것이 결국엔 하늘과 조상님들께 죄만 짓게 된 것이었다.

인류 최초로 자미국을 통하여 행하여지는 벼슬입천제!

1년 동안 모진 물질적, 정신적 고통을 받았지만 벼슬입천제 의식이 그 얼마나 대단한 의식인지 다시 한 번 마음 깊이 깨닫는 값진 기회가 되었다.

인황 나 하나를 깨닫게 해주시고자하는 이 분들의 사랑이 가슴 깊이 느껴진다. 인황 나, 조차도 하늘과 조상님께 잘한다고 행한 것이 이토록 잘못되어 그에 따른 처벌을 받았는데 인간의 삶을 살아가고 있는 인간들이야 오죽하랴?

인황의 이 사례를 책으로 전하는 이유는!

각자들이 잘한다고 행한 것들에 대하여 자미천황님 찾아와 점검 받아 인황처럼 잘못 행한 부분들이 있다면 자미천황님 만나서 용서 받아야 구원 받을 수 있다는 진실을 전하고자 하는 것이다.

인간들 모두는 각자들이 행하는 부분들이 모두 옳다고 생각하며 세상을 살아가지만 하늘의 생각은 우리 인간과 다르다.

인간이 잘했는지 못했는지는 하늘께서만 아시는 사항이다.

자기 자신들이 행한 일들에 대하여 자기 자신들이 잘했다, 못했다 답을 내릴 수 없다.

자기 자신들이 답을 내릴 수 있다면 이 세상에 못한 사람 하나도 없을 것이다. 수많은 독자들과 종교인들이 조상구원의식은 잘하는 일이라고 생각하며 수시로 행하고 있지만 그들 모두가 하늘과 조상님들께 잘못 행하고 있다는 진실을 알아야 하리라.

하늘의 명을 받은 인황도 조상구원의식 두 번했다가 쑥대밭처럼 뒤집어졌는데 수많은 독자들과 종교인. 일반 무속인들, 절의 스님들, 도사들, 법사, 보살들은 오죽하랴.

무엇이 잘못되었는지도 모르고 조상구원 한다고 굿이나 천도재, 기도들을 행하고 있으니 행해주는 종교인들이나 의뢰한 그대 독자들이나 조상구원의식 행하고 난 뒤 잘되는 것이 아니라 오히려 더 어려워지고 있음을 스스로 알았을 것이다.

하늘의 명이 없는 조상구원의식 절대하지 마라.

하늘의 의식을 행함에 있어 인간들 마음대로 함부로 행하면 절대 안 된다.

하늘을 만날 수 있는 자미국!

하늘의 말씀을 들을 수 있는 자미국!

조상님을 만날 수 있는 자미국!

자신의 영혼을 만날 수 있는 자미국!

자신의 존재를 밝혀주는 자미국을 통하여 자신의 인생, 자신의 가정, 자신의 조상, 자신의 기업을 점검 받아야 한다.

그대들의 삶이 더 어려워질 수 있는 종교의식 함부로 행하지 마라. 자미국에서는 하늘의 명이 없는 인간, 조상, 영혼, 신들을 위한 의식 함부로 행하지 않는다.

유명한 어떤 스님과 법사는 인간의 힘으로 조상구원이 안 된다는 진실을 알게 된 이후에 스님과 법사 일을 그만두었다고 했다.

무당, 스님, 목사, 신부, 보살, 도사, 법사의 능력으로는 조상영가들을 천상세계로 올려 보낼 수 없다.

인간은 어느 누구를 막론하고 인간, 조상님, 영혼, 신들을 구원할 능력과 권한이 없다. 오로지 천지인 창조주 태상천존 자미천황님, 자미황후님이 아니시면 불가능한 일이다.

종교의 교주들도 이 사실을 모른 채 자신들에게 어떠한 도력이나 능력이 있는 줄 착각하고 인간, 조상님, 영혼, 신들을 구원하려 하다가 자신의 인생, 자신의 발등 자신 스스로가 찍게 된다.

흔한 말로 수영도 못하는 사람이 물에 빠진 사람 불쌍히 여기고, 물에 빠진 사람 구원하고자 물로 뛰어 든다면 결과는 어찌 되겠는가?

종교의식이 바로 이런 형국이라는 얘기이다.

종교를 비방하는 것이 아니라 사실을 직시하고 서로 살길 찾으라는 얘기이다.

종교의 교주들은 종교의 교주들 나름대로 아프고 힘들다.

종교를 믿고 따르는 사람들 역시도 아프고 힘들다.

서로가 서로를 더 힘들게 하고 한도 끝도 없는 굿, 천도재, 미사의식, 기도의식들 그만 행하고 자미국으로 들어와 입천제와 천인합체의식을 통하여 하늘 만나고 진실 찾아 행복의 길 찾자.

인간, 조상님, 영혼, 신들을 구원해 주실 수 있는 분은 오직 태상천존 자미천황님, 자미황후님 뿐이시다.

천상궁전 자미천궁에서 감찰신명님, 천상천감님, 천상도감님께서 하강 강림하시어 인황, 신감과 함께 조상님 입천제 의식을 행하여 주신 후 조상영가님들을 천상 자미천궁으로 데려가 주시어야만 조상영가님들이 하늘로부터 구원받을 수 있게 되는 것이다.

조상님 벼슬입천제 때 천상 자미천궁에서 이 분들이 인황과 신감 육신의 몸으로 하강 강림해주시지 않으면 인황과 신감 역시 조상구원 의식을 절대로 행할 수 없다.

즉 인간이 행하는 것이 아니라 감찰신명님, 천상천감님, 천상도감님께서 인간 인황과 신감 몸으로 하강 강림하시어 입천제를 해 주시어야만 조상구원이 이루어진다는 말이다.

천상궁전 자미천궁의 주인이신 하늘이 아니시면 어느 누구도 하늘의 문을 함부로 열 수 없다.

허공중천 구천세계를 떠도는 불쌍하고 귀한 자신의 조상님들을 천상궁전 자미천궁으로 벼슬입천제를 행하여 구원해 주고 싶은 독자들은 이 책을 끝까지 모두 읽고 자미국에 전화로 날짜를 예약한 후 방문하기 바란다.

벼슬입천제를 한 번만 행하면 조상님으로 인한 모든 풍파가 잠들고, 더 이상 조상 생각이 나지 않고, 조상님 모시는 어려운 문제가 깨끗이 끝난다.

땅의 명당자리 찾아 헤매 다니지 않아도 된다.

수시로 변하는 땅의 명당(천하자미원)자리보다 천상의 영원한 명당 천상궁전 자미천궁(천상자미원)이 억만 배 더 낫다.

땅의 명당자리에는 조상님 한 분만이 묻힐 수 있지만, 천상 자미천궁에는 그대들의 모든 직계조상님들이 다 함께 일시에 입궁할 수 있는 영원한 천상길지이다.

시신은 어둠침침하고 습기가 가득 찬 차가운 반 평의 땅속에 묻히고, 조상영가님들이 자손들 몸으로 찾아와도 온 줄 모르고, 가도 간 줄 모르는 답답한 자손들 육신의 몸속에서 일평생 속 터지며 살아갈 것인가?

아니면 따뜻하고 아름다운 무릉도원 천상궁전 자미천궁 황금물결 넘치는 천상대궐에서 영혼의 어버이 태상천존 자미천황님, 자미황후님을 만나 영생을 누리며 천손되어 근심걱정 없이 기쁨과 행복 누리며 살아갈 것인가?

어찌 선택을 하던 이 책을 자손과 함께 읽고 있는 각 성씨의 조상영가님들과 후손들인 독자들이 선택해야 할 사항이다.

세계를 영도할 인류의 정신적 지주 하늘!

위대하신 태상천존 자미천황님, 자미황후님을 나라와 인류의 정신적 지주로 추대해 드리는 그 길만이 한민족이 부강할 수 있는 유일한 길이다.

이유 없이 조건 없이 하늘을 세워드리자.

세계를 영도할 인류의 정신적 구심점이자 지주이신 위대하신 하늘!

물론 국민적 합의가 필요할 수도 있지만, 하늘이 내려주신 기회는 두 번이 아닌 한 번이라는 하늘의 진실을 독자 여러분들도 가슴에 새겨 현명한 판단 잘 내리기를 바란다.

세계 그 많은 넓은 나라들을 마다하시고 비좁은 동방의 땅 한반도로 오시었다.

이제 이 나라는 지배당하는 민족이 아니라 세계인류를 영도하는 천손민족으로 바뀌게 될 것이다.

이제 세계의 모든 종교들은 점차 그 기운을 잃어가게 될 것이며, 세계 각국 나라가 자미국의 기운에 놀라게 될 것이다.

천인합체의식을 통하여 수많은 천인들이 탄생하게 되면서, 이들의 기운이 함께 모여 하늘의 엄청난 기운이 이 땅에 발하게 됨으로서 세계인 모두는 대한민국의 한민족이 아닌 진정한 천손민족이었음을 인류가 인정하는 세상이 열리게 된다.

하나의 힘은 약하나 여럿의 힘은 무소불위하다.

지금 현 시점에서는 자미국이 이 땅에 알려진지 얼마 안 되어 자미국의 존재를 이 땅의 소수들만이 알고 있다. 천인합체의식으로 속속 탄생한 천인들이 하늘의 기운을 받아 세계를 영도하는 대열에 앞장설 것이다.

시간이 지나면서 자미국의 진실이 이 땅에 널리 전해져 태상천존 자미천황님, 자미황후님의 명을 받고 천인합체의식을 행하여 천인들이 무수히 탄생하게 될 것이다.

이들이 순서대로 탄생되면서 그 빛은 점점 강하고 강해져 대한민국에 천인들의 빛이 세계를 뒤덮고도 부족함이 없어 세계인들 모두는 대한민국 자손들인 천인들에게서 발산되는 그 밝고 영롱한,

하늘의 귀한 기운에 스스로 감탄들을 하며 스스로 대한민국을 하늘이 선택하신 진정한 천손들임을 인정하고 스스로 예우하고 받드는 그런 세상이 열리게 된다.

전기불도 모이고 모이면 엄청 밝은 빛을 발하게 되듯이,

태상천존 자미천황님, 자미황후님께 선택을 받은 동방의 땅 자손들이 천인으로 탄생하게 되면서 발하게 될 그 빛은 인간의 상상을 초월하리라.

거부하고 부정하고 싶어도 거부할 수 없는 하늘의 기운에 전 세계인 모두는 감탄에 감탄을 하며 하늘께 선택받은 동방의 자손들을 부러워하며 이 나라를 상국으로 받든다.

세계인들도 자신들의 조상님 영혼을 천상 자미천궁으로 올려 보내드려 하늘의 자손으로 탄생시키고자 조상님 입천제를 행할 수 있도록 해 달라고 빌며 자미국에 조공(조상님 구원비용)을 올리게 될 것이리라.

또한 세계인들도 자미천황님께서 윤허하신 천인합체의식의 위력을 알게 되면서 세계인들도 천인이 되고자 천공(천인합체 의식비용)을 올리게 된다.

소문은 퍼지고 퍼져 전 세계로 전하여지니, 세계인 모두는 하늘의 기운을 받고 있는 대한민국을 얕잡아 보지 못하고 대한민국의 눈치만 살피며 자신들도

서둘러 자미천황님께 구원받아 보고자 혈안이 될 것이리라.

이쯤 되자 자미천황님의 천인으로 탄생한 대한민국의 자손들이 해외의 일을 하면서도 세계인의 지극 대우를 받아 어깨에 힘이 들어가고 마음이 기쁘고 기쁘니,

이런 세상이 바로 우리가 원했던 진정한 무릉도원의 세계요, 하늘의 세계가 아니냐고 하면서 천인들이 태상천존 자미천황님, 자미황후님께 큰 감사함의 인사를 올리자,

태상천존 자미천황님, 자미황후님께서 기쁘게 웃으시며 이 땅의 천인들에게 한 말씀 하신다.

"천인들아! 그렇게도 행복하고 기쁘더냐?

너희들이 기쁘고 행복하다면 너희들이 지금 누리고 있는 그 기쁨과 행복 영원히 너희들 것 하라.

죄인들의 소굴이었던 석가, 예수, 상제, 마리아의 품에서 벗어나니 너무 너무 기쁘지 않더냐?

내가 이 세상을 최초로 창조할 때,

나는 이 세상을 기쁨과 행복, 사랑으로 창조하였느니라.

나의 자손들인 천인들아!

나는 예나 지금이나 한결같은 마음으로 너희들을 사랑했단다.

천인들도 서로 사랑하며 지상에서 잘 살다가 이다음에 육신의 삶이 다하면 천상 자미천궁에서 다시 웃으며 만나자." 하시는 말씀을 전해 주시었다.

자미천황님의 무한한 사랑의 말씀에 천인들도 일제히,

"태상천존 자미천황님, 자미황후님! 저희들도 영원히 태상천존 자미천황님, 자미황후님 사랑해요." 라고 하면서 감사함의 말씀을 올린다.

위에 내용들은 자미천황님의 천인으로 탄생한 자손들이 누리고 있는 기쁨

이며 행복이다.

천인합체의식이 무엇인지 인간도 영혼도 이제는 알았을 것이라 생각한다. 그렇다면 이제는 현실로 실천만 행하면 된다.

지금까지 한 번도 이 세상 그 누구에게도 윤허하시지 않으셨던 너무도 고귀하고 존귀한 천인합체의식을 이 동방의 땅 자미국에 윤허하여 주심에 감사할 따름이다.

천인합체의식을 자미국에 내려주신 감사의 하늘

천인합체의식이란 세상사 말로 표현하자면 결혼식이다.

누구와 결혼 하는가?

천상궁전 자미천궁에 있는 태상천존 자미천황님, 자미황후님의 아들딸인 신과 인간이 하나 되는 결혼을 의미한다.

무속에서의 신 내림과는 차원이 완전히 다를 뿐만 아니라 천인합체 후에도 각자의 생업에 그대로 종사하며 신을 모시는 신당 같은 것을 차릴 필요가 전혀 없다.

왜 결혼(천인합체)을 해야 하는가?

인간들이 오랜 세월 동안 마음속으로만 그리던 이상향의 세상을 현실로 실현하고자 함이다.

신의 위대한 능력을 인간들이 갖고 싶고, 인간들의 힘으로는 이루기 힘든 불가능한 영역의 어떤 일을 하늘의 힘을 빌려 뜻을 이루어 가는 것이다.

무소불위한 하늘의 능력으로 인간사의 모든 고통과 불행의 굴레에서 벗어나 하늘의 보호를 받아 기쁨과 행복을 영원히 누리는 세상을 현실로 이루기 위함이다.

태상천존 자미천황님, 자미황후님의 명을 받아 자미천황님의 자손으로 태어난 천인들을 하늘께서 언제나 아낌없이 지켜주시고 보호하여주시니 꿈만 같은 세상 아니던가?

살아서 천인합체의식을 행하면 천인의 신분으로 다시 태어나기 때문에 육신이 어느 날 갑자기 죽더라도 귀신이 되어 구천세계를 떠돌거나 자손들의 몸으로 들어가지 않고, 천상궁전 자미천궁으로 즉각 입궁하여 고통 없이, 아픔 없이, 슬픔 없이 기쁨과 행복 누리며 마음 편히 영생 누리며 살아갈 수 있다.

태상천존 자미천황님, 자미황후님은 천지인을 창조하신 대 능력자이시고, 그대들 모두에게 영혼의 어버이이시다.

기독교의 하나님은 태상천존 자미천황님, 자미황후님께 천상천감님이란 명을 받아 자미국으로 와주시었고, 천상천감님께서는 우리들 영혼의 어버이가 참 하늘이신 자미천황님이시라고 가르쳐 주시었다.

조상님 벼슬입천제를 행할 때

하나님이신 천상천감님께서 인간육신을 가진 신감 육신의 몸으로 하강 강림하시니 직접 만나 천상천감님의 기운을 자신들이 직접 느껴보고, 말씀을 들어보면 이 저자의 말이 진실임을 알게 될 것이다.

기독교, 천주교인들아~

그대들이 평생을 기다려온 하나님의 하강 강림을 자미국을 통하여 친견하라.

하나님께서는 잘못 알려진 기독교, 천주교의 종교세계를 바로 잡고자 자미국으로 와주시었다.

당신께서 대우주 천지인을 천지 창조한 하늘의 주인이 아니라, 하나님이신 천상천감님 영혼의 어버이가 태상천존 자미천황님, 자미황후님이시라고 스스로 밝히시었다.

하나님의 자미국 강림!

세계인류가 경천동지할 특종 뉴스감이지만 천상천감님 말씀처럼 2천년 동안 너무나 오랜 세월 기독교, 천주교의 교리에 세뇌되어 교인들의 마음을 돌리는데 걱정이 된다고 하시었다.

그렇지만 진정으로 영혼의 어버이를 찾고 있는 교인들을 태상천존 자미천황님, 자미황후님께 인도하여 구원받게 해주실 것이라 말씀하시었다.

종교의 유불선 통일을 자미국의 인황과 신감을 통하여 이루시려고 하신다.

기독교, 천주교의 하나님이신 천상천감님께서는 기독교, 천주교인들을 자미국으로 인도하여 주실 것이고,

미륵님이신 천상도감님께서는 불교와 도교인들을,

천지신명님이신 감찰신명님께서는 무속과 기타 종교인들을 자미국으로 인도해 주시어, 유불선을 하나로 통일해 주시는 천지대업을 인류역사상 최초로 자미국의 인황과 신감을 통하여 현실로 이루시고자 와 주신 감사한 분들이시다.

만 인류의 꿈이 현실로 이루어지는 경천동지할 일들이다.

인류 역사에 전무후무한 경천동지할 일로서 만 인류에게는 너무도 가슴 벅찬 환희이다.

한민족에게 하늘이 내려주신 큰 선물이시다.

인류 모두가 기다리던 대단하신 분들이 자미국으로 하강 강림해 주신 일이니 우리 민족 모두가 기뻐해야 할 경사스런 일이다.

자미국이 세워지고 있는 대한민국이 세계인류를 정신적으로 영도한다는 예언들이 지금 현실이 되어가고 있다.

이분들의 인도를 받아 천인합체의식을 행하면 천인으로 다시 태어날 수 있다.

하늘께서 육신이 살아있는 우리들에게 내려주신 최고의 선물이 천인합체의식이고, 이미 육신을 잃어버린 조상님들에게 내려주신 최고의 선물이 조상님 입천제이다.

조상님 입천제를 행한 후 하늘께서 천인합체를 윤허해 주신 경우에만 감찰신명님(신명님), 천상천감님(하나님), 천상도감님(미륵님)께 인도 받아 천인으로 탄생할 수 있다.

세 분께 인도를 받아 천인합체의식을 행하면 하늘의 자손 천인으로 탄생되어

인간의 수명 하나가 아닌 또 다른 천인의 수명을 하나 더 받아서 살아갈 수 있다.

인간 수명 더하기 천인(신)의 수명을 산다고 보면 된다.

태상천존 자미천황님, 자미황후님의 명을 받아 천인합체의식을 행함으로서 세상 그 어느 누구도 지금까지 이루지 못한 육신의 장생이나 영생이 어쩌면 진짜 현실로 이루어질 수도 있다.

인류사에 오랜 숙원인 육신의 장생, 더 나아가 육신의 영생을 이룰 수 있는 하늘의 의식이 아닌가 생각된다.

돈이 아무리 많아도 85세를 살면 늙어지고 병들어 세상을 떠나야하는 인간의 한계수명을 어떻게 극복할 수 있는가?

어쩌면 천인합체의식이 인간의 한계수명을 뛰어넘고 늘려주는 의식일지도 모른다. 나 인황은 그렇게 생각하고, 반드시 그렇게 수명장수나 육신의 영생이 현실로 이루어지리라고 믿는다.

인간의 수명은 잘사나 못사나, 권력이 높으나 낮으나, 부자든 가난하든 85세 전후가 평균 수명이지만 천인이 되면 천인의 수명만큼 더 살 수 있기 때문이다.

천인의 수명은 하늘께서만이 알고 계시지만 최소한 수백 살 이상은 살 것 같다.

태상천존 자미천황님, 자미황후님께서 말씀하시기를 인류최초로 한반도에 세워주시고 있는 자미국과 전 세계 유일한 의식인 입천제, 천인합체의식과 인황과 신감은 인류역사상 처음이자 마지막이 될 거라고 하시면서,

기존의 종교들처럼 자신의 자녀를 후계자로 두어 세습 시키는 일은 절대로 없을 것이라고 말씀해 주셨다.

인황과 신감의 역할은 세상 그 어느 누구도 대신 행할 수 없다고 하시었다.

인류 최초로 유불선 종교통합을 이루어 낼 자미국이 지금 동방의 작은 나라 대한민국 땅에 세워져 있다.

●● 제 8부

자미국 입천제와 합체의식 사례

천년의 세월을 넘어 구원 받은 경순왕

천년(1,031년) 만에 찾아온 신라 마지막 왕 경순왕 김부.

고려 태조 왕건에게 서기 935년에 항복한 비운의 왕이다.

경순왕은 1,000년 동안 허공중천과 후손들의 몸 안에서 떠돌다가 자미국에서 발행한 책을 읽고 감동한 조상님은 30대 후손을 데리고 자미국을 찾아와 입천제를 통하여 하늘께 구원 받게 되었다.

천 년의 세월을 넘어 후손과 상봉한 경순왕!

신라의 마지막 왕 경순왕이 자미국을 통하여 위대하신 태상천존 자미천황님, 자미황후님께 입천제를 행하여 천상 자미천궁에 오르게 되는 영광을 누리는 뜻 깊은 날이다.

살아생전 왕을 했지만 그 후손의 나이가 30세에 지나지 않아 경제력이 없어 천상 자미천궁 하단 입천제를 행하여 비록 벼슬 입천은 못했지만 일단 구천세계를 떠나 자미천황님의 훌륭한 자손으로 다시 태어날 수 있게 되었음에 기쁠 따름이다.

살아생전 왕의 자리에 있었던 다른 이들은 사후세계에서도 자신들이 살아생전 누렸던 왕이라는 높은 관직에 미련을 버리지 못하고 자존심을 내세우며 나 잘났다 하면서 자미국으로 오지 않고 있는데 자신은 살아생전 자신이 누렸던,

부귀영화와 그 모든 잘남을 버리고 자손과 함께 자미국으로 들어와 자미천황님께 구원받아 천상 자미천궁으로 가게 되는 영광을 누렸다고 매우 기뻐하였다.

경순왕은 자신이 살아생전에는 자신이 잘 나서, 자신이 왕의 자리에 올랐는지 알았었지만 사후세상의 삶을 통하여 자신의 잘남이 아니라 하늘께서 자신을 사랑하심에, 자신을 왕의 자리에 앉혀 주었다는 사실을 알게 되었다 한다.

육신을 잃고 조상이 되어 천 년의 세월 동안 어찌하면 하늘께 구원 받을 수 있을까? 하고 수많은 절을 전전하기도 하면서 때로는 포기하며 좌절하기도 하였으나 그때마다 어디선가 조금만 더 기다리면 너의 소원이 이루어질 것이라는 사랑의 음성과 희망의 음성이 들렸다고 한다.

형체도 없이 희망의 음성을 수시로 들려 주셨던 그 음성의 주인공님은 이제 와서 보니 다름 아닌 "감찰신명님" 이시었다고 하였다.

태상천존 자미천황님, 자미황후님께로 인도해 줄 감찰신명님과 천상천감님, 천상도감님의 하강 강림과 이 의식을 행하여 줄 자미국과 인황, 신감의 출현을 천 년 동안 기다려 온 경순왕!

천 년을 기다려 자미국을 찾아온 경순왕은 그의 후손과 함께 입천제를 행하여 오랜 세월 그토록 갈망하던 천상 자미천궁으로의 입천 소원을 이루게 되었다!

천 년의 세월 동안 그 얼마나 지루하고 고달팠을까?

살아생전에 수많은 사람들이 자신 앞에 고개를 숙였던 지체 높은 왕의 신분이 아니었던가?

그러나 인간, 조상님, 영혼, 신들 모두는 위대하신 태상천존 자미천황님, 자미황후님 앞에서는 살아생전 자신들이 누렸던 관직과 재물, 명예, 부귀영화 아무 소용이 없더란다.

천상 자미천궁에는 자미천황님의 용서와 진실, 사랑만이 존재 할 따름이다.

왕의 자리에 있었다 하더라도 자미천황님께 구원 받기 위해서는 자신이 살아생전에 누렸던 부귀와 영화 관직 모두를 뒤로 하고 하늘 진실의 말씀에 순응하여야 한다.

사후세계에 이미 가 있는 이 나라 1500만 가구의 모든 각 성씨 조상영가님들은 살아생전의 권력, 재물, 명예에 대한 미련과 각자의 자존심을 모두 버리고,

종교의 굴레에서 벗어나 육신이 살아있는 후손들 손을 잡고 자미국에 들어와 태상천존 자미천황님, 자미황후님께 자신들의 죄를 용서받고 사면 받는 진실의 말씀에 순응해서 구원 받아야 한다.

이것이야 말로 하늘로부터 구원받을 수 있는 유일한 길이다.

경순왕에게 그동안 어느 후손들의 몸 안에 들어가 있었느냐고 여쭈어 보았더니, 어느 후손들이 나의 큰 기운을 감히 감당해 낼 수 있었겠느냐고 하였다.

그저 묵묵히 오늘(입천제)이 오기만을 천 년 동안 하염없이 기다렸던 경순왕!

감찰신명님, 천상천감님, 천상도감님께서 입천제를 행해 주시어 경순왕을 태상천존 자미천황님, 자미황후님께로 인도해 주시어 구원받을 수 있도록 함께 해 주셨다.

죽으면 그만이라고 생각하며 이 시대를 살아가는 우리 모두는 크게 깨달아야 하리라. 천 년이라는 장구한 세월 동안 경순왕이 겪었을 원과 한이 얼마나 컸을까?

그의 후손들은 경순왕의 고통은 모른 채 그래도 자기 조상님이 살아생전에 신라의 왕이었다고 세상 사람들에게 자랑하며 살고 있을 것 아닌가?

그의 수많은 후손들이 있었지만 그 어느 후손들도 경순왕을 구원해 주지는 못하였다. 육신이 죽어서도 그의 영혼은 구천을 떠돌며 하늘을 만날 수 있을까 노심초사하며 꿋꿋이 기다린 보람이 있었다.

천 년을 기다려 구원 받은 경순왕!

그러나 아직도 구원받지 못하고 허공중천을 떠돌거나 후손들 몸 안에 그대로 머물러 있는 수많은 왕들과 벼슬했던 조상영가님들이 무척 많다고, 경순왕이 천상 자미천궁으로 입천되어 떠나기 전 자손에게 가르쳐 주었다.

자미국에 후손들 육신을 데리고 들어와서 태상천존 자미천황님, 자미황후님께 살려달라고 빌어라.

하늘께 구원 받을 수 있도록 살려달라고 비는 것은 창피한 일이 아니라 아주 당연한 일이다. 생전에 권력이 높고 낮음을 떠나서 그대들 모두에게 영혼의 어버이이시니까 말이다.

권력이 높고 재물이 많다는 이유로 자만과 교만이 넘쳐 거드름피우며 하늘께 머리 숙이지 않으면 살아서든 죽어서든 그대들과 그대들의 조상님들 모두가 영원히 춥고 배고픈 허공중천 구천세계를 벗어나지 못한다.

권력과 재물은 잠시뿐이고 천상 자미천궁은 영원하다.

권력과 재물에 눈이 멀어 하늘을 만나려 하지 않고, 하늘을 인정하지 않는다면 참으로 불행한 일이다.

하늘께 구원받을 수 있는 입천제를 행하여 천상 자미천궁에 올라가 하늘의 자손으로 다시 태어나는 조상님들이 가장 현명한 조상님들이다.

사탄의 인형처럼 괴성을 지르는 6살짜리 아이

밖에는 한 줄기 비가 내리고 있었다.

인황님과 나는 자미천황님의 얘기와 앞으로 펼칠 자미국의 얘기로 한창 이었다.

젊은 부부가 함께 방문을 하였다.

부인은 그 동안 있었던 사연을 얘기 하면서 눈물을 뚝뚝 흘렸다.

남편은 이런 부인이 애처로운지 부인의 손만 꼭 잡고 아무런 말도 못하고 있었다.

사연인즉,

두 부부사이에 6살짜리 남자 아이가 하나 있다 했다.

그런데, 그 아이의 별명은 "사탄의 인형" 이라 했다.

무슨 말인가 자세히 들어보니,

영화 "사탄의 인형" 과 본인 아들의 모습이 똑같다고 하면서,

이런 아들을 치료해 보고자, 자미국을 알기 전,

정신병원에도 가보고, 교회에도 가보고, 굿도 해보고, 천도재도 해보고…… 흔한 말로 두 부부가 인간사에서 해볼 만한 것은 모두 다 해 보았지만 아들은 호전되는 것이 아니라,

시간이 지날수록 더욱 더 악화되어 이제는 어쩔 수 없이 두 부부와 시댁어른들, 친정어른들 모두가 이 어린 자손을 고아원으로 보내기로 했다면서 눈물을 뚝

뚝 흘렸다. 이렇게까지는 안 하고 싶어서 모든 방법을 다 동원해 보았지만 ......

남편이 하는 말은,

이 아들하나 정상인 만들려다 모든 가족 다 죽겠다는 것이다.

6살짜리 아들 하나를 어느 누구의 힘으로도 막을 수 없으니 어르신들도 이제는 어쩔 수 없다고 하면서 고아원으로 보내는 것에 찬성을 하셨다고 하면서, 남편도 참았던 눈물을 결국엔 보이고 말았다.

두 부부의 짧은 얘기에, 인황님과 나는 한숨이 저절로 나왔다.

보라!

조상님들의 원과 한이 살아있는 자손들의 삶으로 어떻게 나타나는지를. 조상님을 몰라보고 조상님 구원을 못한 죄가 그 얼마나 무서운지를.

신의 조화, 조상님의 조화는 인간의 상상을 초월한다.

신의 분노, 조상님의 분노가 그 얼마나 무서운지를 이 부부를 통하여 신과 조상님께서는 분명히 보여주고 들려주고 계셨다.

조상님들께서는 조상님들의 고통을 어린 자손을 통하여 보여주고 있었다.

세상에 대해 아무것도 모르고, 답답함이 무엇인지, 고통이 무엇인지 아무것도 모르는 어린 6살짜리 꼬마는 이 세상의 모든 고통을 다 짊어진 어른처럼 항상 고통의 괴성을 질렀고,

어린 아이의 몸에서는 어른이 감당 할 수도 없을 정도의 엄청난 힘이 나오고 있으니,

세상의 사람들은 이 어린아이의 경우를 뭐라 설명 할 것이고 어떻게 치료하여 어린 아이의 모습으로 만들어 줄 것인가?

아니면 그냥 방관하다 이 부부의 말처럼 고아원으로 보낼 것인가?

방법은? 딱 하나.

자미천황님의 위대하신 대 능력에 의존 할 수밖에 없다.

인황님과 나, 이 부부는 하늘의 날을 정해 조상님 입천제를 행하면서, 자미천황님 전에 조상님을 몰라보고, 신을 몰라보고 하늘의 존재를 무시했던 자신들의 죄를 빌고 또 빌었다.

한참 후에,

감찰신명님, 천상천감님, 천상도감님께서 태상천존 자미천황님, 자미황후님의 말씀을 전하여 주시면서, 자미천황님께서 그대들의 죄를 용서하여 주셨다는 말씀을 내려 주셨다.

그 자손은 조상님 입천제를 올린 며칠 후.

본 모습을 찾고 정상인이 되어 천진난만한 어린 아이의 모습으로 돌아와 두 부부와 어른들께도 아주 잘하고 있다는 소식을 두 부부를 통하여 전해 들었다.

인간을 사랑하심의 마음으로 우리 중생들의 아픔과 고통을 해결해 주시는, 자미천황님의 이적, 기적 앞에서 어느 누가 감히 하늘의 존재를 가짜? 진짜 할 것이며 과학적인 증명을 논 할 것인가?

우리의 존경하는 태상천존 자미천황님, 자미황후님은 항상 말이 아닌,

"행" 을 통하여 인황님과 나에게, 또한 하늘의 백성과 신하에게 항상 자미천황님의 존재와 자미천황님의 대 능력을 보여주고 계신다.

인형처럼 작은 아이의 사연.

30대의 젊은 주부가 2살짜리 아이는

등에 업고, 5살짜리 꼬마는 손을 잡고 자미국에 방문을 하였다.

2살짜리 남자 아이는 16개월이라 했다.

그러나 이 아이는 보통의 아이들과 비교했을 때 유난히 작았다.

너무 작아 꼭 인형 같았다.

애기 엄마에게 그 연유를 물어보니,

아이는, 태어나서부터 항상 설사를 하였다 한다.

그래서 병원에 가 보니,

의사 선생님의 말씀이,

아이가 장이 안 좋아 그런다고 하면서 약을 먹이라고 하여 16개월째 약을 먹이고 있고, 아이가 설사를 많이 하다 보니 살도 안찌고 잘 자라지도 않는다고 하면서, 애기 엄마는 자연스럽게 이야기를 했다.

이 말에 나는,

"애기가 왜 태어나서부터 장이 안 좋아요?" 하고 물었다.

애기 엄마 말은,

"그건 나도 잘 몰라요. 의사 선생님이 그렇게 가르쳐 주었고, 우리 아이는 의사 선생님이 준 약을 먹고 있는데 별로 호전은 없어요.

그러나 시간이 지나면 차츰 나아질 거라고 의사 선생님이 말씀 해 주셨고,

수시로 병원에 내왕하면서 결과만 지켜보고 있어요." 라고 말했다.

그래서 애기 엄마에게 신의 세계, 조상님의 세계에 대하여 설명을 해 주면서, 아기의 장이 왜 안 좋은지도 설명을 해 주었다.

그러자, 애기 엄마가 하는 말이,

"우리 두 부부는 단골로 다니는 무속인의 집이 있어 해마다 조상님을 위한 굿을 해 드렸어요."라고 했다.

굿과 입천제의 차이점을 설명 해 주고, 자미국에서는 조상님을 위한 입천제를 굿처럼 해마다 하는 것이 아니라 일생일대에 한 번만 행하면 조상님들께서 꿈에도 그리던 천상세계로 가실 수 있다는 설명을 해 주자,

눈이 휘둥그레지면서 하는 말이,

"저도, 굿이 전부가 아니라 지금 인황님과 신감님이 설명하신 천상세계가 분명히 있을 것 같았어요." 하는 것이었다.

그러면서 하는 말이,

"우리 남편은 항상 내 말을 안 들어요. 이상한 사람들 얘기만 들어 지금까지 금전적으로 손해 본 것만 해도 너무 많아요. 그리고 남편은 매일 몸이 천근만근 이라고 하면서 항상 몸이 병명 없이 아파요.

또한

저는 큰 애만 보면 짜증이 나고, 큰 애가 하는 모든 것에 화가 나요. 그럼 조상님 입천제를 행하면 이 모든 것이 좋아지나요?" 하면서, 자미국과 인연을 맺을 경우 단골로 다니던 무속인의 집은 어떻게 하느냐고 걱정을 했다.

많은 대화를 나누고 조상님 입천제를 행하기로 한 날.

남편도 함께 참석을 하였다.

조상님 입천제를 행하는 날.

이 여인은 천상세계 자미천궁의 모습을 볼 수 있었다.

조상님 입천제를 행 한 후, 두 달이 안 되어 남편과 의논을 하여 천인합체 의식도 행했다.

그 후, 어린 2살짜리 아이의 장은 정상이 되어 약을 먹지 않아도 되었고, 장이 정상이 되다보니 지금은 살도 조금 찐 상태이고 키도 예전보다 많이 컸다고 기뻐하였고,

항상 밉기만 했던 큰 아이도 이제는 예쁘다고 자랑을 하였다.

50대의 모습으로 보이던 남편의 모습도 지금은 동안의 얼굴로 완전히 바뀌었고 천근만근이었던 몸은 너무 가벼워졌다고 하면서 자랑을 하였다.

또한 남편은 삶에 대한 새로운 희망도 생기고, 의욕도 생겼다면서 천황님 전에 진심으로 감사드린다고 하면서, 사업을 하느라 바쁜 와중에도 가끔 시간을 내어 부인과 함께 자미국에 내왕을 하고 있다.

천인합체의식 이후.

이 여인은,

이곳이 바로 본인의 고향이었다고 하면서,

"잃어버렸던 고향을 찾으니, 인생에 대한 어떠한 근심걱정도 이제는 없어요." 하면서 환희 웃었다.

이 여인의 말대로,

자미천황님의 존재, 자미국의 존재를 알고 난 이들은 이 여인처럼 모두가 환희 웃는다.

서로 근심걱정 없이 병들지 아니한 세상.

이곳이 바로 천국의 세계요. 무릉도원의 세계가 아니던가?

자미천황님은,

우리 인간에게 영혼을 주시고, 우리 영혼을 지켜주시는 영혼의 부모님이시다. 살아서 그 위대하신 영혼의 부모님을 만났는데 어찌 인생이 즐겁지 않으리오.

살아서 대 능력을 지니신 영혼의 부모님을 만났는데 앞으로 남은 인생 무엇을 걱정 하리오.

하늘 아래 백성과 신하들을 언제나 아껴주시고 사랑해 주시는 자미천황님의 하늘같이 넓은 마음에 저절로 감동의 고개가 숙여진다.

강아지를 통해 확인된 신명님의 기운

하루는 여자 손님이

애완용 강아지를 품에 안고 상담 차 방문을 하였다.

신전에는 강아지를 데리고 들어 올 수가 없었기에 신전의 일을 도와주는 아주머니가 데리고 있기로 했다.

20대의 젊은 여성이었고, 유흥업소에 다니고 있었다.

본인의 의지와 상관없이 선택된 환경으로 인한, 본인 현재의 삶과 어린 시절의 이야기를 하면서 신세 한탄을 하였다.

많은 대화를 나누지는 않았지만, 이 여인이 참으로 불쌍하고 애처롭다는 생각이 들었다.

인간인 나로서는 이 여인의 운명을 바꾸어 줄 수도,

좋은 인연을 맺어 주어 이 고통의 굴레에서 벗어나게 할 수도.

어떠한 방법도 없었다.

인간의 힘으로 아니 될 때는,

하늘의 도움, 신의 도움, 조상님의 도움 외에는 달리 방법이 없다는 것이 진리이지만 이 여인은 신의 세계를 믿지 않았다.

이 여인이 신의 세계를 안 믿는다고 하여 이대로 포기하고 이 여인을 돌려보낼 수는 없었다.

그것은 하늘의 진정한 뜻이 아니기에.

태상천존 자미천황님, 자미황후님은 한 중생이라도,

자미천황님의 보호 하에 고통 없이, 눈물 없이 아름다운 세상을 살아가기 원하신다.

하늘세계, 신의세계, 조상님의 세계를 많은 얘기를 통하여 설명을 해 주었지만, 이 여인은 보이지 않는 신의 세계를 못 믿겠다고 하면서 본인 스스로가 신의 세계를 인정하게끔 할 수 있는 방법은 없느냐고 나에게 반문을 했다.

나도 순간 생각에 잠겼다.

과연, 이 상황을 어떻게 할 것인지를.

짧은 순간 이었지만 누군가의 메시지가 내려왔다.

신의 존재를 일깨워 줌으로서 이 중생이 새로운 삶을 살 수 있고, 이 여인의 조상님이 구원 될 수 있는 길이라면 기꺼이 이 여인이 바라는 것을 보여 주신다고.

나는 내 안에서 시키는 대로 행하기로 했다.

"이 신전 안에는 당신의 눈에는 아니 보이겠지만, 신명님이 계십니다. 이 안에 신명님이 계시다는 것을 당신의 눈으로 확인 한다면 신의 세계, 조상님의 존재를 믿을 수 있겠어요?" 라고 나는 재차 물어 보았다.

그러자 그 여인은,

"그럼요, 신명님이 계시다는 것만 입증이 된다면 제가 신을 위해서, 조상님을 위해서 뭐는 못 하겠어요. 하지만 보이지가 않다보니 제가 괜한 짓을 하는 것은 아닌가? 하는 생각이 들어 그래요. 그런데 어떻게 보여 주실 거죠." 하면서 그 여인은 물었다.

"당신이 데리고 온 강아지로 신의 존재를 보여 드리지요." 라고 나는 답변을 했다.

"강아지로 어떻게 보여줘요?" 하면서 여인은 반문을 했다.

"당신이 데리고 온 강아지 복실이(가명)는 이 안에 신명님이 계시다는 것을 알기에, 이 신전 안에 계신 분들이 허락을 하지 않는 이상 당신의 복실이는 이 신전 안으로 절대 들어오지 못 합니다." 라고 말했다.

그러자 그 여인은 기가 막힌 표정으로,

"그건 말도 안돼요. 복실이가 뭘 알아요. 그러다가 복실이가 뛰어 들어오면, 신감님의 말씀과 틀리잖아요. 신감님 말씀에 책임을 못 지면 어떻게 하려고 그래요." 했다.

나 역시도 하늘의 능력, 신의 능력을 믿어 의심치는 않지만 내 의지와 상관없는 제안의 말을 해 놓고 순간 겁이 덜컥 났다.

그 여인의 말대로 복실이가 무얼 안단 말인가?

정말 복실이가 신전 안으로 들어오면 내 입장은 뭐가 된단 말인가?

걱정이 태산 같았다.

하지만 난 이번에도 내 의지와 상관없는 말을 했다.

"자 시작 합니다. 신의 조화를 보여 줄 것이니 똑바로 보세요." 하면서, 복실이를 불렀다.

아주머니와 놀고 있던 복실이는 자기의 이름을 부르자 꼬리를 흔들면서 뛰어왔다.

그러더니 신전 바로 앞에서 이적이 일어났다.

복실이가 갑자기 신전 앞 문턱에서 벌벌 떨고 있는 것이었다.

복실이는 반갑게 흔들던 꼬리를 내렸고, 내린 꼬리도 떨고 있었다.

여인은 예기치 않았던 복실이의 행동에 깜짝 놀라,

"복실아!

왜 그래, 어디 아파? 왜 그래." 하면서 걱정의 말을 했다.

그러면서 하는 말이,

"신감님이 불러서 복실이가 겁먹은 것 같아요.

이번에는 제가 불러 볼게요. 제가 부르면 틀림없이 들어 올 거예요." 라는 말과 함께, 복실이의 주인인 이 여인은

"복실아! 이리와." 하면서 두 팔을 벌렸다.

복실이는 다시 신나게 달려왔고, 조금 전과 똑같이 신전 앞 문턱에서 또 다시 떨기 시작했다.

그러자 이번에는 이 여인도 복실이의 연속되는 뜻하지 않은 행동에 느낌이 이상했나 보다.

그러면서 한 마디 했다.

"정말, 이 신전 안에 신이 계신가 봐요? 난 복실이가 이렇게 나올 줄은 정말 몰랐어요." 하면서 신의 존재를 인정하는 순간 이었다.

나도 속으로 안도의 한숨을 쉬었다.

신의 이적은 여기서 끝이 아니었다.

내 입에서 나의 의지와 상관없는 다음 말이 또 나갔다.

"이번에는 이 안에 계신 신들께서 복실이가 들어와도 괜찮다고 하시네요. 신들께서 허락을 하셨으니 복실이는 이젠 들어 와도 괜찮아요." 라는 말과 함께,

나는 밖에서 떨고 있는 복실이에게 한 마디 했다.

"복실아! 들어와도 된다는 신명님들의 허락이 있으시니 이젠 괜찮아, 어서 들어와." 라는 말을 전하자, 떨고 있던 복실이가 갑자기 언제 떨고 있었느냐는 듯이 반갑게 꼬리를 흔들며 조금 전과는 아주 다른 모습으로 변해 뛰어 들어오는 것이었다.

그 여인은 복실이를 통해서 오늘 두 번 놀랬다.

복실이의 모습을 통해서 자신 스스로가 그 동안 몰랐던 보이지 않는 신의 세계, 조상님의 세계를 조금은 안 것 같고, 이제는 신의 세계를 인정 한다는 말과 함께 조상님을 위한, 조상님 입천제를 행한다고 하였다.

그러면서 하는 말이,

“하찮은 동물조차도 신의 세계를 알아보고, 신의 말씀을 알아듣는데, 우리 인간이 신의 존재를 몰라보고, 신의 말씀을 못 알아듣고 있으니 부끄럽기 그지 없고, 조상님 구원을 빨리 못해 드림도 죄송하다.” 고 했다.

오늘 이 여인을 통한 하늘의 이적.

하늘의 또 다른 진실이었다.

하늘의 진리는 우리 인간을 통해서 뿐만이 아닌 만생만물 모두에게 깃들어 있다.

만생만물 그 자체가 하늘의 진리이고 하늘의 가르침 이다.

복실이는 오늘 하늘의 일을 행했다.

복실이로 인하여 이 여인의 조상님은 구원 될 수 있었고, 복실이로 인하여 이 여인은 하늘의 백성으로 다시 태어났다.

만물의 영장인 우리 인간들조차도 그 위대하신 자미천황님의 뜻을 모르건만, 복실이는 하늘의 뜻을 알고 하늘이 시키는 대로 오늘 본인의 역할을 충실히 해 냈다.

각자의 마음의 소리에 귀를 기울여 보라.

이 세상에 모든 것이 거짓일지라도 각자의 마음은 거짓이 아닌 진실이다.

인간 각자의 마음의 소리.

눈으로 보이지는 아니하나, 진실과 진실이 통하면 서로의 마음이 보인다.

인간 각자의 마음의 소리.

귀로 들리지는 아니하나, 진실과 진실이 통하면 서로의 마음의 소리를 들을 수 있다.

하늘의 존재, 신의 존재, 조상님의 존재가 이와 같다.

우리 일반인의 눈에는 신의 세계가 아니 보이고 아니 들릴지는 모르지만,

신의 존재는 우리 인간의 마음과 같아,

의심의 마음을 버리고,

귀를 기울이고 눈을 밝게 하면, 진정한 신의 세계가 보이기도 하고 들리기도 한다.

신의세계가 아니 보이고, 아니 들린다고 신의세계를 부정한다면,

우리 인간의 마음은 어찌 할 것인가?

서로가 서로를 진심으로 사랑하는 마음.

서로가 서로를 진심으로 아껴주며 보호해 주는 아름다운 마음.

이 모두가 거짓이라고 부정 할 것인가?

하늘의 세계, 신의 세계, 깨달음의 경지에 오른 조상님들의 세계.

우리 인간이 상상 할 수도 없을 정도로 맑고 깨끗하다.

너무도 맑고 깨끗하기에 우리 인간의 눈에는 안 보이고 안 들릴 수도 있다.

보이지 않는 하늘 세계, 신의세계, 조상님의 세계를 원망하지 말고 우리 모두도 사리사욕을 버리고, 맑고 깨끗한 하늘을 닮고자, 신을 닮고자, 깨달음의 경지에 오른 조상님을 닮고자 노력을 해야 한다.

우리 인간의 눈에 하늘의 세계가 안 보이고, 안 들림은 하늘의 잘못이 아닌 맑지 못하고, 깨끗하지 못한 우리 인간의 잘못이 아닐까? 하는 생각을 해 본다.

진정한 마음의 소리를 듣는 자.

진정한 마음의 소리를 들을 수 있는 자.

그가 바로 하늘의 백성이고 하늘의 신하이다.

하늘의 세계, 신의 세계, 조상님의 세계는 너무도 멀어 본인들 스스로 그 분들 뜻을 헤아리기는 쉽지 않을 것이다.

하지만 각자의 영혼은 하늘의 세계, 신의세계, 조상님의 세계를 알고 있다.

그렇기에 마음의 소리에 귀를 기울이라는 것이다.

내 마음에서 시키는 대로 행하여라.
각자의 영혼은 각자의 육신에게 거짓의 말을 하지는 않을 것이다.
마음의 소리에는,
진정한 하늘의 말씀이 있고 각자의 사명이 있다.
이 책을 보시는 독자들도,
이 저자가 지금까지 전한,
하늘의 세계, 신의 세계, 조상님의 세계, 종교의 세계.
그와 관련된 인간사의 불행과 행복들.
이 모든 것이 각자가 꿈꾸어 온 그 세계와 맞고,
각자의 판단에 "바로 이곳이다"
라는 마음의 메시지를 받으신 분들은,
각자의 마음의 메시지대로 행하면 된다.
자미천황님과 자미국은 강요가 아닌,
자율에 의해서 모든 의식을 행사 해 주는,
하늘의 일을 하는 신성한 하늘의 궁전이다.
하늘의 참 뜻을 알고,
우리 인간이 하늘로부터 받은 사명을 현실로 이행 할 때,
각자의 인생과 각자의 가정에 웃음과 행복, 평화가 찾아온다.

독자 여러분들에게 자미천황님께서 그 동안 행하여 주신 기적, 이적을 다 전하지 못함과 위대하신 자미천황님의 말씀을 이 한 권의 책으로 다 전하지 못함을 매우 안타깝게 생각한다.

자미천황님의 기적, 이적은 어제 오늘의 일이 아니다.

우리 인간이 이 땅에 태어나기 이전에도 자미천황님의 기적, 이적은 존재하였고, 우리 인간이 이 땅에 살고 있는 현세에도 계속 진행되고 있다.

또한 우리 인간이 이 땅을 떠난 후세에도 자미천황님의 기적, 이적은 계속 될 것이다. 자미천황님의 존재를 생각하면 이 저자의 가슴은 너무 쓰리고 아프다.

항상 지상에 있는 우리 인간을 한결같은 마음으로 지켜주고 계시건만, 우리 인간은 자미천황님의 존재를 너무 모른다.

이 책을 통하여 그 동안 흩어졌던 하늘의 백성과 하늘의 신하가 한 곳에 모여 위대하신 자미천황님의 진정한 뜻을 세계만방으로 펼치었으면 좋겠다.

하나님도, 미륵님도, 신명님도, 모든 천지만물도,

위대하신 자미천황님의 존재가 이 땅에 하루 빨리 전하여지기만을 두 손 모아 간절히 염원하신다는 또 다른 하늘의 메시지가 이 저자의 온 마음으로 전해 옴을 느낀다.

하늘로부터, 신으로부터, 조상님으로부터, 천지만물로부터,

한 없이 받기만 한 우리 작은 인간.

이제는 우리 인간이 이분들로부터 받은 그 모든 것을 조금은, 아주 조금은 보답해야 될 것 같다.

하늘의 입장이 되어서 생각 해 보자.

주면 주는 대로 받기만 한 우리 인간.

하늘의 끝없는 보호와,

하늘의 끝없는 사랑.

그 모든 것을 다 받으면서도 누가 주는 것인지 조차도 모른 채 받기만 하고, 이런 인간을 바라보시는 하늘께서는 과연 이런 인간에게 뭐라 말씀을 하실까?

참으로 부끄럽고 부끄러워 저절로 고개가 숙여진다.

조상님이 손자에게 당부한 메시지

정부기관에서 서기관을 지내고,

정년퇴직하여 금년 70세를 넘긴 노인이 조상님 입천제 의식을 올렸다. 조상님 중에 대표로 증조부 할아버지께서 내려오시어 자손과 눈물어린 상봉을 하게 되었다.

조상님들이 죽어 사후에서 겪었던 힘든 생활상을 말씀해 주시면서 내가 너에게는 조상님이기도 하지만 살아서든 죽어서든 선배라 하시면서 신신당부하시는 간절한 말씀이 있으셨다. 증조부께서는 나 역시도, 살아서는 죽으면 모든 것이 끝인 줄 알았다.

하지만 막상 죽어보니,

살아있을 때만 못함을 즉시 알게 되었는데 그것은 다름 아닌 고행의 시작이었고, 자손들의 힘을 빌리지 않으면 춥고 배고픔의 고통을 참으로 감내하기 어렵다는 것이었다.

자손들이 조상님 입천제 의식을 올려드린 다른 조상님들은 천상세계로 올라가 근심걱정과 춥고 배고픔의 고통 없이 대우받으며 마음 편히 지내고 있지만 그렇지 않은 다른 조상님들과 부자로 인색하게 살다가 죽은 조상님들은 사후세상 살아가기가 너무 힘들다고 말씀하시면서 손자에게 당부하셨다.

그리고 살아서는 내 마음대로 행할 수 있는 부분이 많이 있었지만 사후세상에서는 마음대로 행동할 수 없음이 매우 고통스럽다하시고, 오로지 구천세계

나 지옥세계를 벗어나는 유일한 길은 자손들이 조상님들을 입천제를 행하여 구원해주는 길이 가장 현명한 방법이라 말씀하시었다.

지옥세계에 가 있지 않은 조상님들은 어디에 있느냐고 여쭈어보았더니 살아생전에 신의세계에 대하여 공부를 하였던 조상님들은 산천이나 강, 바다에서 나름대로 자연의 이치를 깨달으며 하늘공부를 열심히 하고 있지만,

생전에 전혀 관심도 없어하고 공부하지 아니한 무지한 조상님들은 무조건 자손들 몸에 들어가 여러 가지 조화를 일으켜서 자손들이 알아차리게 하여 조상님 입천제 의식을 행하도록 온갖 고통과 풍파를 내려주신다고 하였다.

이런 심한 고통을 주면서 조상님들의 간절한 메시지를 자손들에게 보내 주어도 자손들은 들을 수도 없고, 대화가 통하지 않아 매우 서럽다하며, 설령 자손들이 안다고 해도 조상님들의 원과 한을 풀어주려고 하는 것이 아니라,

인간의 생각과 의지로 그 고통을 참고 이겨내려고 병원이나 약국으로만 달려가기에 가슴 치며 분통을 터트리는 조상님들이 거의 대부분이라 하신다.

반면 자손 잘 만난 조상님들은 고생 덜하고 빨리 천상 자미천궁으로 올라간다 하시며 조상님도 자손 잘 만나야 고생 덜하고, 자손도 조상님 잘 만나야 잘 산다고 말씀하셨다.

목 메이게 자손들을 불러보아도 대답 없는 자손들이 너무 야속하였지만 증조부께서도 살아생전 지금의 자신 입장과 같은 그러한 과정을 행하고 밟았기에, 자신이 생전에 조상님의 고통을 알아보지 못한데 대한 죄라고 스스로 위로할 수밖에 없었다고 했다.

그러면서,

나도 조상님께 죄가 커서 할 말은 없으나 네 나이도 이제 사후세상 돌아올 날이 얼마 남지 않았으니 그 준비를 스스로 철저히 하라고 하시며 너는 이제 나의 서러움을 어느 정도 알았을 것이니 죽어서 너의 자식에게 의지하지 말라고

애절히 당부 하신다.

죽어보니 자식도 다 소용없음을 알았다고 하셨는데 진리가 거기 있었다.

재산을 아무리 많이 물려줘도 자손들끼리 유산상속 때문에 싸움하기 바쁘고, 조상님께 고맙다는 생각은 그때 순간뿐이란다.

자식들 모두 제 살기 바쁘고, 즐기고 노는데 정신없어서 조상님은 거들떠보지도 않고, 겨우 명절이나 제삿날에만 인사치레하여 매우 섭섭해 하시었다.

이 또한 조부모에 국한되어있고 증조, 고조, 5대조 이상은 아예 제사도 지내지 않고 벌초나 겨우 해주고 있다고 푸념하셨다.

그저 조상님 제사 지내는 것도 형식에 그치고 설과 추석, 한식, 벌초할 때 오는 것이 전부인데 이 또한 제대로 지키지도 않고 일이 바쁘다고 이 핑계 저 핑계 대며 빠지기 일 수란다.

그러니 내 자손은 죽어서 이 할아비처럼 춥고 배고파하며 비참하게 구천세계 떠돌아다니는 불쌍하고 가련한 신세 되지 말고, 살아생전에 네가 죽자마자 즉시 천상 자미천궁으로 올라갈 수 있는 천인합체의식을 행하고 죽어야 한다며 신신당부를 하신다.

살아생전 자미천황님의 명을 받아 천인합체의식을 행하여 천인으로 탄생하면 너 자신이 어느 날 갑자기 죽더라도 별도로 입천제 의식을 행하지 않아도 즉시 태상천존 자미천황님, 자미황후님께서 천상 자미천궁으로 불러 주신다.

그러시면서 이 할아비는 네가 오늘 이렇게 진수성찬을 차려놓고 우리 조상님들을 모두 구원하는 조상님 입천제를 행하여 천상 자미천궁으로 입천시켜주니 고맙다마는 이제는 살아있는 네가 무척이나 걱정된다하시었다.

너는 이곳 자미국이 어떤 곳인지 책을 통하여 알게 되어 찾아와서 우리 조상님 모두를 입천제를 통해서 구원해주었다마는 너는 네 자손들이 이곳에 찾아와서 오늘의 너처럼 조상님 입천제 의식을 지극정성으로 행하여 줄 거라고 믿느냐?

손자야!

너는 제발 할아비처럼 죽어서 자손들에게 서러움 받지 말아야 한다. 일단 죽으면 네 마음대로 되는 것이 단 한 가지도 없다는 것 절대적으로 명심하여라.

수십 수백 수천억 재산 물려주고 죽어도 자손들이 조상님들의 마음을 헤아려주지 못하고, 조상님들의 사후세계 고통을 알 수 없기에 수많은 금전을 태산처럼 쌓아놓고도 조상님들에게 어떻게 해드려야 하는지 잘 모른단다.

조상님을 지극정성 위한다는 것이 대부분 천도재와 굿이 전부인 줄 알고 있어!

설령 죽은 조상님들이 유산을 과다하게 많이 물려주었어도 조상님들에게 올려주는 정성에는 자손들 모두가 공통적으로 너무 인색하다는 것이 모든 각 성씨 조상님들의 큰 불평불만이야.

조상님 구원했다는 이름만 남기려고 하는 것이지.

그러니 너는 살아있을 때 반드시 천인합체의식을 확실히 행한 후에 죽어야 우리들과 천상 자미천궁에서 다시 재회할 수 있다.

천인합체의식비용은

네가 죽어서 천상 자미천궁에 올라와서 모두 쓸 수 있는 생명의 기운이니 네 경제능력 범위 내에서 아깝다 생각 말고 네 자신의 사후세계를 위하여 반드시 행하여라.

네가 오늘 우리 조상님들 위패 앞에 올려놓은 금전은 나와 우리 조상님들 모두가 골고루 천상 자미천궁으로 갖고 올라간다.

그리고 굿할 때 무당들이 태워주는 염라국 가짜 돈은 아무 쓸모가 없어.

저승에서나 천상세계에서나 모두 진짜 돈이 사용된다는 사실을 너는 잊지 마라. 사후세상법도에 대하여 올바로 아는 사람들이 이 땅에는 없단다.

사후세상 법도에 대해서 아직도 많이들 공부하여 깨달아야 한단다. 자식들이 찾아주어 조상님 입천제 의식을 행해주지 않으면 수백 수천 년이 흘러가도 그대로 허공중천에 있거나 수백 대를 지나서도 자손들 몸으로 계속 찾아들어가기에 의사들은 가정병력을 들추어가며 유전이라고 한단다.

그런 병으로 죽은 조상님은 수천 년이 지나서도 자손들이 입천제를 올려주지 않으면 천상 자미천궁에 오르지 못해서 자손들 몸으로 숨어 들어가면 그 조상님이 생전에 앓았던 병이 자연적으로 생겨나는데 이런 사실을 어느 누가 밝혀 줄 것이냐?

의사들의 눈에 우리 조상들의 모습이 보이기를 하느냐, 대화가 통하기를 하더냐? 아무것도 모르면서 무조건 가족력의 유전이라 속단하고 있으니 참으로 가슴 아픈 일이다.

죽으면 살아있는 너희들과는 일체 말이 안통하고, 꿈에 나타나서 조상님들의 뜻을 전해주어도 그것이 무엇을 뜻하는 꿈인지 해몽을 제대로 못해.

조상님들이 사후세상에서 너무너무 고통스럽다며 구원해달라고 꿈으로 보여준 것인데도 불구하고, 기껏 해몽한다는 것이 복권사라는 꿈인 줄 알고 로또 복권방으로 쪼르르 달려갈 때 얼마나 속이 상하고 분통이 터지는지 너는 잘 모를 거다.

내가 저걸 자손이라고 낳았느냐고 후회한 적이 많았어.

우리 조상님들만 그런 것이 아니고 다른 조상님들의 심정도 대부분이 모두 다 그렇다고 보면 돼. 너도 속 터지는 조상님들의 마음이 어떤지 한번 그리해 볼 테냐?

산소에 찾아와서 술 한 잔 부어놓고, 절 몇 차례 올리고 휙 돌아갈 때 섭섭하여 목이 터져라 불러 세워도 뒤돌아보는 놈이 없단다.

목 아프고 속상하고 분통터지고 미칠 것 같은 심정이야.

아, 그리고 이제 산소에 찾아와서 절하지 않아도 된다.

난 이제 천상 자미천궁으로 올라가 그 산소에 없으니 말이다.

입천제를 올려주면 산소에 찾아오지 않아도 되니 하루속히 화장하여라. 사시사철 꽃피고 새우는 천상 자미천궁에 올라가는데 너에게 무엇을 더 바라느냐.

춥고 배고픔도 아무런 근심걱정도 없는 모든 영가들이 가장 올라가고 싶어하는 세상이니라. 이렇게 좋은 천상세계로 올라가는데 내가 무엇 때문에 어둡고 차고 깜깜한 땅속에 있겠느냐.

이제는 정말 찾아오지 마라. -이상-

이렇게 무척이나 괴로워하고 계신 것을 보면 진정으로 조상님들이 간절히 원하고 바라는 바가 무엇인지 똑바로 아는 자손들이 없나 보다. 천도재와 굿을 진행하는 스님이나 제자들은 천상세계로 올라가는 절차와 방법을 잘 모르고 있다.

이곳에 신하와 알고 지낸다는 사찰의 주지스님이 있는데 곡차 한 잔 나누면서 하는 말이 "수없이 많은 조상님 천도재를 올려 드렸는데 영가들은 가지 않고 법당 주위를 맴돌거나 절에 그냥 머물러 있다"고, 실토를 했다 한다.

그래서 조상영가 천도할 때마다 죄의식에 사로잡히게 되고, 죄업만 더 높이 쌓는 것 같아 스님생활을 그만두려고도 생각해봤지만, 배운 것이 절의 법도이고, 스님이니 당장 먹고사는 일이 까마득한 일인지라 이러지도 저러지도 못하겠다고 진퇴양난의 속 타는 솔직한 마음을 털어놓았다고 한다.

자신의 잘못을 진정으로 인정하면서, 사찰을 운영하며 먹고살기 위해 어쩔 수 없이 조상영가 천도를 한다는 고백은 신선하다.

사실은 조상영가 천도가 안 된다는 것을 모두 알면서도 행하고 있으니 이 일을 어이할꼬.

조상님들이 하늘의 명을 받지 못하면 천도는 불가능하다.

하늘의 윤허가 없이 행해지는 것이기에 행하는 즉시 행위자나 의식을 의뢰한 후손들이나 죄만 더 해 간다.

하늘의 자미천황님께서 새로운 천상법도를 자미국으로 모두 내려주셨기에 천지조화의 신명정기 기운 따라 각 성씨 모든 조상님들이 이제 자미국으로 자손과 후손들의 손을 잡고 들어와 조상님 입천제를 행하여 천상 자미천궁에서 다시 태어나는 영광을 누릴 수 있게 되었다.

희귀병 걸린 딸아이 극적으로 살아나.

초등학교 4학년의 딸을 데리고

딸아이를 상담 받고자 한 엄마가 자미국에 찾아왔다.

사연을 들어보니, 딸아이가 무척 아프다는 얘기이다.

딸아이 때문에 무당집도 가보고, 절에도 가보고 안 가 본 곳이 없다 한다.

굿도 하고 천도재도 지내보고, 부적도 지녀보고.

자신의 입장에서는 딸아이 살려 보려고 노력을 많이 하고 있지만 차도가 없어 답답하다 하였다.

병원에서는 이 세상에 널리 알려지지 않은 희귀병이라 손을 쓸 수 없다 하면서 병원에서는 자신의 딸아이를 포기 하였다 한다.

의사의 말로는 수술도 할 수 없고, 약 처방도 할 수 없으니 어쩔 수 없다고 하였다 한다.

또 의사의 말로는 오늘 죽을지? 내일 죽을지도 확실히 모르는 아주 위험한 병이니 마음의 준비나 단단히 하라고 하였다 한다.

병원에서도 불가능하다 하니, 이 엄마의 속 타는 마음 오죽하랴?

주위 사람의 권유로 자미국에서 발행한 책을 보고 자신 조상님 구원을 위한 입천제를 행하고자, 또한 딸아이의 병을 태상천존 자미천황님, 자미황후님께 의지해 보고자 오늘 딸아이를 결석 시키고 데리고 오게 되었다고 말하였다.

또한 자신 가정의 문제는 그 뿐만이 아니라고 하였다.

신랑은 간경화라 신랑의 건강도 매우 안 좋은 상태라 생명에 지장이 있을 수도 있다고 의사들이 가르쳐 주었다 하고, 초등학교 아들은 정신이 너무 산만하고 학교에서 친구들을 너무 괴롭히고 수업시간에는 선생님의 말도 못 알아듣는 상태라 하였다.

하루는 아들의 담임선생님이 자신에게 전화를 하여 할 말이 있으니 잠깐 학교에 다녀가라 하여 담임선생님을 만나니, 선생님이 하는 말이 "차마 이런 말은 하고 싶지 않았지만 어쩔 수 없네요.

아들의 상태가 너무 심하니 정신과 치료를 받게 해 보세요." 라고 했단다.

신랑도 문제, 아들도 문제, 딸아이도 문제.

정말 이 여인은 자신의 가족들 때문에 미치겠다고 하였다.

그러면서 왜? 자신의 조상님들은 굿과 천도재를 수없이 해 주어도 좋은 곳에 가지 못하고 있는지 그 또한 답답하다 하였다.

많은 대화를 나누고 입천제를 행하기로 하였다.

입천제를 행하는 날,

태상천존 자미천황님, 자미황후님의 말씀을 감찰신명님께서 대신하여 전해 주시면서, "태상천존 자미천황님, 자미황후님께서 모두 해결해 주신다 하시니 아무 걱정 말라" 고 전해 주시었다.

또한 굿과 천도재의 허점과 부족함도 설명해 주시었다.

얼마 후 오늘 죽을지 내일 죽을지 모른다고 한 딸아이가 건강해지기 시작하는 이변이 일어나기 시작 하였다.

어느 날인가부터 딸아이가 안 아프다고 하여 병원에 가 보니, 의사들이 이변이 일어났다고 하였다 한다.

아니 이 아이 병은 완치가 전혀 불가능한 병인데, 어떻게 이런 이변이 일어났느냐고 하면서 아이의 건강에 의사들이 더 신기해하며 어쩔 줄 몰라 하였다 한다.

또한 아들은 정신과 약을 먹이고 있었는데, 그전에는 호전도 없던 아들에게 많은 변화가 일어나기 시작하였다 한다.

하루는 아들의 정신병을 치료해 주는 의사를 찾아 갔더니 의사가 자신에게 하는 말이,

"내가 의사 생활을 하면서 수많은 사람들의 정신병을 치료하고 있지만 이 아이처럼 약발이 이렇게 잘 받는 환자는 보다보다 처음 봅니다. 정말 희한하게 약발이 아주 잘 받네요." 하면서 자신의 아이를 신기해하더란다.

그 의사는 고개를 갸우뚱거리며 몇 번이나 "약발이 왜 이리 잘 받지? 정말 희한하네! 희한하네!" 하면서 반복하더란다.

또한 남편은 남편대로 그 위험했던 간경화가 아무런 약 처방도 없이 호전되어 지금은 거의 정상인의 건강으로까지 돌아왔다고 좋아하며, 그 여인은 태상천존 자미천황님, 자미황후님의 놀라운 천지조화 기운에 기쁘고 행복하여 어쩔 줄 몰라 하였다.

태상천존 자미천황님, 자미황후님의 천지조화 기운은 항상 너무 신기하다.

태상천존 자미천황님, 자미황후님의 천지조화 기운으로 정신병도 고쳐주시고, 간경화도 고쳐주시고, 희귀병도 고쳐주시니, 태상천존 자미천황님, 자미황후님께 선택받은 인간, 조상님, 영혼, 신들은 참으로 행복하고도 행복한 일이라 하겠다.

그 여인의 말대로 굿으로도 안 되고, 천도재로도 안 되고, 부적으로도 안 되고, 기도로도 안 되고, 약으로도 안 되었던 그 모든 자신의 고통들이 조상님 입천제 의식으로 모두 해결되니 말이 필요 없을 정도로 태상천존 자미천황님, 자미황후님의 천지조화 기운이 너무너무 신기하고 대단하시다.

20년 교회 다니던 조상님들이 구천세계를 졸업

한 남자의 조상님 졸업식.

부인은 20년 이상 딸들과 교회에 열심히 다니고 있다.

자신의 시조 조상님까지 종교의 굴레, 배고픔의 굴레, 서러움의 굴레, 원과 한의 굴레, 고통의 굴레, 아픔의 굴레, 이승의 굴레에서 벗어나게 해드리고자 구천세계 허공중천 졸업식 즉 조상님 입천제를 행하는 날이다.

그동안 자손들의 몸 안에서, 때로는 허공에서 추위와 배고픔으로 떠돌다가 오늘 이승과의 빛나는 졸업식을 하게 된 날이다.

지구를 떠나 영혼들의 무릉도원 천상 자미천궁으로의 입궁이 허락되어 자미천궁으로 탄생하는 날이다.

인간들 모두가 살아서나 죽어서나 가고 싶어 하는 유토피아의 세상이다.

모든 영혼들이 가고자 열망하던 영혼들의 고향!

천상 자미천궁.

조상님들께서 입천제를 통하여 자미천궁에 탄생하는 순간 모든 조상님들은 20대 동안의 선남선녀 모습으로 바뀌게 된다.

이미 무릉도원 천상 자미천궁 세계가 본격적으로 세상에 알려지기 시작했다.

저자는 오랜 세월을 천상세계, 영혼세계, 조상님세계를 알고자 수많은 신과 조상님들을 수시로 만났다.

또한 조상님 졸업식(입천제)의식을 통해서 천상세계, 영혼세계, 조상님세계에 대하여 더 많은 진실을 알게 되었다.

인간 윤회의 진실도 알게 되었다.

영혼(마음, 정신, 혼)들은 이 세상에 한 번 온 것이 아니었다.

수없이 인간 육신의 몸을 바꾸어 이 세상에 왔지만 인간은 그 사실을 전혀 모르고 있을 뿐이다.

왜 인간의 옷을 바꾸어 입으며 반복하여 인간 세상에 오는 것일까? 그 해답은 무릉도원 천상 자미천궁으로 영혼들이 오르지 못했기 때문이다.

천상 자미천궁에 오르지 못하고 윤회하는

첫째 이유는 자신이 인간으로 이 세상에 처음 왔을 때 자신 영혼의 어버이이신 자미천황님으로부터 받은 사명을 이 세상에서 완수하지 못했기 때문이다.

둘째 이유는 무릉도원 천상 자미천궁에서 벌을 받아 인간세계로 쫓겨났기 때문이다.

세 번째 이유는 인간 세상이 너무 궁금하여 인간으로 태어나기를 자신 스스로가 갈망했기 때문이다.

각자는 인간 세상에 태어나게 된 사연이 저마다 다르다.

태어난 사연이 저마다 다르다 할지라도 인간 세상에 한 번 내려온 이상 본인 의지대로 다시 되돌아 갈 수 없는 곳이 천상 자미천궁이다.

각자 세상에 올 때는 마음대로 왔을지 모르지만 돌아 갈 때는 마음대로 안 된다.

무릉도원 천상 자미천궁에 스스로 오르려면 인간시간으로 최하 수천 년에서 수억만 년이란 길고도 긴 시간이 필요하다. 이런 천상세계의 법도가 있다는 것을 몰랐던 조상님들은 육신을 버린 뒤 구천세계에서 허공을 떠돌며 원과 한을 쌓아가고 있다.

너무 오랜 세월 무릉도원 천상 자미천궁으로 오르지 못하면 스스로 악신과 악령, 사탄 마귀로 돌변해 버리는 영혼들도 있다.

자신의 조상님들이 원과 한이 쌓여 악마의 존재로 돌변하기 이전에 자신의 조상님들이 천상 자미천궁으로 탄생할 수 있도록 입천제를 행하여 자신의 조상님들을 구원해 주어야 자손들이 고통에서 벗어날 수 있다.

큰 병이든 작은 병이든, 병명이 있든 없든 그 질병들은 자신의 조상님들이 육신을 지니고 이 땅에 살아 있을 때 그 조상님들이 앓던 질병들이다. 자신의 현재 모습은 바로 사후 세상에 있는 각자 조상님들의 모습이다.

조상님들이 산 자손들의 몸으로 찾아와도 우리 인간들에게는 조상님이라고 하는 부분이 보이지도 들리지도 않는다.

살아서는 육신이 죽으면 모든 것이 끝인 줄 알고 하늘을 부정하고 사후세상을 부정하며 살았었으나 막상 육신의 옷을 벗고 죽은 조상님의 입장이 되어보니 살아있을 때 자신들의 생각이 틀렸다는 것을 뒤늦게 알게 된 것이다.

99% 정도가 그렇다고 해도 과언이 아닐 것이다.

사후세계가 존재한다고 믿었던 이 몇이던가?

보이지 않고, 들리지 않는 세상이었기에 그럴 수밖에 없었다.

하지만 뒤늦게 사후 세상의 진실에 대하여 알고 하염없는 눈물을 흘리며, 자신들의 지난날들을 후회하며, 자신에게도 영혼의 어버이가 계셨음을 뒤늦게 알고 괴로워한다.

조상님들은 뒤늦게 참회의 눈물을 흘리며 태상천존 자미천황님, 자미황후님께서 윤허하신 조상님 입천제를 행하여 하늘 어버이께 용서받은 뒤 죄를 사면 받아 무릉도원 천상 자미천궁에 탄생하게 되는 영광을 누리게 된다.

인간의 한없는 욕망의 진실.

"나도 벼슬 좀 높여줘"

일반 입천제를 통하여 천상 자미천궁에 도착한 조상님의 난데없는 말씀에 입천제 의식에 참가한 자손은 어리둥절했다.

자신의 조상님을 위한 입천제를 행하고 나면 조상님으로부터

"잘했다. 수고했다. 고맙다." 라는 말을 들을 줄 알았던 이 자손은 조상님의 난데없는 말씀에 어안이 벙벙했다.

그러나 그 자손의 조상님은 너무도 간절히 자손에게 부탁 또 부탁의 말씀을 하시는 것이었다.

"제발 나도 벼슬 좀 달아 달라고"

자손은 조상님의 말씀에 그 말씀이 무슨 말씀이냐고 여쭈어 보았다.

그러자 그 조상님의 말씀이,

"인간세계에만 상하서열, 계급이 있는 것이 아니라 천상 자미천궁은 인간세계보다도 더 세밀히 더 여러 단계의 신분과 계급이 존재하고 있어.

내 자랑은 아니지만 그래도 나는 살아생전 출세하여 명성을 얻으며 살았었는데, 어떻게 지금에 와서는 나를 벼슬도 없는 일반인으로 살라고 일반 입천을 시켜주니!

빨리 태상천존 자미천황님, 자미황후님께 부탁드려 나에게도 벼슬 좀 주라고 해봐" 하면서 자손에게 사정, 사정을 하는 것이었다.

자손은 조상님들의 말씀에 알았다고 대답을 하고는 한 마디 하였다.

"천상 자미천궁 세계에도 신분과 계급이 존재한다는 것 오늘 처음 알았네. 가만히 생각을 해 보니 천상세계에도 우리 인간세상처럼 신분과 계급이 존재함!

어찌 보면 아주 당연한 일인데, 나는 왜 그 사실을 몰랐을까?" 하면서 자신 조상님들의 말씀을 이해하기 시작하였다.

그러면서 그 자손은 조상님에게 약속의 말을 하였다.

"빠른 시일 내에 벼슬 하사의식 행해 드리러 올 것이니 아무 걱정 하지 마시고 천상 자미천궁에 마음 편히 잘 계세요.

조상님께서 그토록 벼슬을 원하시는데 자손인 제가 어찌 나 몰라라 하겠어요?

조상님의 말씀을 통하여 자손인 저도 천상세계에도 인간세상처럼 신분과 계급이 존재한다는 큰 진실을 알게 되어 너무 기뻐요.

미련한 이 자손에게 이 큰 진실을 가르쳐 주신 조상님들!

조금만 천상 자미천궁에서 기다리고 계세요.

빠른 시일 내에 벼슬 하사의식 행해 드리고자 다시 올게요."라고 말하자 그 때서야 조상님들은 안도의 한숨을 쉬며 "알았다"고 답변의 말씀을 하신 뒤 일반 입천제 의식은 끝났다.

태상천존 자미천황님, 자미황후님께서는 세상 어느 누구도 알 수 없었던 천상세계의 진실을 오늘 일반 입천제를 행하는 조상님으로 하여금 또 하나 알게 해 주시었다.

인간의 식을 줄 모르는 인간의 욕망!

인간의 순수한 마음이 아닌 육신을 버린 각자 조상님들의 식을 줄 모르는 욕망이라고 가르쳐 주시었다.

세상 누가 알 수 있으리오.

죽은 자에게 욕망이 있음을.

우리 인간은 죽으면 모든 것이 끝이라고 알고 있었는데, 죽은 자들에게도 욕망이 있고 희망이 있다니.

참으로 위대하신 태상천존 자미천황님, 자미황후님 진실의 말씀이시다.

이 땅에 수많은 종교가 있다하지만 어느 종교에서도 이 진실을 알 수 없었다.

인간의 식을 줄 모르는 욕망!

어찌 보면 인간의 욕망일수도 있겠지만 자신의 몸 안에 있는 각자 조상님들의 욕망의 마음이다.

인간, 조상님, 영혼, 신 모두에게는 욕망이 있다.

오늘 입천제를 통하여 천상 자미천궁으로 탄생한 조상님에게도 또 다른 욕망이 있질 않던가?

인간의 삶을 사는 동안 지칠 줄 모르는 인간의 욕망. 100% 인간의 욕망이 아닌, 조상님의 욕망 더하기 영혼의 욕망이었다.

조상님들은 입천제를 통하여 조상님들의 욕망을 이루고, 인간과 영혼은 천인합체의식을 통하여 인간과 영혼의 욕망을 이루어야, 100% 완성된 삶을 살 수 있는 것이다.

종교에 심취한다고 인간의 욕망을 이룰 수 있는 것이 아니라,

조상님은 조상님대로, 인간은 인간대로, 영혼은 영혼대로.

조상님, 영혼, 인간, 신 모두 각자가 원하고 바라는 뜻을 이루었을 때 우리의 삶이 완성 될 수 있는 것이다.

이 땅에 수많은 사람들이 종교에 심취해 있는 것은 인간들이 심취해 있는 것이 아니라,

인간의 몸 안에 있는 각자의 조상님들과 각자 몸 안에 있는 영혼들이 진정한 하늘 자미천궁 찾고자 인간의 몸을 통하여 방황하고 있는 것이라고 가르쳐 주시었다.

인간, 조상님, 영혼, 신들의 욕망을 이루어냄.

바로 입천제 의식과 천인합체의식이다.

태상천존 자미천황님, 자미황후님께서 자미국을 통하여 이 위대한 진실을 아낌없이 밝혀 주심으로서 인간, 조상님, 영혼, 신들 모두가 행복하고 기쁜 세상이 열리게 되었다.

인간은 인간대로, 조상님은 조상님대로, 영혼은 영혼대로.

각자의 뜻을 이루고자 오랜 세월 그 얼마나 고생이 많았던가?

인간, 조상님, 영혼님, 신님들의 모든 뜻을 태상천존 자미천황님, 자미황후님께서 입천제 의식과 천인합체의식을 통하여 이루어 주신다 하시니 인간, 조상님, 영혼님, 신님들에게는 무척 반갑고도 기쁜 일이다.

천지인 창조주이시고 인류의 구심점이신 태상천존 자미천황님, 자미황후님께서 인간, 조상님, 영혼, 신 이 모두를 사랑하시고 아끼시는 마음 정말 감동이고 감동이다.

그 동안 인간, 조상님, 영혼, 신들은 종교 안에서 배신에 배신을 당하며 너무도 아프고 힘들었다.

각자의 힘들고 아픈 인생 해결해 보고자 종교에 심취했었으나 종교의 배신으로 인하여 아픈 마음 더 아프고, 힘든 인생 더 힘들었던 것이 우리네의 현실이었다.

종교적 숭배대상자들로 인하여 우리네의 삶이 더 힘들고 아팠던 이유는?

그들 모두는 우리 영혼의 진정한 부모가 아니었기에 우리들에게 아무런 도움도 되질 않았던 것이다.

그러나 천지인 창조주이시고 인류의 구심점이신 태상천존 자미천황님, 자미황후님을 만나면 인간, 조상님, 영혼, 신 모두가 뜻을 이루어 행복 누릴 수 있게 된다.

아프고 힘든 인간, 조상님, 영혼, 신들의 뜻을 이루어 주시고자 그 고귀하시고도 존귀한 태상천존 자미천황님, 자미황후님의 존재를 자미국을 통하여 또한 감찰신명님, 천상천감님, 천상도감님, 인황과 신감 육신을 통하여 이 땅에 밝혀 주심에 감사 할 따름이다.

그 동안 아프고 힘들었던 인간, 조상님, 영혼, 신들이여!

그대들이 그 오랜 세월 찾아 헤매던 그대들의 부모님이신 태상천존 자미천황님, 자미황후님께서 그대들을 사랑으로 감싸 안아 주시고자 자미국 개국을 윤허하여 주시었으니,

인간, 조상님, 영혼, 신들이여 이제는 종교 안에서, 도교 안에서, 무속의 길에서, 산 속에서 그만 울부짖고 자미국으로 달려와 태상천존 자미천황님, 자미황후님의 품에 안기도록 해라.

그 동안 그대들이 종교 안에서, 도교 안에서, 무속의 길에서, 산속에서 행하면서 진정으로 얻은 것이 과연 무엇이 있단 말인가?

그 모든 것들이 부질없음을 그대들 스스로도 이제는 알았으니깐 모두 그만들 하고, 태상천존 자미천황님, 자미황후님께서 이 땅이 생긴 이래 처음이자 마지막으로 이 땅의 인간, 조상님, 영혼, 신들에게 윤허하신 입천제 의식과 천인합체의식을 통하여 구원받고 사랑받아 살아서는 물론 사후세상에서도 행복 하도록 해라.

차라리 죽는 방법이라도 있다면 행복하겠네.

60대의 한 남자가 예약을 통하여 자미국에 찾아왔다.

항상 마음이 너무 답답하고 불편하여 미칠 지경이라고 하였다.

기독교에 5년째 다니고 있다고 하였다.

자신의 너무도 답답한 마음을 혼자 주체할 수 없어 기독교에 다니고는 있지만, 답답하기는 매 마찬가지라고 하면서 자신에게 소원이 있다면 인간의 삶을 사는 동안 단 하루라도 마음 편히 좀 살아 보고 싶다고 하였다.

경제적인 어려움도 아니요, 몸의 질병 때문도 아닌, 그렇다고 부인과 자식들이 자신을 괴롭히는 것도 아닌데, 자신은 항상 마음이 미칠 정도로 답답하고 답답한 상태라 힘들다 하였다.

마음의 고통이 너무 심하여 "사느니 죽자" 하면서 자살도 시도 하였었으나 살아났다고 하였다.

보이지 않고 들리지 않는 조상님세계와 하늘 진실의 말씀을 전하여 주면서 우선 조상님 영혼 구원을 위한 조상님 입천제를 행하자고 하였다.

상담 후 3-4일 후에 조상님 입천제를 행하기로 하면서 이 자손과의 상담은 끝이 났고, 입천제를 행하는 날 다시 만나게 되었다.

입천제 의식 순서에 따라 의식은 진행되었고, 조상님과 감찰신명님 말씀을 통하여 이 자손이 겪고 있던 고통의 정체들이 속속들이 밝혀지기 시작했다.

한 조상님의 너무도 슬픈 말씀 한 마디는!

"육신이 없는 우리 조상들에게 차라리 죽는 방법이라도 있다면 그것이 행복이겠네!" 하시었다.

난데없는 말씀에 그 말씀이 무슨 말씀이냐고 여쭈어 보니,

"살아생전 하늘세계, 사후세계에 대하여 아무것도 모른 채 인간의 삶을 살다 사후세계에 왔지만, 인간 삶의 다음 세상인 사후세계의 삶이 이토록 힘들고 괴로울 줄, 꿈에도 몰랐다" 하면서 자신들의 사후세계의 삶을 얘기하기 시작하였다.

육신을 잃은 뒤 갈 곳을 몰라 이곳저곳 방황하기를 몇 백 년에서 몇 천 년.

자신들을 향한 하늘 그 누군가의 심판은 한도 끝도 없었고,

자신들의 영혼을 구원 받아 보고자 이곳저곳에 빌어 보지만 자신들을 편안히 해줄 하늘은 하나도 없고, 이곳저곳에서 자신들을 향하여 들려오는 소리는 "죄를 빌라. 죄인들은 구원 받을 수 없다."

라는 말들만 들려오니 자신들은 이러지도 못하고 저러지도 못하는 불쌍하고 가련한 신세가 되었다 한다.

오랜 세월 눈물로 아픔으로 세월을 방황하다, 하루는 자손에게로 찾아가, 자신들이 현재 처해 있는 상황을 자손에게 전달하기 시작하였다 한다.

육신을 잃고 구천을 방황하며 한 없이 괴로워하고 아파하는 조상님들의 메시지를 받기 시작한 이 자손은, 그날부터 삶에 대한 의욕도 상실되고 마음은 천 갈래 만 갈래 찢어지는 고통이었다 한다.

그 후 산 자손은 기독교에 나가게 되었다 한다.

별 방법을 다 써도 진정한 하늘을 찾을 수 없었던 조상님들은,

"우리도 남들이 좋다고 하는 예수님과 하나님 찾아 구원받아 보자." 하면서 자손의 몸에 있던 조상님들은 산 자손을 데리고 기독교로 가게 되었다 한다.

이 자손과 기독교에 나가게 된 조상님들은,

어떤 조상님은 기독교가 진짜라 하면서 열심히 찬양과 기도를 올렸고, 어떤 조상님은 여기는 진짜가 아닌 가짜이니 어서 나가자고 하였다 한다.

이 메시지를 받은 산 자손은 기독교에 나가면서도 어느 날은 진짜 인 것 같고, 어느 날은 가짜인 것 같고, 항상 두 마음이었다 한다.

이런 많은 아픈 시련의 과정과 시간을 통하여 드디어 조상님들 모두가 애타게 찾던 진정한 하늘, 천상 자미천궁으로 입천 되는 날이 되었다.

조상님들께서 이 산 자손에게 하시는 말씀은,

"그 동안 우리들 때문에 너무 힘들고 아팠었지?

우리 조상님들도 살아있는 너를 힘들게 하고 싶지 않아 이 모진 목숨 끊어보고자 한 적도 있었다.

이 모진 목숨 끊어진다면 살아있는 너를 힘들게 하지는 않을 테니깐.

그래서 하루는 조상인 내가 내 목숨 끊어보려고 했다.

그러나 이 모진 목숨 끊어지지도 않더라.

네가 자살을 시도했는데 네가 죽지 않고 살아난 것처럼, 조상인 나도 자살을 시도해 봤는데 조상인 내 목숨 죽어지지도 않으니 이 또한 환장 할 일이더라.

육신을 잃은 조상들에게도 영혼의 생명이 존재하고 있음!

너는 아마 몰랐을 것이다.

조상이 된 나 또한 살아생전에는 죽으면 모든 것이 끝이지 다음 세상이 어디 있어? 라고 생각했었는데, 사후세상은 너무도 생생히 존재하고 있었고,

또한 인간의 생명과는 다른 어떠한 생명이 또 존재하고 있어 사후세상이 힘들어 죽고 싶어도 죽지 못하는 이 진실이 있음을 내 목숨을 내 스스로가 끊어보려고 한 후에 알게 되었다.

조상이란 단어가 있음은 사후세계가 있다는 것을 증거하고 있는 것이란다. 너는 육신이 살아있으니 인간이고, 우리는 육신이 없으니 조상 즉 육신 없이 영

혼만 존재하고 있다는 말이다.

사후 세상에서의 이 고통과 아픔 속에 차라리 인간들의 말대로 죽음 이후의 세상에서는 모든 것이 끝이면 오히려 행복 할 텐데, 육신을 잃은 다음 생에도 영가와 영혼들에게 생명이 존재함.

정말 아픔이고 고통이었다.

인간의 삶에는 죽음이 가능하지만 사후세상에서는 죽음도 내 마음대로 되질 않더라.

이 위대하고 고귀한 진실을 오늘 태상천존 자미천황님, 자미황후님께서 우리에게 가르쳐 주시니 정말 감사한 일이다.

그러니 내 자손은 육신이 있을 때 정말 태상천존 자미천황님, 자미황후님의 말씀대로 잘 행해야 한다.

죽음 이후의 세상에서의 고통은 이루다 말 할 수가 없고, 또한 진정한 태상천존 자미천황님, 자미황후님을 만나기 전에는 조상님이나 영혼, 신들에게는 어떠한 방법 또한 없더라.

우리들처럼 살아생전 조상님의 존재, 사후 세상의 존재, 하늘의 존재 무시하다 죽음 이후의 세상에서 우리들처럼 수 세월을 구천을 방황하는 슬픈 영가되지 말고, 자미천황님께서 내리시는 천인합체의식을 행하여 천인으로 탄생한 이후에 육신의 죽음을 맞이하도록 하여라.

우리들처럼 조상님, 사후세상, 하늘 존재 무시하다 죽으면 이승도 못 들어가고 저승도 못 들어가는 불쌍하고 가련한 조상신세 되니 절대 명심하도록 해라.

또한 죽음 이후의 세상은 끝이 아닌 생명이 존재하고 있음을 명심해라. 죽음 이후의 세상에서 죽고 싶어도 죽지 못함.

정말 영가들에게 아픔이고 고통이었다.

이런 불쌍하고 가련한 조상들인 우리들을 이렇게 살려주시고 그 위대한 천상 자미천궁으로 우리를 데려가 주시고자 입천제를 행하여 주시니 정말 감사하고도 감사해 눈물이 앞을 가리는구나.

인간세상 어디에서도 받아 보지 못한 이 따뜻한 사랑.

종교 안에서도 평생 받아 보지 못한 따뜻한 사랑에 감사하면서도 살아생전 우리 영혼의 부모님이신 태상천존 자미천황님, 자미황후님을 부정하며 살아온 내 인생이 부끄럽고 부끄럽구나." 하면서 조상님과 만남의 시간은 끝나게 되었다.

정말 대단하시고 대단하신 태상천존 자미천황님, 자미황후님이시고, 정말 대단하신 감찰신명님, 천상천감님, 천상도감님 이시다.

죽음 이후의 세상에도 생명이 존재함!

이 위대한 진실을 진정한 하늘이 아니시라면 어찌 밝혀 주시겠는가?

우리 산 사람들 대부분은 죽음 이후의 세상은 모두 끝이라고 알고 있는데, 죽음 이후의 세상에도 생명이 존재하고 있다 하시니 정말 두려우면서도 위대한 진실이다.

오늘 입천이 되신 조상님들은 자손에게 살아생전 기필코 천인합체의식을 행한 후에 인간 육신의 죽음을 맞이해야 한다고 강조 또 강조의 말씀을 하시었다.

이 책을 보시는 독자 여러분들의 조상님들도 이 자손의 조상님들처럼 각자의 살아있는 자손의 몸으로 찾아와 자신들 사후세상의 고통과 아픔들을 전하고 있을 것이다.

빨리 빨리 각자의 조상님들이 원하고 바라는 입천제를 행해 드림이 마땅하고 자신들 또한 육신의 삶이 다한 다음 세상에 조상되어 구천을 방황하는 조상되기 싫으면 천인합체의식을 행한 후에 인간의 삶을 마감해야 한다.

입천제를 행한 이 자손은 그렇게도 힘들고 아팠었던 자신의 마음이 언제 그랬느냐는 듯이 편안해짐에 놀랍다 하였다.

이 자손의 마음이 편해짐. 이 자손의 조상님들이 천상 자미천궁에 올라가서 편안해졌다는 얘기이다.

천상 자미천궁에 입천 되신 조상님들의 말씀이다.

"참, 희한한 일도 다 있네!

이 세상 찾으려고 그 얼마나 고생을 하고 기독교에도 5년이나 다녔었는데, 그 수 세월을 찾아 헤매도 찾을 수 없었던 하늘 세상을 자미국에 들어온 지,

불과 몇 시간 안 된 지금에 우리가 천상 자미천궁에 올라와 있으니 정말 참, 희한한 일도 다 있네.

아니, 그리고 그 동안 그렇게도 죽고 싶을 정도로 아프고 답답했던 그 마음들은 다 어디로 가고 이렇게 편안하고 행복해.

우리가 그동안 무슨 꽤 병 부린 것 같고, 불과 몇 시간 전까지만 해도 그렇게 힘들었던 우리 조상들의 삶이 먼 과거의 일처럼 느껴지니 정말로 희한한 일일세.

그리고 태상천존 자미천황님, 자미황후님의 천지조화 능력이 참으로 무소불위하시네." 하시었다.

그러면서 자손에게 한 말씀하시었다.

"너도 그 아프고 힘들었던 너의 마음.

언제 그랬느냐는 듯이 편안해졌잖아?

그렇지?

정말 신기하지?" 라고 말씀 하시며,

자신들의 입천제 의식에 무척 기뻐하며 그 기쁨의 마음을 감추지 못하는 건강하고 행복한 표정들이었다.

인정받지 못한 가장에서 행복한 가장이 된 사연.

조상님 입천제를 올린 이후 일어나는 조화에 자미천황님, 자미황후님께 늘 감사한 마음 에 몸 둘 바를 모를 정도로 감격스럽습니다.

늘 감사한 마음뿐입니다. 전에도 모든 일들이 잘 풀려간다는 글을 올린 적이 있었습니다. 예나 지금이나 변치 않으신 자미천황님의 보살핌에 감개무량합니다.

10년 동안에 D종교단체에 다니면서는 집에 생활비 한 푼 못 갖다준 제가 자미국 백성이 되고부터 지난 1월에는 하루 30만원씩 600백만 원을 벌었습니다. 가정에 기쁨은 이루 말할 수 없고, 앞으로 2개월 후에는 월 3~5천만 원 이상의 고정수입 발생이 예상되는 천지개벽의 운명으로 급격히 바뀌어 가고 있습니다.

저에게 이런 일들이 일어남은 자미천황님의 천지조화가 아니고 무엇이겠습니까? 또한 감찰신명님, 천상천감님, 천상도감님, 인황님, 신감님의 도움과 배려가 엄청 크시다는 것에 감개무량합니다.

인황님 말씀대로 제 인생에 현실로 천지개벽이 일어났습니다.

감사합니다. 사랑합니다.

영혼의 부모님이신 자미천황님, 자미황후님께 감사합니다.

너무나 감격에 겨워 눈물이 주르르 흘러내립니다. 눈물을 추체하지 못하겠습니다.

또한 그동안 인황님, 신감님께 문안전화 한번 못 드린 마음에 죄송스럽고, 서글픔이 전신을 울립니다. 죄송합니다. 저와 같은 모든 자미국 백성들도 자미천황님의 천기기운이 골고루 돌아갔으면 합니다. 감사합니다. 사랑합니다.

덕분에 가정사 모두가 인기 짱입니다.

모두가 인황님, 신감님이 아니었으면 제 영혼의 고향 천상 자미천궁에 계신 영혼의 부모님을 뵙지 못할 번했습니다. 불효보다 더 크나큰 허공중천에서 한 서리게 구천세계를 맴돌 번한 저를 자미국으로 인도하여 주신 크나큰 은혜를 입었습니다.

그 은혜 마음 속 깊이 간직하며 앞으로 자미국에 꼭 필요한 천인이 되겠다는 일념으로 오늘도 자미국에서 천상지상 공무에 바쁘신 인황님, 신감님께 고개 숙여 고마움을 전합니다. 곧 천인합체의식을 행할 수 있도록 준비하겠습니다.

인황님, 신감님 건강하시고 설 연휴 보람차고 즐겁게 보내세요.

안녕히 계세요. 사랑합니다, 사랑합니다!

인천에서 백성 조○○ 올림

입천제 조공 입급하고 허리 아픈 게 없어 졌다.

항상 위대하시고 대단하신 자미천황님의 마음을
자미국 지상 자미천궁에 계신 인황님과 신감님을 통해
저희가 알 수 있고, 명대로 행할 수 있게 해주셔서 감사드립니다.
경인년 새해를 맞아 지난날을 돌아보니
자미국을 만나지 못했다면 내 인생, 우리 가족 어떻게 됐을까?
정말 아찔하답니다.

자미국 개국과 동시에 책을 보고 알게 되서 큰 행운과 큰 복을 받게 되었습니다.

그때당시 저의 가정생활은 비참하기 그지없었습니다.

2005년도 7월에 신문지상을 통해 자미국에서 출간한 책 광고는 보았으나 책을 구입할 돈(12,000원)도 없었으니까요.

채무를 정리하지 못해 부모님이 살고 계신 집과 재산 모두 경매로 넘어갔고 어렵 살이 마련한 전세금마저도 모조리 없어지는 그야말로 땡전 한 푼 없는 알거지 신세가 되었습니다.

인황님과 신감님을 친견상담은 하고 싶은데, 여수에서 서울까지 경비하고 친견 상담비용 마련은 그때 당시론 막막했으니까요.

친견상담을 하고 싶다, 하고 싶다, 하면서 계속 책을 또 읽고 또 읽고 5번을 읽고 나니 생각지도 못했던 곳에서 돈이 된다고 연락이 와서 차비만 겨우 마련하여,

친견약속을 하고 자미국으로 출발했는데 자미국 도착 10분 전에 통장에 입금되어서 인황님, 신감님의 온화하시고 따뜻한 배려 속에 친견상담을 마쳤습니다.

하지만 평생 단 한번이라는 조상님 입천제 의식 행할 조공을 올려야 하는데 막막했습니다.

기능은 가지고 있으나 취직이 되질 않았습니다.

그래서 입대를 앞둔 아들과 함께 땅 파는 일이라도 해서 조공을 올리자 하고 열심히 일을 해서 일당 63,000원을 받아 조금씩 모으기 시작 했으나 원하는 조공에는 턱없이 부족 했습니다.

자미천황님께서 크나크신 사랑을 내려 주시어 적은 조공에 저의 조상님 입천제 의식을 허락하여 주심에 너무 너무 감동하였고, 깊으신 사랑과 은혜에 항상 감사 하고 있습니다.

조상님 입천제 의식 행할 조공을 자미국에 송금하고 집에 와 보니 저의 아내가 허리가 몹시 아파서 제대로 서있질 못했는데 허리 아픈 게 없어 졌다고 좋아하고 있었습니다.

입천제 의식을 행하기도 전에 이런 이적을 주시니 정말 자미천황님, 대단하십니다.

조상님 입천의식을 행하고 난 후 직장도 생기고, 조금씩 평온을 찾아가고 있습니다.

경매로 넘어간 집에 그대로 거주 할 수 있게 되었고, 거리에 쫓겨 날 입장이 되었던 우리 가정도 마음씨 좋은 주인을 만나 100,000원의 계약금만 걸고 월급 타서 조금씩 갚으며 편안하게 직장에 잘 다니고 있습니다.

나의 자녀들도 한 명은 초등학교 교사로, 두 명은 중등교사 임용 준비로, 아들은 제대 후 자격증도 따고 1년 남은 학교생활 마치고, 이 지역에 있는 대기업에 입사하려는 희망을 갖고 즐겁게 생활하고 있습니다.

저 또한 한 달 평균 350만원 급여가 다른 직장으로 옮기게 되서 2010년 1월부터는 한 달 평균 650만원은 될 것 같습니다.

자미천황님, 자미황후님!

저의 가문에 천지개벽하는 조화를 내려주심에 감사드립니다.

하늘의 조화가 정녕 이렇게 신비한 것인가?

너무나도 놀랍습니다.

경이로운 하늘의 조화 앞에 어찌 감사를 드리지 않을 수 있으리오.

이제 우리 온 가족이 "하늘의 명을 받는 천인합체 의식" 을 올리는 일생일대의 대사인 큰 일 천인합체의식이 남아 있습니다.

"하늘의 명을 받는 천인합체 의식 행할 "천공" 을 올릴 수 있게 해주세요."

인황님! 신감님!

내내 옥체 평안 하시옵소서.

경인년 새해 첫 날, 여수에서 하늘의 백성 이○ ○ 올림.

저자 인황이 추가로 부연설명을 하자면..........

여수에 살고 있는 이 백성은 자미천황님께서 천지개벽을 시켜주신 또 하나의 감동사례이다.

대단하신 자미천황님이시다.

이렇게 삶속에서 현실로 보여 주시는 무소불위의 천지조화를 내려주신다.

자미국과 처음 인연 매었을 때 책값, 교통비, 상담비용조차 없어서 자미국에 방문할 수 없었던 그가 지금은 350만 원짜리 월급쟁이가 되었고, 2010년 1월 4일부터 직장을 옮겨 월 650만 원짜리 월급쟁이로 둔갑한단다.

정말 축하해 줄 일이다.

돈이 너무 없어서 자미국 입천제 역사상 최소의 금액으로 해주었었다. 그는 천지개벽이 현실로 일어났다.

경인년에는 이제 그동안 하지 못했던 천인합체의식을 행할 수 있게 되었다고 좋아한다. 자나 깨나 천인합체의식 하고 싶어서 마음 조였던 것 내가 잘 안다.

딸이 초동교사로 임용되었으나 근무일수가 몇 달 안 되어 신용등급이 1등급 낮아서 대출이 안 되어,

천인합체의식을 미루었으나 이제 해가 바뀌고, 본인 또한 고액 월급쟁이로 자리를 옮기게 되어 전혀 문제가 안 될 것이다. 기도회 때 마다 일가족 6명이 모두 참석하는 열성을 보여주고 있다.

이 백성은 가족 모두 천인합체의식을 하려는 계획을 갖고 있다.

자미국을 알게 된 것이 꿈만 같고, 자미국을 만나 조상님 입천제를 올리고 난 후 생각지도 못했던 인생의 천지개벽을 이루게 되었다고 너무 좋아하고 있다.

저자 인황 역시도 이런 대 개벽의 천지조화가 자미국의 신하백성들에게 일어날 때 마다,

자미천황님! 자미황후님! 감찰신명님! 천상천감님! 천상도감님께 감사하고 대단한 보람과 긍지를 느끼게 된다.

아~! 정말 너무 기분이 좋다.

이렇게 대단한 천지조화를 이루게 해주는 곳이 하늘께서 인류최초로 윤허하여 주신 위대한 자미국이란 말인가?

자미국!

그 위상이 너무나도 대단하지 않은가?

수많은 인간, 조상, 영혼, 신들의 삶을 천지개벽시켜주는 자미국이 대한민국 이 땅에 있어 너무나 다행스럽고 너무나 좋다.

인황과 신감은 신하백성, 천인천손들의 삶에 이렇게 좋은 일이 생겼다고 자

랑하며 메일을 보내올 때면 정말 의욕과 힘이 솟구치고, 큰 보람을 느낀다.

천지부모 자미천황님! 자미황후님!

그리고 인황, 신감과 함께 입천제와 천인합체의식을 해주실 때 노고를 아끼시지 않으시는 감사의

감찰신명님! 천상천감님! 천상도감님!

이 분들께서 내려주신 크나큰 사랑을 만 세상의 인간, 조상, 영혼, 신들 모두에게 자랑하는데 이 보다 더 기분 좋고 경사스런 일이 어디 있겠는가?

대구에 사는 다른 백성은 건축 일을 하는데, 천인합체의식을 하기 전에는 몸이 항상 아팠지만 천인합체의식 이후 위대하신 하늘의 신하가 된 뒤에는 신기하게도 몸 아픈 데가 없어졌다고 감사의 글을 보내왔다.

93세 노인을 천지개벽시켜 주신 위대한 하늘의 힘!

인황님, 신감님!

93세 되신 저의 어머니가 위대하신 하늘의 명을 받아 천인합체의식 행한 이후 천인으로 탄생한 뒤에 일어난 천지개벽의 기적 이야기를 올립니다.

어머니가 의식에 참석하지 않았는데도 천인합체의식을 윤허해 주셔서 천인으로 탄생하였습니다.

지난번에 시골로 어머니를 뵈러 갔을 때 아주 건강하게 잘 계셨으며 해발 600m 산꼭대기 농장에서 25년간 홀로 사셨습니다.

평소 외롭고 고독하다고 늘 말씀하셨지만, 그 산에서 떠나지 않고 사셨는데 천인합체 의식 중 신감님의 말씀 중, 땅에 내려놓으신다는 말씀이계셨는데 그 후로 잊어버렸습니다.

얼마 전에 갑자기 넘어지셔서 두 다리를 걷지 못해 시내 요양병원으로 입원하였습니다.

밥을 먹지도 못해, 요양사가 대신 먹여주었습니다.

말도 잘 못하고, 어리벙벙하여 대 소변도 다 받아내고, 걷지도 못해 휠체어를 태워서 움직였는데, 이 방 저 방 다니며 귀신 잡는다고 지팡이로 난리쳐서 병원 안이 쑥대밭이 되었습니다.

병원에서 할머니가 치매 끼가 심하다고 하여 정신 안정제, 치매 약, 혈압 약, 변비약 기타 약을 어마어마하게 투여하였습니다.

밤에 잠을 자지 않고 설쳐대시므로 사지를 묶어놨습니다.

다른 할머니들은 주사 1대면 금방 잠이 드는데 저의 어머니는 주사 1대 맞고도 안 되어서 한대 더 맞고, 한 시간 가량 지나서야 잠을 잤습니다.

혼자 의식주 해결도 못하면서 난리 난동을 칠 때는 힘이 장사여서 병원에서 이상한 할머니라고 했습니다.

93세 어머니는 주사가 자신을 죽인다며, 주사 맞기 싫다고 당장 병원을 나가자며 언니에게 수차례 이야기 했지만 막상 나오면 오고 갈 데가 없었습니다. 산 속 농장은 너무나 춥고 먹을 것도 없어서 그곳으로는 다시 올라갈 상황이 아니었습니다.

제 생각으로는 이번 겨울을 못 넘길 것 같고, 길어야 내년 봄에 돌아가시지 않나 생각을 했습니다. 언니보고 저의 집으로 모시고 오라고 했더니 병원에서 어떻게 저런 할머니를 서울까지 데려 갈 수 있겠냐고 의아해 했습니다.

그러나 저의 집으로 오신지 한 달 만에 천지가 개벽했나 싶습니다.

3일 간격으로 건강의 차도가 있고, 온 몸의 멍 자국도 없어지고 밥도 혼자 드시고 말소리도 또렷하며 휠체어, 귀저기, 지팡이, 식사용 앞가리개 다 필요 없는 물건이 되었습니다.

머리카락은 밑에서 검은 뿌리가 올라옵니다.

눈빛은 별빛보다 더 반짝거리고 일요일 날 인사동으로 참빗을 사러 가자고 졸라대시어서 모시고 갔는데 차에서 내리자마자 가랑비 속으로 비를 맞지 않으시려고 뛰는 모습을 보고 깜짝 놀랐습니다.

그야말로 천지개벽이고 기적이었습니다.

휠체어에 의지하고 걷지도 못하던 어머니가 짧은 요양시간에 저렇게 뛸 수 있다는 것은 하늘께서 내려주신 어떤 신비의 힘이 아니고서는 정말 불가능한 일이었습니다.

하늘의 천지조화에, 어머니의 행동에 두 번 놀랬습니다.

자미국에서 의식을 올린 과일을 가져다 드리면 참 맛있다. 이렇게 맛있는 과일은 처음 먹어본다.

입이 달다고 하시며 몸에 살도 많이 붙었습니다.

주의 사람들은 하나같이 위대한 하늘의 기적이라고들 합니다.

지금 93세인데도 제가 보기에는 약 20년은 젊어지신 것 같습니다.

이 모든 것이 위대하신 자미천황님의 보살핌과 불타시는 사랑 덕분이라 생각합니다.

자미국에서 천광 책이 나온 날 퇴근길에 집 소파에 올려놓자 옆에서 어머님이 하시는 말씀이

하늘 천, 불빛 광이라 하시면서

"응천관지삼광이요, 비인관지오복이라" 제가 그게 무슨 뜻이에요? 했더니

"하늘을 마땅히 응대하면, 세 가지 하늘의 불빛이 비추고, 인간의 오복은 그 하늘의 불빛 속에 다 들어있다"라고 하셨습니다.

그 세 가지 하늘의 불빛이 무엇이에요? 라고 물어보았더니

해, 달, 별 이라고 했습니다.

그 세 가지 하늘의 불빛이 온 만물을 다 살리신다고 하시며 인간의 오복도 다 그 안에 있다.

하늘께서 애당초에 다 주셨는데, 자기 자신들이 못나서, 못 찾아 먹는다고 하시며 인간의 만사는

하늘에 달려있어 사람이 이 뜻을 모르면 소인이지, 대인이 아니라고 하셨으며, 제가 그걸 누가 가르쳐 주었냐고 여쭈었더니 아주, 아주(목소리를 높여 강조하며) 높으신 분이라고 했습니다.

자미천황님 ! 자미황후님!

저에게 이런 훌륭한 어머니를 있게 해 주셔서 감사드립니다.

강남에서 천인 최○○ 드림

천인합체의식으로 탄생한 최고령 천인은 93세이고, 최연소 천인은 3세 여아이다.

하늘의 명을 받을 수 있는 전 세계 유일한 곳.

조상님들을 구원해 좋은 세계로 보내드리려고 불교, 무속으로 다니던 사람들은 조상님 입천제를 평생 한 번만 행하면 되고,

하늘을 찾아다니던 사람들,

신을 찾아다니던 사람들,

도를 찾아다니던 사람들은 천인합체의식을 행하여 천인(天人)으로 탄생하면 된다.

각자가 이루고자 했던 뜻을 살아생전 이룰 수 있으니 이것이 유불선 통일이고 천지인 대통합이리라.

하늘을 만나 육신이 죽어서 영생과 구원을 얻고자 교회나 성당을 다니던 사람들,

신을 만나 신통하려고 산에서 고행하거나 무속에서 신 내림을 받으려던 사람들,

도를 갈고 닦아 하늘을 만나 도통하려고 도교를 일평생 다니고 있는 사람들,

조상님 찾아 삼만 리!

하늘 찾아 구만리!

자신들의 몸 안에 함께 살아가고 있는 줄도 모르고 절에 가서 천도재 수시로 하고, 무당 찾아가서 해마다 굿을 하고 있는 사람들 모두의 뜻이 이루어 질 수 있게 해주는 전 세계 유일의,

하늘과 땅이 함께하는 자미국!

기독교인과 천주교인들은 하나님이신 천상천감님 인도 받으면 되고,

불교인과 도교인들은 미륵님이신 천상도감님 인도 받으면 되고,

유교와 무속, 기타종교, 무신론자들은 신명님이신 감찰신명님 인도 받으면 된다.

인간들이 신을 무시해서 온갖 고통과 불행을 겪고 있다고 오늘 천인합체의식 때 말씀해 주시었다.

인간육신이 없어 우리들 눈에 안 보이고, 우리들 귀에 안 들리는 조상님, 영혼, 신들은 감찰신명님, 천상천감님, 천상도감님께서 인황과 신감을 통하여 구원의식을 주관해 주신다.

자미국에 들어와 인황과 신감을 친견상담한 후 감찰신명님, 천상천감님, 천상도감님을 통해서 존귀하신 태상천존 자미천황님, 자미황후님을 만나는 영광의 기회를 얻을 수 있게 된다.

하늘을 만나야 각자가 원하고 바랐던 기쁨과 행복을 누리게 된다.

인간, 조상님, 영혼, 신들이 태상천존 자미천황님, 자미황후님의 명을 받아 자미국에서 감찰신명님, 천상천감님, 천상도감님을 만나 조상님 입천제와 천인합체의식을 통해 하늘신하, 하늘백성들인 천손과 천인으로 탄생하는 것이 유불선 통일이고,

이것이 천지인 대통합으로 연결되어 장차 세계인류(인간, 조상님, 영혼, 신)를 정신적으로 영도하는 위대한 영도자 국가 자미국이 될 것이다.

인황이 독자들에게 교훈을 말한다.

자신들의 긴박한 현실적인 앞가림부터 하고나서 한숨 돌리고 경제적 여유를 갖고 난 다음에 자신이나 가족들 천인합체의식을 하려고 계획하고 있는 천인과 신하백성들이 매우 많을 줄 안다.

이런 마음을 갖고 있거든 하루 빨리 꿈에서 깨어나라.

자신이나 가족들의 천인합체의식은 고사하고 본인들 인생이 엉킨 실타래처럼 더 힘들어져서 영영 풀려지지 않을지도 모른다.

그리고 아무리 돈을 벌어도 돈이 모여지지 않고 엉뚱하게 돈이 들어 갈 곳만 계속 생겨 날 것이다.

하늘의 명을 미루면 미룰수록 더욱 더 일은 안 풀리고 금전의 고통만이 심하게 다가온다. 하늘께서는 인간이 짜 놓은 계획대로 절대 움직여 주지 않으니, 이제라도 잘못을 뉘우치고 마음을 돌리는 것이 그대들의 삶에 천지개벽의 기운이 더 빨리 내려 질 것이다.

돈 없다고 푸념하지마라.

하늘로 향한, 하늘에 대한 그대들의 마음이 없는 거다.

마음이 없으니 돈을 안 내려 주시는 것이다.

하늘께서 내려주신 명 보다는 현실 문제를 더 우선시 하니 모든 계획이 뒤죽박죽되어 더 어렵게 돌아가게 되는 것이다.

그대들이 하늘의 명을 마음대로 해석하고, 하늘의 명을 마음대로 미루니까 태상천존 자미천황님, 자미황후님께서도, 그대들이 원하고 바라는 성공을 미루시니 금전 문이 안 열려 지는 것이다.

먼저 행하여야 하늘과 땅의 문, 즉 천지문(天地門)이 열리는 것이지, 하늘께서 금전 문을 열어주시면 행하겠다는 것은 바보 같은 이기주의자적인 마음이니 아무런 뜻도 이룰 수 없다.

그대들이 이 글을 읽고도 잘못을 인정하지 않고, 용서 빌지 않으며 마음을 바꾸지 않는 이상 개인의 경제, 가정의 경제, 회사의 경제는 다시 회생하기 어려운 상황이 연속 될 수 있다.

그대들이 원하고 바라는 세상의 모든 것은 존귀하신 태상천존 자미천황님,

자미황후님의 소유이시다.

건강이든, 재물, 성공, 출세, 권력, 명예, 수명장수, 가정화목, 기쁨과 행복 모두의 소유권자는 태상천존 자미천황님, 자미황후님이시니 누가 먼저 하늘께서 내리신 명을 받들어 자신들이 갖고자 하는 것을 얻을 것인가?

하늘로부터 보호 받고 사랑받는 방법은 수차 말하였지만 하늘이 내리신 명을 행해야 한다.

그대들의 생각만으로는 한 치 앞도 알 수 없는 험난한 인생길에서 하늘로부터 사랑과 보호를 받지 못하며 절대 성공 할 수 없다.

이제라도

고통과 불행의 길에서 벗어나려거든 감찰신명님, 천상천감님, 천상도감님을 만나 존귀하신 태상천존 자미천황님, 자미황후님께서 내려주신 명을 이유없이, 아무 조건 없이 하루속히 받들어 행하는 길 뿐임을 깨닫기 바란다.

하늘의 명을 돌아가신 조상님들이 자손과 함께 받는 의식이 조상님 입천제 의식이고, 하늘의 명을 산 인간과 영혼이 함께 받는 의식이 천인합체 의식이다.

조상님들은 입천제,

살아있는 사람들은 천인합체 의식을 반드시 행해야 육신이 죽은 후 허공중천을 떠돌지 않고, 자손들의 몸 안에서 천대받지 않고, 종교 안에서 서러움 받지 않는다.

지구상에서 하늘의 명을 받을 수 있고, 하늘의 말씀을 육성으로 들을 수 있는 곳은 전 세계 유일한 자미국 한 곳뿐이다.

자미국은 또 다른 신흥종교 세계의 출현이 아니라 인간, 조상, 영혼, 신들이 오매불망 기다리던 위대하신 영혼의 천지부모님 하늘을 만나 구원받을 수 있는 유일한 곳이며, 인류의 정신적 구심점이자 인류(인간, 조상, 영혼, 신들)를 영적으로 다스릴 세계중심 국가이다.

자미국이 뭐하는 곳이냐고?

하늘께서 이 땅에 최초로 윤허하여 주신 이상향의 세계가 현실로 이루어지고 있는 무릉도원 국가이다.

그대 조상님들과, 산 그대 영혼들의 잃어버린 고향이 천상 자미천궁이라는 진실을 알고 있는가?

조상님들이 영혼의 어버이가 계신 잃어버린 천상 자미천궁에 올라가려면 하늘의 입구인 자미국 지상 자미천궁으로 자손과 함께 책을 정독하여 읽고 방문 후 상담을 통하여 입천(천상 자미천궁 입궁)절차를 밟아야 한다.

입천제는 조상님들의 운명이 천지개벽하고,

천인합체는 산 사람들의 운명이 천지개벽한다.

타고난 사주팔자는 못 바꾼다고 하였으나, 하늘께서만이 타고난 사주팔자를 바꾸어 주실 수 있다.

인류 모두가 꿈꾸던 이상향 세계의 천지개벽은 바로 자미국에 있다.

종교의 세계는 많은 사람들이 실망하여 차츰차츰 저물어가고, 하늘의 불빛 따라 후천의 정신세계를 영도할 자미국 시대가 이 땅에서 본격적으로 열리고 있다.

자미국은 인류의 구심점이자 인류의 등불이다.

우리 모든 천지인의 영들은 하늘의 불빛 따라 가야만 모든 고통과 불행에서 벗어날 수 있다.

잘 살던 못 살던 독자들 육신의 삶은 85년 내외이다.

죽으면 모든 것이 끝이 아니고, 그대들 육신만 사라질 뿐 그대들의 영들은 가족 육신의 몸 안에, 또는 종교단체 안에 머물거나 허공중천을 떠도는 불쌍한 조상신세가 되므로 살아생전 자미국과 인연 맺어 현생은 물론 사후세계까지 미리 대비하기 바란다.

인류 모두가 가슴속에 상상으로만 품어왔던 꿈만 같았던 이상향, 유토피아, 지상천국, 지상선경, 무릉도원 세계가 지금 자미국에서 현실로 이루어지고 있다.

우리 모두가 현실적으로, 영적으로 이루어지기를 학수고대 원하던 바로 그 신비한 무릉도원의 신선세상이 하늘의 천지조화기운에 의해 현실화되고 있다.

너무나도 신묘하고 위대한 하늘세계였기에 나약한 인간의 힘만으로는 이 세상에서 실제로 이룰 수 없었던 것이었다.

전지전능하시고 무소불위하신 하늘의 힘이 아니고서는 인류가 꿈꾸던 이상향 세계는 현실로 이룰 수 없는 세계였고, 또한 하늘의 말씀을 전해주시고 인간, 조상, 영혼, 신들을 구원받을 수 있도록 하늘께 인도하여 만나게 해주시는 감사의 감찰신명님, 천상천감님, 천상도감님께서 인간 육신을 갖고 있는 인황, 신감과 함께 해주시지 않았으면 수 억만 년의 세월이 흘러간다 해도 도저히 실현 불가능한 세계이다.

그러나 이 모든 분들이 인황, 신감과 함께 해주고 계시기에 이제는 꿈이 아닌 현실이 되고 있다.

영적인 천지개벽이 자미국에서 쉼 없이 일어나고 있고, 위대하신 하늘을 꿈이 아닌 현실에서 감찰신명님, 천상천감님, 천상도감님의 도움으로 음성과 영안, 기운을 통해서 실제로 만날 수 있게 되었으니 자미국이 온 인류가 수천 년 동안 종교 안에서 찾고자 했던 진정한 하늘세계이고, 인류의 정신적 구심점 아니겠는가?

인간, 조상, 영혼, 신들 모두의 운명이 하루아침에 천지개벽하는 전 세계 유일한 곳이 자미국이다.

종교의 시대는 막을 내리고, 위대한 자미국 시대가 활짝 열렸다.

저자는 2005년부터

10권의 책을 출간하였고 신간이 출간될 때마다 3대 일간지인 조선일보, 중

앙일보, 동아일보 이외에 B급 신문지면에도 칼라로 5단(신문1/3지면)통과 전면광고를 지금까지 게재해 오고 있다.

독자들이 10권의 책을 모두 읽어 이론적으로만 지식이 많아봐야 아무런 소용이 없다.

자미국은 행을 강조하므로, 행을 하지 못한다면 이론상으로 아는 것은 아무 쓸모가 없다. 책을 보고 배워서 흉내 내어 스스로 행할 수 있는 것이 아니기 때문이다.

행하는 것은 1권의 책만 보고도 즉시 방문해서 저자와 친견상담을 통하여 조상님 입천제를 올리는 것이 행이다.

하늘을 만나는 것이 가장 시급하다는 말이다.

꿈이나 상상 속으로만 여겨졌던 위대하신 하늘을 조상님 입천제를 통하여 인간, 조상, 영혼, 신들이 만나야 한다는 것이다.

산 사람과 조상님들이 함께 하늘을 만나는 것이 조상님 입천제이고, 산 사람과 자기 영혼이 하늘을 만나는 것이 천인합체의식이다.

진정한 하늘을 만나는 데에는 우리들이 애타게 기다려오던 천지신명님(감찰신명님), 하나님(천상천감님), 미륵님(천상도감님)을 통하여 만날 수가 있다.

입천제 의식 때는 이분들이 하강강림하시어서 두 저자 인황. 신감과 함께 의식을 행해 주시고 의식이 끝나면 천상 자미천궁으로 조상님들을 데려가 주시기 때문에 가능하며, 그래서 평생 한 번만 지내도 된다는 것이다.

인간 육신을 가진 인황과 신감이 단독으로 지내는 것이 아니다.

신명님, 하나님, 미륵님께서 함께 해주시지 않고 스님, 목사, 신부도사, 법사, 보살, 무당들의 힘만으로는 조상님 구원이 절대 이루어 질 수 없다는 진실을 알아야 한다.

인간, 조상, 영혼, 신들은 천지신명님(감찰신명님), 하나님(천상천감님), 미륵님(천상도감님)을 통하여 위대하신 하늘을 만나야 운명의 천지개벽 세상이 각자들에게 열릴 수 있다.

하늘을 만날 수 있다함은 오랜 꿈이 현실로 이루어지는 귀한 가문의 영광을 얻는 일이다. 특히 종교를 믿고 있는 사람들은 하루빨리 방문해야 할 것이다.

♠ 〈저자 친견상담 신청〉 예약전화 02)3401-7400

이 책을 구독한 독자 여러분들은 저자와의 친견 상담이 가능하다.

친견 상담을 원하는 분들은 전화로 방문 날자와 시간을 미리 예약한 후 방문을 하면 된다.

친견 상담의 시간은 각자들의 사연과 각자들의 궁금증 정도에 따라 다르지만 90분에서 120분 정도의 시간이 소요된다.

1차 친견상담은 하늘의 명 수행자 신감(여자 저자)이 하고,

2차 친견상담은 하늘의 대행자 인황(남자 저자)이 한다.

친견상담을 통하여 하늘, 조상님, 영혼, 신, 인간세상의 진실에 대하여 더 정확히 아는 소중한 시간이 되어 여러분들의 힘들고 외로웠던 인생 밝고 행복한 삶으로 바꿀 수 있는 소중한 시간들이 되기를 바란다.

저자와의 친견상담은 독자들과 조상님들이 입천제를 하늘로부터 윤허를 받을 수 있느냐 없느냐가 판별되고 결정되는 아주 중요한 시간이다. 그러므로 전화로 입천제를 문의한다는 것은 입천을 포기한다는 것과 같다.

전화로는 상담예약 일정만 받는다.

거리가 멀다고, 일이 바빠서 시간이 없다고 말하는 독자와 조상들은 천상 자미천궁에도 길이 멀고 바빠서 올라 갈 수가 없을 것이다.

가문의 운명이 바뀌어 지는 중차대한 일에 개인의 사사로운 바쁨을 핑계로 대는 독자와 조상님들은 영원히 춥고 배고픈 구천세계를 벗어날 수 가 없다.

바쁜 열 일 미루어 놓고 방문 상담해서, 과연 자신의 조상님들이 꿈의 세계 천상 자미천궁에 올라가 하늘의 백성이 되느냐 마느냐를 선택받아야 한다.

그러므로 전화로 입천제 비용 얼마냐고 묻는 어리석음을 범하지 말기 바란다. 돈만 있다고 무조건 입천제 행해주는 종교세계가 아니다.

하늘의 윤허가 먼저이다.

과연 천상 자미천궁에 올라갈 수 있는 조상님인지 그것이 먼저 정해져야 한다.

저자와의 상담은 그래서 필요 한 것이다.

돈 있다고 아무 조상님들에게나 모두 입천제를 지내주지 않는다.

하늘께 선택 받은 맑고 깨끗한 조상님들만이 입천제를 행하는 행운을 잡을 수 있다.

입천제를 행하여 하늘의 백성이 될 수 있다함은 세세생생 그대들 가문에 가장 큰 영광이 될 것이다.

또한 이미 가신 조상님들께 가장 효도할 수 있는 유일한 길이기도 하다. 어둡고 차디 찬 무덤속이 아닌 천상궁전 자미천궁에서 하늘의 백성으로 추위와 배고픔, 근심걱정 없이 살게 해드림보다 더 좋은 효도는 이 세상에 존재하지 않을 것이다.

이미 돌아가신 조상님들에게 최고의 선물은 조상님 입천제 의식이고, 살아있는 독자들에게는 천인합체의식이 최고의 선물이다.

조상님 입천제는 일평생 단 한 번만 올리는 아주 귀한 하늘의 의식이다.

입천제는 종교인이든 일반인이든 무조건 행하고 봐야할 만큼 아주 귀한 의식이니 아무리 거리가 멀고, 생활이 바쁘더라도 한번쯤 시간을 내어서 예약한 후 방문 상담부터 받아보기 바란다.

자미국은 종교가 아니기 때문에 전국에 지부가 없고 유일하게 이곳 한 곳 뿐이다.

예약 없이 불시에 방문하면 헛걸음하고 돌아간다.

보통 3~7일 전에 미리 전화로 방문을 예약해야 한다. 날짜별로 상담할 예약자들이 잡혀있고, 입천제와 천인합체의식이 줄지어 있기 때문에 아무 때나 예약하지 않고 방문하면 금전과 시간만 낭비하고 되돌아가야하니 참고하시기 바란다.

책을 정독하여 읽고 자미국에 즉시 방문하여 친견 상담하는 일이 부자든 가난한자든 현생과 사후의 운명이 천지개벽하는 초유의 특권을 누리는 영광된 삶을 맞이할 수 있다.

♠ 자미국 의식 종류

〈조상님 입천제〉 평생 단 1회만 행하면 됨.

일반 입천제

하단 입천제

중단 입천제

상단 입천제

벼슬 입천제

〈천인합체 의식〉 평생 단 1회만 행하면 됨.

하단 천인합체

중단 천인합체

상단 천인합체

특단 천인합체

〈조상님 입천제와 천인합체 의식비용은 저자와 친견 상담할 때만 알려드리며 전화로는 일체 알려드리지 않습니다.〉

▶ 찾아오시는 길 ◀

〈버스〉

고속버스, 시외버스 이용 때는 동서울터미널에서 하차하시어 택시타고 10분 거리에 있음.

〈위치설명〉

강동역, 성심병원사거리(강동웨딩홀, 제일은행)에서 성내동 방향 우회전하여 150미터 코리아호텔(운조운 부동산) 앞 횡단보도 건너 화로구이 우측 한방복돼지 음식점(영마트)쪽 자미국 입구 2층.

〈전철〉

5호선 강동역 3번 출구로 나와서 100미터 직진(위 내용과 동일)

〈승용차〉

내비게이션에 강동 아너스빌 혹은 선샤인빌 입력(강동아너스빌 정문 앞 길상주차장 1~2층 무료이용)

인류의 정신적 구심점

자미국 02)3401-7400(代)

· 위치 : 서울시 강동구 성내 3동 382-6 삼정빌딩 2/2층 전체

〈글쓴이〉

저자 : 인황(남자 저자)

나이 : 을미생

저자 : 신감(여자 저자)

나이 : 임자생

천광

지은이 인황 · 신감
발행인 노진택
편집주간 안혜숙
디자인 엄영미
교 정 전윤지
발행처 (주)다트앤
제1판 1쇄 펴낸날 2010년 02월 23일

서울시 서초구 서초동 1589-7 현대 전원오피스텔 1001호
TEL 02) 582-3696 02) 581-6963
FAX 02)522-2185
출판등록 1998년 9월 15일 제22-1421호

값 15,000원

ISBN 978-89-6070-054-3 03810